Las cenas de los martes

Monika Peetz

Las cenas de los martes

Cinco amigas en un viaje que cambiará sus vidas

Traducción:
LLUÍS MIRALLES IMPERIAL y MARÍA JOSÉ DÍEZ PÉREZ

MAEVA

Título original:
DIE DIENSTAGSFRAUEN

Diseño de cubierta:
OPALWORKS

Fotografía de la autora:
ADA NIEUWENDIJK

© Verlag Kiepenheuer & Witsch GmbH & Co. KG, Colonia, Alemania, 2010
   Derechos de adaptación pertenecen a Radiotelevisión ARD Corporation, mediante
   licencia de Degeto Film GmbH
© de la traducción: LLUÍS MIRALLES IMPERIAL y MARÍA JOSÉ DÍEZ PÉREZ, 2012
© MAEVA EDICIONES, 2012
   Benito Castro, 6
   28028 MADRID
   emaeva@maeva.es
   www.maeva.es

ISBN: 978-84-15120-97-1
Depósito legal: M-31.468-2012

Fotomecánica: Gráficas 4, S. A.
Impresión y encuadernación: Huertas, S. A.
Impreso en España / Printed in Spain

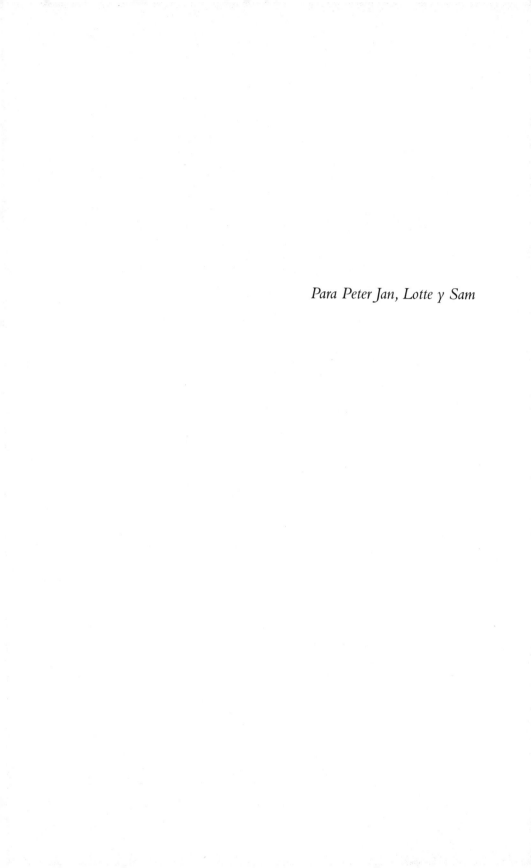

Para Peter Jan, Lotte y Sam

1

—Vamos, Tom. Mueve el culo —gruñó Luc—. Las comensales están al caer.

El dueño de Le Jardin echó al nuevo camarero con cajas destempladas para que se pusiera en marcha. En cuestión de segundos, al joven le llovieron las comandas.

«Cinco vasos, he dicho.»

«La vajilla normal no.»

«Y las flores, ¿dónde están?»

«¿Es que tengo que hacerlo yo todo?»

Tom no entendió ni jota. ¿Por quién estaba armando Luc tanto jaleo? Echó un vistazo al libro de reservas, aunque no le sirvió de gran cosa.

—Pero si nadie ha reservado la mesa de la chimenea.

Luc frenó en seco, como si aquello fuera lo más estúpido que hubiera oído en su vida.

—¿Has visto el calendario?

—Claro.

—¿Y?

—Es martes.

Luc subió la voz.

—El primer martes del mes. Lo que significa…

—¿Alguna festividad francesa? —aventuró Tom, como si estuviera en un concurso televisivo.

7

Luc exhaló un hondo suspiro. Tal vez fuera un error darle una oportunidad a alguien que había dejado los estudios y estaba en el paro. La única experiencia que tenía Tom en el mundo de la hostelería se reducía a su adolescencia: un cabeza hueca revolucionado por las hormonas lo había criado en el restaurante del club deportivo Euskirchen. Por desgracia, ese idiota era Luc. Y por eso, difícilmente pudo decir no cuando, cinco semanas atrás, su ex le dejó en la puerta al fallido producto de su aventura amorosa. Para entonces, el retoño abandonado tenía diecinueve años y había salido a su madre. Según Luc.

—Mis clientes más fieles han reservado mesa a las ocho. Como cada primer martes de mes. Vienen aquí a cenar desde que yo era camarero —explicó acaloradamente, y su vulgar acento de Colonia reveló sin dejar lugar a dudas que no era francés y que Luc solo era un seudónimo. Sin embargo, la proximidad al Instituto francés era la razón de que no se hubieran hecho cambios en la orientación del restaurante.

Tom seguía sin entender.

—Ya, ¿y?

Luc suspiró de nuevo. Sus sesenta y cinco años lo obligaban a ir pensando en un sucesor. Pero ¿cómo explicar a un hijo duro de mollera lo que tenían de especial esas cinco mujeres? Acudían a su local desde hacía quince años. Primero todos los martes, luego una vez al mes.

Era una noche de lluvia sin mucho movimiento, y Luc estaba a punto de cerrar el restaurante cuando aparecieron por vez primera en la puerta las cinco, empapadas y riendo. Cinco mujeres que no podían ser más distintas: Caroline, la abogada fría y deportista de rasgos clásicos; Judith, pálida, delgada y transparente; Eva, la flamante médica; Estelle, una mujer inequívocamente de mundo, y la más joven, Kiki, una estudiante con el encanto de una mariposa multicolor.

Fue Caroline la que convenció a Luc para que descorchara unas botellas a pesar de la hora. La elocuente abogada ya llevaba la voz cantante entonces. Y eso que la idea de ir a tomar algo después de la clase de francés había sido de Judith.

«Quiero disfrutar al máximo de mi tarde libre», afirmó. Pasado el tiempo se supo que Judith le había contado al que por aquel entonces era su marido, Kai, que su jefe le había obligado a estudiar francés y que le pagaba las clases, lo que era mentira. Judith confiaba en que el pedante de su marido se metiera en la cama a las diez y media en punto y no se diese cuenta de que cada martes llegaba más tarde. El curso de francés marcó el principio del fin de su matrimonio. Judith le vendió el cuento de unos cursos de perfeccionamiento y siguió quedando con sus amigas. Las mujeres de las cenas de los martes tardaron siglos en infundir en Judith el valor necesario para que pusiera fin de una vez por todas a un matrimonio que no la hacía feliz.

A lo largo de los años Luc fue testigo de cómo la secretaria insegura se convertía en una mujer que buscaba su camino con ayuda del esoterismo y la sabiduría oriental; de cómo Caroline, la inteligente abogada, se convertía en una temida penalista; de cómo Eva, la médica apasionada, dejaba su profesión y fundaba una familia, y de cómo Kiki, la estudiante, se hacía una mujer hecha y derecha. A lo largo de esos quince años todo había cambiado. Le Jardin pasó de ser un lugar apenas conocido, casi secreto, a convertirse en un restaurante de moda; Luc, de camarero a dueño. La única que siguió siendo la misma fue la mujer de más edad, Estelle, la pija. Para ella era importante que se supiera que era rica y que tenía una segunda residencia en St. Moritz, y un buen hándicap. Luc suponía que había nacido vestida de Chanel.

—Las cinco mujeres que estuvieron aquí hace poco. —Finalmente, Tom cayó. A su cara asomó una sonrisa radiante—. ¿También va a venir la joven? ¿La de las piernas largas y la falda corta?

—¿Kiki? A Kiki ni te acerques —le advirtió Luc.

—Pues parece maja.

Luc sabía que no era así: Kiki no era maja. Kiki era arrolladora. Alegre, alocada, rebosante de energía, siempre de buen humor y enamoradiza. «Con la castidad salen granos», decía. Quiso aprender francés porque en el InterRail que hizo cuando terminó el instituto se enamoró perdidamente de un tal Matthieu, de Ruan. Kiki tenía la esperanza de que su relación diera un paso adelante si además podían hablar. Por desgracia, después de cuatro horas de francés para principiantes comprobó que a Matthieu de lo que más le gustaba hablar era de su exnovia. Y Kiki se dejó consolar por Nick. Y por Michael. Soñaba con una relación estable, pero le gustaba más el sexo que los hombres con quienes lo practicaba.

«Lo bueno de estar sola es que una se puede concentrar por completo en el trabajo», intentaba convencerse. Sola estaba, lo que aún no tenía era el trabajo adecuado. Su empleo actual de creativa en el famoso estudio de diseño Thalberg no había dado los frutos que esperaba. Kiki formaba parte de un equipo de diseñadores que trabajaba para Johannes Thalberg. El cerebro creativo y patriarca de la empresa diseñaba muebles, lámparas, accesorios para la casa y la cocina, ocasionalmente incluso se ocupaba del interiorismo integral de tiendas y hoteles. Kiki todavía no había conseguido destacar dentro del grupo de diseñadores. Sin embargo, creía en el mañana. En empezar cada día desde cero.

–Cuenta, cuenta –pidió el joven camarero.

Luc habría podido contar muchas cosas. No solo conocía el historial de Kiki con los hombres. Las cinco mujeres no tenían ni la más remota idea de la cantidad de cosas que él sabía de sus vidas. Luc, que no perdía ripio, estaba al tanto incluso de sus tradicionales escapadas. No era de extrañar; al fin y al cabo solían poner en común las anécdotas de sus viajes anuales en las cenas de los martes, lo que les provocaba grandes ataques de risa.

La primera vez eligieron la tranquilidad de la región de Bergisches Land, para preparar el examen de francés. El fin de semana de estudio conjunto fue todo un éxito. No así el examen. Kiki y Estelle ni siquiera se presentaron. Por aquel entonces, Kiki estaba más entregada al lenguaje corporal francés, y Estelle constató que veranear en Francia estaba *out,* y en el Algarve *in.* Así que ¿para qué estudiar francés? A Eva, la joven médica, se le revolvió el estómago de puro nerviosismo, de manera que se pasó la mayor parte del examen en los aseos del Instituto francés. Más tarde descubrió que el nerviosismo se debía no tanto al examen como a su nuevo aparato para calcular los días fértiles: no era del todo preciso. A diferencia de David, su primogénito, que llegó al mundo siete meses después. Pesó más de cuatro kilos, midió cincuenta y siete centímetros y fue la razón de que Eva no llegara más lejos. Ni en el examen de francés ni en el puesto de ayudante en el centro especializado en enfermedades cardiovasculares de París. Todavía conservaba el contrato firmado «como símbolo de la vida que estuve a punto de tener», decía.

Judith se presentó al examen y suspendió. La considerable suma de dinero invertida en terapia para acabar con su miedo a los exámenes, que sisó a espaldas de Kai del dinero de la casa, habría podido gastarla en algo más práctico.

La única que salió airosa fue Caroline. Naturalmente con la mejor nota. Caroline brilló con su francés perfecto. Aunque Luc seguía su carrera con atención en los periódicos, nunca supo para qué quería ese idioma: ninguno de los peligrosos delincuentes con los que se las tenía que ver, siendo como era abogada penalista, había intentado nunca desvalijar el Louvre, secuestrar un avión de Air France o volar la Torre Eiffel. Por su parte, el marido de Caroline, Philipp, médico de cabecera en Lindenthal, prefería ir a Italia de vacaciones. Y sus dos hijos no necesitaban que su madre los ayudara con los deberes de francés. A diferencia de los cuatro hijos de Eva, a los de Caroline les iba bien en el colegio.

Luc habría podido pasarse horas contando anécdotas a su curioso hijo, pero era como una tumba. El dueño del restaurante tenía la suficiente vista para no dejar traslucir a las mujeres lo mucho que revelaban sin querer. Él era el compañero y el testigo silencioso de las amigas de los martes; Le Jardin, su confesionario.

La mesa estaba perfecta, el cocinero preparado, las velas medio consumidas.

—¿Dónde se habrán metido?

Luc consultó el reloj con impaciencia: las ocho y cuarto.

Resultaba de lo más habitual que acudieran a Le Jardin grupos del cercano Instituto francés. Lo raro era que de ellos naciese una amistad duradera. Sin embargo, lo más extraño era que ese día la mesa de las mujeres de las cenas de los martes estuviese vacía.

Cuando poco después de las once cerró el restaurante sin que Caroline o alguna de ellas llamara, Luc supo que había pasado algo. Algo que él no había vivido en quince años.

2

—Hay que avisar a Luc.

Hacía unos días las amigas habían mencionado la reserva, pero cuando llegó el martes, ninguna se acordó.

Arne, el actual marido de Judith, estaba en la cuarta planta del hospital Sankt Josef de Colonia. «La cuarta planta», estas palabras triviales eran un eufemismo que médicos y demás personal sanitario empleaban para referirse con excesiva complacencia a la unidad de paliativos. Allí todo era moderado: la luz, las voces, y sobre todo las expectativas. En la cuarta planta se esperaba la muerte. Arne llevaba seis días esperándola. Y con él, Judith y sus amigas de las cenas de los martes, que se turnaban para estar a su lado.

La enfermedad de Arne era como una montaña rusa; cada subida, una ilusión. Uno se veía impulsado hacia arriba para después precipitarse al vacío a una velocidad de vértigo. Las malas noticias se sucedían deprisa: «No se puede operar». «La analítica es desastrosa.» «La quimio no surte efecto.» «Solo es cuestión de tiempo.»

De eso hacía diecinueve meses. Diecinueve meses durante los cuales Arne y Judith habían evitado mencionar la muerte en la medida de lo posible. Judith intentaba no pensar en que, en breve, Arne no estaría a su lado. Pese a todo, el final iba a llegar.

—Tenemos que encargarnos de que siempre una de nosotras esté con Judith –propuso Eva, y para ello estableció turnos las veinticuatro horas que asignó a las amigas. Sin embargo, ella fue la primera en desmarcarse. Lene, su hija de trece años, trastocó el programa de su madre al dar un salto sin querer con la bicicleta, a consecuencia del cual se le movía un incisivo. En esas circunstancias Eva no podía dejarla sola.

—¿Podrías sustituirme? –le preguntó a Caroline en un mensaje de texto.

—Cortaré por lo sano –prometió la abogada, que se hallaba en mitad de una vista.

Eva tuvo que despedirse antes de que llegara el relevo. Y entonces sucedió lo que todas querían evitar: por primera vez Judith se vio completamente sola en la cuarta planta. Consigo misma y con el miedo.

—Procuramos que la despedida sea lo más íntima posible para la familia –aseguró la robusta enfermera con fuerte acento eslavo.

Solo cambiaba de vez en cuando los sueros y le llevaba a Judith un té que olía sospechosamente a ron.

—Es ilegal, pero bueno –le susurró la mujer con aire cómplice–. El miedo se disuelve en alcohol.

—Muchas gracias, enfermera…

¿Cómo se llamaba? A Judith le hubiera gustado dirigirse a la mujer por su nombre, pero era incapaz de descifrar la extravagante retahíla de consonantes que subía y bajaba en el enorme pecho de la enfermera checa.

«Los checos son muy tacaños con las vocales –bromeó el primer día Arne en un momento de asombrosa lucidez–. Deberían negociar con los finlandeses la cesión de vocales.»

Judith rio cansada.

«De veras –insistió Arne con un hilo de voz–. Mira por ejemplo la palabra helado. Los checos dicen *zmrzlina*. ¿Y los finlandeses? *Jäätelöä.*»

Judith no tenía ni idea de si era cierto. Lo que sí sabía era qué se proponía Arne: incluso en el lecho de muerte intentaba animarla. Hasta que las fuerzas lo abandonaron.

Judith vio impotente cómo Arne se iba hundiendo en las almohadas, cada vez más débil, la nariz más afilada, la respiración más superficial. Sus manos aleteaban como si quisieran emprender vuelo. Con cada minuto que pasaba desaparecía el hombre alto y fuerte del que ella se había enamorado de un flechazo cinco años atrás; a pesar de esa barba que le hacía cosquillas y de su predilección por las camisas de franela a cuadros.

—Es como si fuera a coger la guitarra de un momento a otro para cantarle al whisky, las mujeres y las pistolas —les había dicho Estelle en voz demasiado alta a las demás cuando lo conocieron.

—Tengo una cara corriente y un gusto pésimo para la ropa. Es parte de mí —respondió Arne con el mismo descaro.

Eso mismo sentía por Judith, que era parte de él. A los sesenta y tres días de verla en la librería, entre el *feng shui* y el budismo, Judith y Arne se casaron en un barco en el Rin.

«Todo fluido —anunció él—. Nos pega.»

Las amigas de las cenas de los martes no fueron las únicas que se vieron arrolladas por lo sucedido.

—Nos alegramos tanto de conocer a Julia —afirmó con regocijo una tía rolliza de Arne que vestía un conjunto lila. Olía a bolas de naftalina y a colonia 4711.

—Se llama Judith —corrigió Caroline por enésima vez, ya que Arne tenía muchas tías.

El rostro de la anciana se tiñó de un color que armonizaba con el lila.

—No pasa nada —le restó importancia Estelle—. Nosotras solo conocemos a Anton desde hace unos días.

—Arne —la censuró la tía, que no captó el humor de Estelle.

—Todo ha sido tan rápido —se dijeron las unas a las otras; y a continuación, con asombro—: quién lo habría pensado.

—Yo —espetó Judith—. Yo supe desde el primer momento que envejecería con Arne.

Y ahora el destino la había llevado hasta la cuarta planta del hospital.

Fuera el sol asomaba entre las nubes por primera vez desde hacía días; en el hospital daba comienzo el horario de visitas, y en la cuarta planta el tiempo corría gota a gota. Cincuenta y nueve minutos para que volviera a pasar la enfermera, diez minutos para el té, tres minutos para enderezarle las almohadas a Arne, trece segundos para que el gotero liberara la morfina y esta descendiera por el tubo de goma transparente.

¿Dónde se habría metido Caroline? Cada una de las amigas de los martes era bienvenida. Su compañía la consolaba. Eva le llevaba un *tupper* con exquisiteces que tenían por objeto levantarle el ánimo; Estelle, el último cotilleo; Kiki, su buen humor y algo de inquietud. Pero hasta eso era mejor que ese silencio sepulcral en el que solo se esperaba el último momento.

Del pasillo le llegó un ruido: los empleados de la funeraria. Se los oía desde lejos. Las camas del hospital cencerreaban; sin embargo, las camillas de los servicios funerarios se deslizaban por el linóleo sobre silenciosas ruedas de goma. Primero se oía ese roce tenue, luego los pasos pesados de los familiares que salían de la habitación del fallecido. Una o dos horas después llegaba el grupo de limpieza con sus estridentes carros. De nuevo el cencerreo de una cama. A lo largo de los últimos días Judith ya había oído varias veces ese canto de muerte, que en la cuarta planta volvía a empezar desde el principio como si se tratase de una letanía. Quizá fuera peor que la respiración ruidosa de Arne.

Cuando Arne no estaba enfermo, ella tenía un millón de deseos. Ahora solo uno: ojalá pudiera oír una vez más su voz, su risa alegre, sentir una vez más sus manos en su piel. Solo una vez más. Por favor.

Judith no sabía cómo iba a vivir sin él. Era incapaz de imaginarse abandonando la cuarta planta para volver a una casa vacía. ¿Cómo iba a dormir en la cama que había compartido con Arne? Nunca le había gustado ese armatoste basto que estorbaba el paso en el dormitorio.

Qué curioso. Dentro de poco Judith celebraría su cuarenta cumpleaños y nunca se había comprado una cama. A los diecisiete años dejó la litera que compartía con su hermano, ocho años menor, y se fue a vivir con su novio. Kai tenía veintisiete años y un colchón de ochenta centímetros de ancho. Cada vez que se movía, Judith se rozaba el brazo con la pared, que parecía un rallador: Kai había añadido serrín a la pintura blanca. «El gotelé de verdad es demasiado caro», decidió de manera unilateral.

A Judith le encantaban las paredes con telas alegres en colores cálidos, pero era el piso de Kai. También era el dinero de Kai y el estilo de vida de Kai. Y de él formaban parte el gotelé, la austeridad y los anillos de boda. A Kai le gustaba lo previsible hasta en el sexo. Siempre la besaba bajando en diagonal hacia el ombligo, y preparaba el terreno avanzando en paralelo con la palma de la mano hacia el muslo derecho. Como si se lo hubiera enseñado un sexólogo y él lo hubiese aprendido de memoria. Pasados los años, a su lado Judith estaba tan fría que buscó refugio en Wolf y su cama de agua. Y después en Arne. Kai ponía periódicos en los asientos del coche cuando llovía. Arne bailaba descalzo por el parque y se lavaba los pies en un charco.

—En teoría —dijo a duras penas Arne. Judith se asustó. En la habitación reinaba el silencio desde hacía días, y ahora esas dos palabras.

»En teoría —repitió él, y levantó la mano y la dejó caer agotado. Por mucho que Judith se esforzó, por mucho que se acercó a su boca, todo se limitó a esas dos palabras: "en teoría".

En su lecho de muerte Thomas Mann pidió sus gafas; Goethe, más luz, y, según la leyenda, Jesús, nada. «Todo ha sido consumado», fue lo que al parecer dijo en la cruz antes de reunirse con su padre celestial. Esa frase resonaba en los oídos de Judith, como si cinco expertos en marketing hubieran meditado largamente qué últimas palabras surtirían mayor efecto en una crucifixión. El último mensaje de Arne a quienes lo sobrevivirían, sus últimas palabras, fue: «en teoría».

No tenían sentido. Kai, el primer marido de Judith, era la encarnación de la teoría. Arne era el vividor práctico, optimista incorregible y entusiasta de casi todo. En caso contrario, ¿habría ido en peregrinación a Lourdes, a la gruta de la Virgen María?

La puerta se abrió y sacó a Judith de sus reflexiones. Caroline. Por fin. ¡Por fin! Aliviada, Judith dejó caer la cabeza en el hombro de su amiga, y eso que la abogada no era muy proclive a los abrazos. Pero Judith se alegraba de no estar sola. Caroline le acarició la espalda con delicadeza.

—Lo siento mucho, Judith.

—Eva tuvo que irse antes. Por lo del diente de Lene. La niña se cayó de la bicicleta.

—¿Cuándo ha sido?

Su voz sonaba compasiva, y eso que por lo general Caroline era la primera en expresar sus críticas cuando Eva se dejaba absorber demasiado por la familia.

—Ayer por la tarde. Cuando Lene volvía del colegio. Pero el dentista quería volver a verla hoy.

—Judith, me refiero a Arne.

Caroline dirigió a Judith una mirada penetrante. Con esos ojos despiertos, inteligentes, incorruptibles que infundían miedo a la parte contraria. Y a veces también a Judith. Implorando auxilio, Judith se volvió hacia Arne y vio lo que Caroline había visto nada más entrar: Arne había dejado de respirar. La piel fina que se tensaba sobre el rostro afilado tenía un tono grisáceo. Arne se había ido en silencio. Como si no quisiera asustar a Judith.

3

Arne Nowak murió el martes por la tarde, dejando a su esposa Judith un piso de tres habitaciones en la Blumenthalstrasse, dos docenas de camisas de franela y una bomba de relojería. Pero Arne solo fue consciente de esto último cuando ya se encontraba prisionero en la cuarta planta. En el estado de somnolencia apática que le provocaba la morfina, la alarmante idea surgió de pronto confusamente en su cerebro: el diario que escribió durante la peregrinación, el libro negro, seguía en el armario. El lugar era seguro, pensó al guardarlo. Mientras viviera. Y después lo había olvidado.

Su incorregible optimismo le había jugado una última mala pasada: Arne no quería reconocer que su vida se acababa. Cada nuevo día se engañaba a sí mismo y engañaba a Judith diciéndose que el tumor aún le dejaría tiempo, y cada noche rezaba por un aplazamiento. ¿Por qué no había quemado el revelador diario cuando aún tenía tiempo y fuerzas para hacerlo? Judith no debía enterarse nunca de lo que había hecho. Que ninguna sombra perturbara el recuerdo de los años que habían pasado juntos.

¿Qué ocurriría si Judith encontraba el diario? ¿Qué pasaría si se lo contaba a las amigas de los martes? ¿Y si les enseñaba lo que había escrito? Diez ojos veían mejor que dos. Sabía que Estelle tenía debilidad por los escándalos, y Caroline un olfato certero para las mentiras. Confinado en la cuarta planta, Arne ya ni siquiera se sentía con fuerzas para pensar en las consecuencias que podía tener que la verdad saliera a la luz. No solo para Judith, sino también para sus amigas.

«En teoría…»

«En teoría podrías empezar por deshacerte de mis cosas –quiso sugerirle a Judith–. ¡No tienes por qué cargar con todos estos trastos!»

El pensamiento se desvaneció antes de que pudiera expresarlo.

«En teoría…», soltó, y luego perdió el hilo y la concentración. Por un momento creyó que tenía que solucionar algo importante, y un instante después solo quedaba el cansancio. La fatiga no le dejaba pensar. Tenía la boca seca. Qué más daba. Ni siquiera tenía ganas de respirar.

A veces una palabra surgía de entre la niebla, a veces sentía la mano de Judith en la suya. Abrió los párpados a duras penas, vio los ojos húmedos de Judith y un segundo después ya los había olvidado. No podía retener nada, no podía enmendar ningún error. A veces ya ni siquiera sabía dónde estaba en realidad. Allí olía de una forma muy rara. A días perdidos en el pasado. A tabaco. A Eckstein Nº 5. Enseguida reconoció la marca. Su abuelo fumaba esa marca después de la guerra. El diario, tal vez el abuelo pueda… y yo debería…, se le pasó aún por la cabeza. Y luego nada más.

Arne Nowak murió con la vaga sensación de haber olvidado algo importante. Y el tiempo le daría la razón.

4

El entierro fue solemne, y el convite que se celebró a continuación en Le Jardin muy emotivo. Un verdadero tostón, habría dicho Arne; pero para los asistentes fue un consuelo. Solo a Judith le atormentaban los remordimientos.

La sensación de no haber disfrutado al máximo el tiempo que habían estado juntos crecía en su interior como un tumor. Judith se torturaba haciéndose reproches. Había desaprovechado tantos momentos de su vida en común… Añoraba los primeros días con Arne, unos días felices. Desayuno en la cama, comida en la cama, y por la noche dormir juntos sobre las migas de pan. Cómo le habría gustado poder volver a quejarse de las migas en las sábanas.

Seis meses después de la muerte de Arne, Judith sentía que había tocado fondo. Sin la voz grave de Arne, el ruido característico de sus zapatillas y sus dichosos papeles, que dejaba tirados por todas partes, el piso se le hacía extraño. Era incapaz de tirar cosas de Arne que ya no tenían ningún sentido. Cuando lo había intentado, había quedado un vacío: una percha libre en el armario, una mesita de noche huérfana, un estante del baño vacío… Judith no tenía nada que pudiera llenar el hueco que había dejado su marido.

Aún no se había atrevido a acercarse al armario de Arne. Hasta ese día. Corrió la puerta hacia un lado muy despacio. Su mano se deslizó suavemente por la chaqueta de ante, la americana de pana con coderas que llevaba en la librería, y finalmente por las camisas. Qué dulce era el recuerdo, cuando antes le espantaban esas prendas de mal gusto. Sacó con cuidado una camisa horrorosa de franela marrón, verde y naranja. Algo cayó al suelo. Un objeto. Un librito. El diario de Arne.

En la tapa, negra, Arne había pegado una estampita con celo. Al borde de un riachuelo, rodeada de ovejas, una chiquilla rezaba ante una aparición de la Virgen. Judith conocía la historia de la imagen. La chiquilla era Bernadette Soubirous, la hija de un molinero a la que se le había aparecido la Virgen María hacía más de ciento cincuenta años. En el lugar donde la niña había tenido sus visiones, se alzaba hoy el santuario de Lourdes. Miles de peregrinos buscaban allí diariamente curación y consuelo. Peregrinos como Arne.

Arne empezó a hacer el Camino de Santiago dos años antes de que le diagnosticaran el cáncer. Había dos mil cuatrocientos kilómetros desde la puerta de su casa en Colonia hasta la puerta occidental de la imponente catedral española que alberga la tumba del apóstol, y Arne había dividido el trayecto en etapas de dos a tres semanas cada una. Por su trabajo, profesor de formación profesional, tenía muchos más días de vacaciones que Judith, que mientras estuvo casada con Arne trabajaba en la recepción de un centro de terapias de Colonia, indicando a los pacientes dónde se encontraban los fisioterapeutas, ergoterapeutas, musicoterapeutas, ludoterapeutas y psicoterapeutas. Tras la muerte de Arne, Judith había dejado el trabajo, desoyendo a sus amigas.

Arne había dividido su viaje de peregrinación en varios años, y cada uno de los tramos del camino estaba meticulosamente documentado en su diario. Arne le había enseñado alguna página: un dibujo, un poema, una postal que había pegado en alguna de las etapas; pero Judith se había olvidado del librito, que ahora le parecía el legado más importante de su marido. Absorta, comenzó a hojearlo.

Judith estaba tan emocionada por ese reencuentro con los pensamientos de Arne que ni siquiera oyó el timbre del teléfono. Página tras página fue recorriendo con él el Camino de Santiago hasta que el texto se interrumpió de golpe y porrazo en mitad de una frase. Después de que le diagnosticaran el cáncer, Santiago de Compostela se convirtió en un destino inalcanzable, y Arne optó por adaptar el recorrido a sus posibilidades. Ahora su objetivo y su esperanza era Lourdes, que se hallaba en un ramal secundario del Camino de Santiago. El libro negro lo acompañó también en ese último viaje, para el que eligió la playa de Narbona como punto de partida. Se había propuesto recorrer cuatrocientos treinta kilómetros hasta Lourdes, divididos en diecisiete etapas.

El blanco inmaculado de las últimas cincuenta páginas y la trágica realidad que se ocultaba tras él dejaron helada a Judith. Arne esperaba conseguir la curación en el manantial que encontró Bernadette; pero no pudo llegar hasta Lourdes. Totalmente agotado, tuvo que interrumpir el viaje. Seis semanas más tarde había muerto.

En los meses que siguieron a su muerte, Judith se había sumido en un estado de estupor que la tenía paralizada. Algunos días solo era capaz de hacer lo imprescindible: inspirar. Espirar. Inspirar. Espirar. Ahora, sin embargo, tenía muy claro lo que debía hacer.

5

Caroline estaba preocupada. En cuanto acabó la vista, volvió a marcar el número. Se había pasado la tarde entera llamando a Judith, pero su amiga no cogía el teléfono. Otra vez era el primer martes del mes, y Caroline quería asegurarse de que no olvidara la cita. Judith no podía faltar el día en que iban a hablar de la escapada anual.

Una colega la felicitó por haber ganado el juicio levantando el pulgar, pero Caroline apenas le prestó atención. Tenía el presentimiento de que algo iba mal. Si Judith no aparecía en Le Jardin, iría inmediatamente a la Blumenthalstrasse.

Un ruido de pasos la distrajo de sus sombríos pensamientos. Estelle siempre decía que se podían distinguir unos zapatos caros de unos baratos por el ruido que hacían al andar. El plástico chirriaba. Estos, en cambio, sonaban a cuero caro: zapatos de abogado. Efectivamente, el representante de la parte contraria, Paul Gassner, aceleraba el paso para alcanzarla. Y eso después de que ella acabara de fastidiarle el día y la buena relación con su cliente. Y no por primera vez.

Aunque Gassner tenía su atractivo, en ese momento Caroline no estaba por la labor de discutir sutilezas procesales. Tenía prisa por llegar a Le Jardin, de manera que trató de quitárselo de encima cuanto antes.

—El juez ha dictado sentencia. A nuestro favor. No creo que haya nada más que comentar.

El abogado no se dejó impresionar por su brusquedad. Antes bien, le hizo una oferta sorprendente sin previo aviso:

—Señora Seitz, ¿por qué no se asocia conmigo de una vez? ¡Usted y yo formaríamos un equipo imbatible!

Tal y como Gassner lo había dicho, sonaba a proposición indecente. ¿Es que quería pedirle una cita? Por favor, si era una mujer casada. Felizmente casada.

—Como bien sabe, estoy bien como estoy. Tanto en lo profesional como en lo personal.

Bien. Con eso debería bastar.

Pero el abogado no se inmutó.

—Mi admirada Caroline —insistió Gassner—, seamos francos. Ya tenemos una edad. Si quiere darle un nuevo impulso a su carrera, este es el momento adecuado para hacerlo.

Menuda cara tiene, pensó Caroline, aunque no dejó que se le notara. La penalista había aprendido, después de muchos procesos, a mantener sus emociones bajo control. Aunque por dentro estaba que echaba humo, por fuera mantuvo el tipo.

—¿Quién le ha dicho que quiero cambiar mi vida?

—Los hijos se van de casa, no hay nietos a la vista… Su marido tiene su consulta, los congresos, el deporte… ¿Y usted? Reunirse con sus amigas de francés una vez al mes. Eso no puede ser todo.

Caroline frenó en seco. Allí había algo que no encajaba. ¿Cómo podía saber esas cosas un extraño? ¿Adónde quería ir a parar? ¿Se engañaba o había un matiz de compasión en su voz? Por un momento Caroline se olvidó incluso de su preocupación por Judith.

—Espero que no se tome a mal que me haya informado. ¡Al fin y al cabo es normal que uno quiera saber a quién lleva a su bufete! —explicó el señor caradura sonriendo con desenfado.

La mirada que le dirigió Caroline fue más que elocuente: estaba muy claro que a la abogada no le hacía ninguna gracia que la espiaran. Pero, por lo visto, el hombre creía que podía arreglarlo todo con una sonrisa. Debía de tenerse por el George Clooney de los abogados de Colonia. Con una sonrisa igualmente encantadora, Caroline repuso:

—¿Cómo puedo ponerme en contacto con usted?

—Para las mujeres inteligentes y las buenas noticias siempre estoy disponible. Puede llamarme a cualquier hora del día o de la noche.

Convencido de que podía conseguir algo, Gassner garrapateó su número privado en una tarjeta de visita.

—¿Pensará en mi propuesta?

—¡No! —le anunció Caroline secamente—. Pero cuando necesite conocer algún dato sobre mi vida y mi situación, lo llamaré. —Y acto seguido le arrancó la tarjeta de la mano y lo dejó allí plantado, perplejo.

Mientras se subía al coche, sin embargo, esbozó una sonrisa. A Caroline le gustaba que fueran detrás de ella, pero eso no tenía por qué saberlo su estimado colega.

—¿El abogado de la parte contraria quiere que tú te pases a sus filas? —Las amigas rieron divertidas sentadas a la mesa de la chimenea cuando Caroline, media hora más tarde, les contó la anécdota.

—Como si fuera a liarme con alguien que me espía —zanjó Caroline.

Ahora se sentía más tranquila, porque Judith acababa de entrar en Le Jardin. Estaba más pálida y más delgada aún que la última vez. Pero había ido. Caroline se sintió tan aliviada al verla que olvidó el extraño tonillo conmiserativo que había creído captar en las palabras del abogado. En la cartera tenía la tarjeta de visita con su número privado.

6

A estas alturas Tom ya había participado en siete martes de primeros de mes; había preparado siete veces la mesa de la chimenea y había tratado siete veces de llamar la atención de Kiki sin éxito, de modo que ya hacía tiempo que no tenía que pensar en qué platos le correspondían a quién. La ensalada era para Judith, que apenas reaccionó cuando se la sirvió, pese a la esmerada presentación. Caroline, que se sentaba a la cabecera de la mesa, como si ocupara la presidencia, no dejaba de lanzar miradas inquietas a su amiga. Las patatas asadas, las judías y la carne no le parecían tan sabrosas como de costumbre. Algo le pasaba a Judith. Pero ¿qué podía ser?

Estelle estaba demasiado concentrada devorando su bogavante con espuma de crustáceos al estragón para preocuparse por esos detalles. Por lo general Luc no incluía en la carta excentricidades, pero una vez al mes hacía una excepción para satisfacerla, y Estelle se lo agradecía con generosas propinas y recomendándoselo a su círculo de nuevos ricos, que habían convertido Le Jardin en el *place to be*. Sin embargo, había una cosa que a Estelle le interesaba aún más que las exquisiteces culinarias, y eran los amoríos, de modo que estaba encantada con la historia del abogado.

—Caroline tiene un admirador secreto.

—Es algo puramente profesional, Estelle.

—¿Quién le ha hablado de nuestro curso de francés? De eso hace quince años —se extrañó Eva.

Caroline estaba tan perpleja como ella.

—Sabía incluso lo que hace Philipp en su tiempo libre. Mejor que yo misma.

Kiki lanzó un profundo suspiro.

—A mí nunca me pasan esas cosas. Yo hasta tengo que dar las gracias si me dejan diseñar un vaso de plástico en Thalberg. Hasta la fecha, nunca me ha querido contratar la competencia.

Tom, que en ese momento estaba flambeando su plato, trató de impresionarla con una espectacular llamarada, pero Kiki ni siquiera desvió la vista.

Decepcionado, el camarero se volvió hacia Eva, que seguía con la carta en la mano. Mientras las otras ya hacía rato que comían, ella todavía no se había decidido, y no dejaba de tirar nerviosamente del jersey que le quedaba demasiado corto. ¿Cómo estaban siempre tan bien sus amigas? A ella, para variar, solo le había dado tiempo de ponerse un jersey y unos tejanos y hacerse una coleta.

—Hígado, puede que sea buena idea. A Frido le encanta el hígado.

Las amigas no daban crédito. Parecía increíble que en su día Eva fuera la más ambiciosa del quinteto. Ahora, tras quince años de matrimonio con Frido y cuatro hijos, ya ni siquiera sabía qué le gustaba. Eva solo cocinaba y pensaba para otros.

—Tomaré lo mismo que ella —decidió para poner fin a la espera de Tom, y señaló a Judith, que, con la cabeza baja, paseaba por el plato unas solitarias hojas de lechuga y unas zanahorias minúsculas.

A Judith no le hacía falta levantar la vista para saber que Caroline tenía los ojos clavados en ella. Con esa mirada especial que conocía del hospital. Esa mirada a la que era imposible escapar. Y que te hacía hablar.

—Me encuentro bien… de verdad… Salgo mucho más… bueno, esta semana no… fui a llevar flores a la tumba —musitó. Y no pudo evitar que las lágrimas asomaran a sus ojos.

—¿Puedo hacer algo por ti? —le preguntó Caroline.

—No preguntar nada más, Caroline, por favor. Si no, me echaré a llorar otra vez, y no quiero llorar más… —Se le quebró la voz y no pudo continuar.

Ya hacía seis meses que las amigas veían cómo se torturaba Judith. Había llegado el momento de hacer algo. Intentaron animarla.

—Pasemos al gran tema de hoy. ¿Adónde irán este año las mujeres de los martes?

Luc le dio un codazo a su hijo.

—¡Verás lo que pasa ahora!

Efectivamente, apenas acabó la frase Caroline, empezó el alboroto. Estelle fue la primera en manifestar sus deseos:

—Quiero dormir bajo un cielo estrellado. No hace falta que sean muchas estrellas: cinco para el hotel y dos para el restaurante.

Kiki la interrumpió en el acto:

—Yo necesito la gran ciudad. Quiero salir, ir de fiesta. Sola ya estoy en casa. Llegará un día en que solo me felicitará por mi cumpleaños la compañía telefónica.

—A mí me va bien todo —intervino Eva—. Me apunto a lo que decidáis.

Luc esbozó una sonrisilla.

—Esto se alargará una hora como mínimo. Y luego Caroline dirá la última palabra y serviremos champán para que brinden por la reconciliación.

Caroline trató de poner un poco de orden en la discusión con propuestas concretas:

—Hace poco un cliente me habló de un pequeño hostal en Austria. Es fantástico para pasear. Y la pista de tenis…

Las otras no llegaron a saber qué pasaba con la pista de tenis, porque Estelle ya tenía una opinión bien formada.

—¿Un hostal? Eso suena a habitación con dos camas. No pienso pisar una habitación con dos camas. Ni siquiera en casa tengo una habitación con dos camas.

—Yo este año no voy —soltó Judith en voz baja.

Durante toda la comida había estado pensando en cómo se lo diría a sus amigas, y ahora que se había decidido nadie la escuchaba.

—El hostal ofrece un montón de posibilidades. No tenemos por qué ir siempre…

—¡Yo este año no voy! —repitió Judith con una voz tan alta que todas se sobresaltaron.

De repente se hizo el silencio. Las cuatro se quedaron mirando a Judith, perplejas.

—¿Qué has dicho? —preguntó Caroline.

—Que no voy a ir.

A Judith le llovieron los comentarios.

—¿Y eso?

—¿Por qué?

—¡Si te hace más falta que a nadie!

—Pero ¿qué estás diciendo?

—De eso ni hablar.

En el restaurante hacía rato que los demás clientes habían dejado de comer y contemplaban con abierta curiosidad a las mujeres, que discutían acaloradamente.

—He encontrado el diario de Arne —dijo Judith, tratando de justificar su decisión.

Las amigas no daban crédito.

—Y eso ¿qué tiene que ver con el viaje?

Con voz entrecortada, Judith se explicó:

—Arne escribía un diario. Solo cuando estaba fuera. En el Camino de Santiago. Quería ir a Lourdes. Por el agua milagrosa. —Sus ojos se llenaron de lágrimas. Hablaba en voz cada vez más baja—. Si hubiera llegado… Las páginas en blanco… Esas páginas en blanco en el diario de Arne son lo peor de todo.

—No entiendo qué tiene que ver con nuestro viaje —insistió Caroline sacudiendo la cabeza.

Judith elevó el tono de voz.

—No tengo tiempo para ir con vosotras —anunció con énfasis—. Haré el camino que inició Arne hasta el final.

Por fin lo había soltado. Judith tenía claro lo que sus palabras significaban para su círculo de amigas. Ninguna de ellas se había saltado nunca la tradición que compartían. Sería la primera vez en quince años que no harían su viaje anual todas juntas.

Judith ladeó la cabeza mientras esperaba a que sus amigas le echaran en cara todo lo que ella misma ya se había reprochado mil veces.

«¡Seis meses, Judith! ¿No crees que va siendo hora de que vuelvas a vivir tu vida?»

«Poco a poco tienes que ir despidiéndote de Arne.»

«¡Judith! ¡Hay que mirar hacia delante! No hacia atrás.»

«Tal vez la confesión la ayude. ¿Por qué no prueba?»

Eso lo había dicho el cura en el entierro de Arne, metiéndose donde nadie lo llamaba. Pero ¿para qué iba a confesarse Judith? ¿Para qué centrar la atención en las cosas que había hecho mal en la vida? Eso era algo que no soportaba del catolicismo. Uno se sentía permanentemente en culpa. De todo lo imaginable. Y de lo inimaginable.

«Tonterías. El catolicismo lo perdona todo. Y eso tranquiliza muchísimo», habría replicado Arne.

Judith mantenía un constante diálogo interior con su difunto marido. Se había preguntado muchas veces cómo no iba a pensar en Arne. Al menos durante una hora, o aunque solo fueran cinco minutos.

—Creo —empezó otra vez Judith— que no encontraré la paz hasta que no haya finalizado su camino. El diario de Arne tiene que cerrarse.

Una vez más trató de hacérselo comprender a sus amigas. Pero ¿cómo iban a entender ellas sus problemas? Judith nunca se había atrevido a hablarle a nadie de sus sentimientos de culpa. Ni de algunas otras cosas que la atormentaban.

—¿Quieres ir a Lourdes? —recapituló Caroline, tratando de interpretar sus palabras.

Judith asintió.

—Siguiendo el mismo camino que eligió Arne.

—¿Cómo funciona la cosa? ¿El camino se hace a pie o hay que ir de rodillas? —preguntó Estelle, y acto seguido recibió una enérgica patada en la espinilla. Estaba claro que la discreción no era su principal virtud—. No me des patadas, Eva —continuó sin inmutarse—. La pregunta no está de más. ¿No? ¿Judith?

Judith no ahondó en el desconcertante comentario de su amiga.

—Es mi forma de despedirme, de cerrar el capítulo Arne. Tengo que hacerlo, solo que no sé si…

Se había propuesto ser valiente, pero las lágrimas rodaron incontenibles por sus mejillas. Cuando fue a coger la copa, las manos le temblaban. Se le cayó, y el vino tinto se extendió por la mesa como si fuera un charco de sangre.

—Voy contigo. Te acompaño. —Caroline no tardó ni un segundo en decidirse—. Si piensas que te voy a dejar sola por esos mundos de Dios, estando como estás, vas lista.

Judith se quedó tan sorprendida por la reacción que dejó de llorar.

—¿Harías eso por mí?

Caroline asintió. Conocía muy bien a su amiga. Judith, la eterna indecisa, la que siempre vivía en un mar de dudas, en la provisionalidad, la que empezaba esto y luego lo otro, y desde la muerte de Arne ya nada. Peregrinaciones, catolicismo, adoración a la Virgen, curaciones milagrosas: para Caroline todo eso no significaba nada, pero así y todo se encargaría de que Judith cumpliera su deseo. Los problemas no se tienen, se solucionan. Si hace falta, peregrinando.

—Yo también me apunto —afirmó Kiki. Intuía que era una idea descabellada, pero a veces había que recurrir a medidas radicales para conseguir algo—. Quizá en la gruta no solo se pueda rezar por la curación de las enfermedades, sino también para dar con un hombre como es debido. Estoy a punto de comprarme un gato para poder ponerle perejil en la comida.

Las amigas rieron. Sabían que el problema de Kiki no era encontrar a un hombre, sino ella misma, que no podía ni quería atarse. Los pretendientes no escaseaban, pero Kiki nunca aguantaba más de unos meses.

A Judith le hizo bien el interés de sus amigas. En el momento en que se encontraba, representaba un gran consuelo para ella.

Caroline miró a Estelle.

—¿Alguien más?

Estelle rehuyó la mirada. ¡Por Dios, peregrinar! Ella que pagaba hasta para que le sacaran a pasear al perro. ¿Para qué pasarse hora y media dando vueltas por el Rin cuando en ese tiempo podía ir de compras a Londres? En lugar de dar una respuesta, examinó con detenimiento las botellas de vino. Lo que faltaba. ¿Es que todas estaban vacías?

Eva levantó la mano tímidamente.

—Si estáis todas de acuerdo, me apunto. En cualquier caso, debería hacer más deporte.

Por enésima vez se tiró del jersey, en un intento inútil de cubrir sus redondeces, y acto seguido cogió un pedazo de carne del plato de Caroline. Típico de Eva. Pedía solo ensalada, y al final rebañaba todos los restos. Con los años esa mala costumbre, que practicaba también en casa, le había acarreado diez kilos de más y una mala conciencia crónica. Mañana sin falta empezaría la dieta de la piña. Y, total, como ese día ya no contaba, también dio buena cuenta de los restos del bogavante, que nadaba en su espuma de estragón.

Estelle agitó en el aire la carta de vinos. En realidad solo quería llamar la atención de Tom, el camarero, pero Caroline lo consideró un voto positivo.

—Estelle también se apunta. Aprobado por unanimidad. Las amigas de los martes irán a Lourdes.

—¿Cómo? —Estelle palideció bajo la impecable base de maquillaje. Su mirada reflejaba auténtico horror.

Caroline hizo caso omiso. En ese momento lo importante era Judith.

—No podemos aliviar tu pena, Judith, pero sí hacer el camino contigo.

Judith contempló, conmovida, las caras de ánimo de sus compañeras de mesa. El afecto incondicional que le mostraban la enterneció. Probablemente no se hubieran hecho amigas si se hubieran conocido ese día, pero quince años compartidos hacían que todas las diferencias carecieran de importancia. Pocas veces había notado Judith con tanta intensidad lo unidas que estaban como en ese momento.

Estelle aún no se había recuperado del golpe cuando Tom se acercó a la mesa de la chimenea. Luc observó satisfecho la perfección de sus movimientos. En solo seis meses había conseguido convertir a su hijo en un auténtico camarero. El chico tenía talento. No era de extrañar: había salido a su padre.

—¿Quieren que les sirva el champán ahora? —preguntó Tom cortésmente.

Por toda respuesta a Estelle le salió un gruñido.

—Creo que necesito un médico —respondió.

7

El pesado BMW con el distintivo de médico frenó bruscamente y Philipp, el marido de Caroline, que aún llevaba la bata puesta, bajó a toda prisa del coche. No tuvo que buscar mucho para encontrar a su mujer, porque la doble puerta del garaje estaba abierta de par en par. Entre bicicletas, herramientas y cajas de mudanza, Caroline revolvía en busca del equipo adecuado para una peregrina novata. Botas, termo, saco de dormir, ropa impermeable, mochila… ¿Dónde demonios estaba la puñetera mochila?

Habían pasado seis semanas desde que las amigas de las cenas de los martes tomaran la decisión de hacer el Camino de Santiago juntas, salían al día siguiente, y Caroline aún no tenía lo que necesitaba. Aunque al menos Philipp le había traído lo que le había encargado.

—Tiritas para las ampollas, pomada, vendas, aerosoles para las heridas y un bidón con capacidad para diez litros. Si el agua de Lourdes funciona, cerraré la consulta.

Caroline lanzó distraídamente a un rincón el bidón que le pasó Philipp.

—Adelante, te puedes reír de mí lo que te dé la gana.

—¿Lourdes? ¿El Camino de Santiago? ¿Desde cuándo te tomas esas cosas en serio, Caroline?

—Yo no voy de peregrina. Acompaño a Judith. Eso si encuentro la mochila.

Caroline abrió una de las cajas de mudanza y se detuvo en seco, conmovida. Encima de todo había una diminuta camiseta de béisbol.

—¿Te acuerdas? Fue lo primero que le compramos a Vincent.

Debajo de la prenda descubrió viejos juguetes de Vincent y Josephine, sus dos hijos, que hacía tiempo que eran adultos. Pero a Philipp no le gustaba abandonarse a los recuerdos.

—¿Cómo es que guardas todos esos trastos? —preguntó.

—¡Para tus nietos!

—¿Nietos? ¡Soy demasiado joven para ser abuelo!

—¡Philipp! Vincent y Fien tienen más de veinte años. Puede pasar cualquier día.

Philipp no respondió. Pensativo, contempló la imagen que le devolvía un viejo espejo apoyado en un rincón. Rápidamente se arregló el cabello, que ya empezaba a encanecer, y cogió aire.

—Si meto la barriga, no estoy nada mal. Desde luego no tengo pinta de ser el abuelito Philipp.

Caroline rodeó a su marido con los brazos.

—Tú me gustas con barriga y todo.

Quiso atraerlo hacia sí, abrazarlo, tenerlo cerca, pero Philipp se soltó bruscamente.

—Ya te tengo.

Con aire triunfal sostuvo en alto la polvorienta mochila.

Por un instante Caroline se sintió decepcionada, pero la sensación se desvaneció tan deprisa como había llegado.

—¿Nos vamos a ver antes de que me vaya? ¿Esta noche?

—Estoy de guardia. Mi compañero, el que ha sido padre, está otra vez de baja.

Caroline se quedó desconcertada. ¿Qué compañero? ¿Qué paternidad? ¿Se suponía que tenía que saber de quién estaba hablando? Tal vez los dos se hubieran concentrado demasiado en sus respectivos trabajos. Caroline se propuso firmemente incluir en el futuro a Philipp en su agenda.

—Cuando vuelva, quiero pasar un fin de semana a solas contigo. Nada de hacer las guardias a los amigos…

−… nada de autos en la cama –la interrumpió Philipp–, nada de llamadas de quinquis el domingo por la mañana, nada de hacer tartas con tu tía Gertrude y nada de cenas de los martes.

Caroline odiaba ese tonillo irritado que su marido había adoptado en los últimos meses. Pero no quería peleas. No ahora que se iba a ir de viaje.

−Los dos nos tomaremos unas vacaciones. Cuando vuelva del camino −añadió deprisa.

Philipp la besó en la frente.

−Prometido.

En cuanto Philipp se hubo marchado, Caroline reparó en el viejo espejo. ¿Cuál era el veredicto? Se observó con ojo crítico. Seguro que aún entraba sin problemas en su vestido de novia, constató complacida. Su colega, el abogado, no sabía lo que decía. Estaba satisfecha con su vida. Dos hijos bien educados y seguros de sí mismos que seguían su propio camino, reconocimiento profesional, un marido cariñoso que se tomaba tan en serio su carrera como la propia… Y lo más importante: todavía tenían sexo. A pesar de los años de matrimonio. Un poco más de tiempo para el otro y la vida sería perfecta.

8

¡Más tiempo! Eva habría dado cualquier cosa por disponer aunque solo fuera de una o dos horas más. Habían quedado en que irían juntas al aeropuerto. Caroline haría de chófer y pasaría a recogerlas. Y Eva era la primera en su ruta.

La mochila ya estaba junto a la puerta, pero Eva aún corría de un lado a otro por su amplia y perfectamente equipada cocina colocando los últimos Post-it: cazuelas, platos, tazas, alimentos; todo estaba etiquetado para la familia, que no tenía ni idea de lo que era cocinar.

Desde la mesa, tres adolescentes contemplaban aburridos todo este ajetreo. Y junto a ellos Frido senior. Él mismo se había buscado lo de senior hacía unos años. Después de que Eva se encargara de elegir los nombres de David y Lene, Frido insistió en que se ocuparía del tercero, que se convirtió en Frido júnior porque, con las prisas, en el registro civil no se le ocurrió nada mejor. Fue su último intento de resistirse a la eficacia de Eva y sus previsores planes familiares. Cuando veinte meses después la pequeña Anna completó la familia, el reparto de papeles se había consolidado: Eva tenía bajo su control la sección Familia y Vida social, y él ejercía las funciones de superministro de Trabajo, Economía y Finanzas.

Frido tenía cuarenta y tres años y era directivo en una aseguradora, además de orgulloso propietario de una casa ideal para

familias numerosas con un amplio jardín, y un completo igno-
rante en todo lo relacionado con las actividades cotidianas de su
propia familia. Ojeó atentamente las instrucciones escritas a mano
que Eva le había plantado delante.

—¿Los lunes David tiene tenis y Frido catequesis?

Eva asintió, nerviosa. Sobre todo no permitas que te entren
las dudas, se dijo a sí misma. Habían planeado diez días de camino. Y a eso había que añadir el viaje de ida y el de vuelta. Las
mujeres de los martes nunca habían estado fuera tanto tiempo.

—Lo único difícil será el viernes, con la tutoría de Lene, y tal
vez el miércoles.

—¿El miércoles? Imposible. Tengo reunión con la junta.

La reunión con la junta era una especie de enfermedad crónica de Frido. Tanto daba que fuera la tutoría en el colegio o llevar en coche a los niños, decorar el club de tenis o enfrentarse a
brazos, piernas o corazones infantiles rotos: desde hacía años Frido
siempre sacaba a relucir la reunión de la junta cuando se trataba
de asumir las obligaciones familiares. Y no es que no quisiera hacerlo, es que sencillamente estaba ocupado. «Contrata a alguien»,
sermoneaba Frido. Pero Eva no había tenido cuatro hijos para
dejarlos en manos de una *au pair* rumana.

«Se llama reparto de tareas», se defendía Eva cuando sus amigas
levantaban las cejas. A lo que Estelle replicaba en tono seco: «Se
llama esclavitud».

La amiga consentida era el clásico ejemplo de mujer que siempre mete demasiadas cosas en la maleta y luego se la endilga a otros.
Estelle no trabajaba. Estelle delegaba. Su cometido en la cadena
de farmacias de su marido, su casa, su vida, todo. Hasta el vibrador
que guardaba en el cajón de su mesita de noche, que superaba de
largo en resistencia a su marido, como le gustaba comentar.

Eva podría haber seguido el ejemplo de Estelle, pero ella no
era así. En lugar de delegar, intentaba disimular su creciente sentimiento de culpa con una actividad frenética.

—Os dejo comida hecha. Sopa de pescado tailandesa, solomillo de cerdo asado, pasta con tres rellenos: vegetariano para David, queso para Lene y carne para los demás.

Abrió el congelador, donde esperaba para entrar en acción todo un ejército de *tuppers* cuidadosamente etiquetados. Frido contempló el congelador como si fuera, como poco, la octava maravilla del mundo: asombrado y sin comprender lo más mínimo esa cultura extraña. A nadie se le ocurrió pensar que Eva merecía un cumplido por todo lo que hacía por su familia. Ni siquiera a la propia Eva.

—¿Estás segura de que es lo que quieres hacer? —insistió Frido.

No, no lo estoy, estuvo a punto de contestar Eva. Pero Anna, la más pequeña, a la que Eva se sentía especialmente unida, acudió inesperadamente en su ayuda.

—Vete a hacer ese viaje, mamá. No me importa ser la única niña que no va con su madre al concurso de tartas. De verdad.

Y la niña, que tenía nueve años, rodeó cariñosamente el cuello de su madre con sus bracitos.

Cuando Caroline llegó a recogerla, Eva estaba muerta de cansancio, y eso que aún no habían recorrido ni un milímetro del camino.

—Tal vez pueda cambiar el vuelo e ir más tarde.

—Eva, siempre hay algo. El campeonato de tenis de David, el concierto de Lene, la reunión de la junta…

—¡El concurso de tartas madre e hija! Imagínate lo que pasará si Frido tiene que salir en plena junta para ir a hacer tartas con su hija en el colegio.

Eva parecía desesperada, pero Caroline la conocía muy bien, y no estaba dispuesta a ceder.

—¿Quieres oír la verdad, Eva? Llevas tantos años sacándoles las castañas del fuego a los tuyos que ya ni saben cuáles son sus calcetines.

Eva sabía que Caroline tenía razón. Y, sin embargo, le daba la sensación de que estaba siendo egoísta.

—Frido lo hará de maravilla, Eva. Ya verás como se las apaña sin ti.

—Si tú lo dices…

Caroline suspiró hondo. Todos los años lo mismo. Primero se enredaban en eternas discusiones antes de ponerse de acuerdo sobre un lugar y una fecha, y luego Eva, Kiki y Judith cambiaban de idea y había que empezar otra vez.

«Tengo demasiado trabajo.»

«No sé si voy a poder ir este año.»

«Lo siento.»

Caroline se sabía el guion de memoria. Ponerse en marcha parecía una cuestión de Estado. Eso si se ponían en marcha.

Primero Eva tuvo que llenar de besos y abrazos a cada uno de sus hijos, luego al marido, y luego otra vez a los niños. Solo cuando la familia se situó en la puerta del jardín para decirles adiós, Caroline supo que habían dado el paso decisivo y respiró tranquila. Ya tenía a una en el coche. Ahora quedaban las otras tres.

9

La única, aparte de Caroline, que no se preguntó si no sería mejor quedarse en casa, fue Estelle: «Hacer el camino es lo último, ¿sabes? —le explicó a su marido muy convencida—, y no voy a ser yo la única que no vea la luz».

El problema de Estelle era otro: a pesar de los veinticinco metros cuadrados de armario, no tenía nada que ponerse, de modo que una vez recuperada del golpe inicial, Estelle decidió pasar a la acción, lo que en su caso significaba que llamó a alguien para que hiciera el trabajo por ella.

Dos horas más tarde su PS, su *personal shopper,* se encontraba en el distinguido barrio de Hahnwald dispuesto a encontrar una solución. Estelle vivía en una calle en la que no había edificios, solo mansiones. Y la decoración de la suya era tan exagerada como ella misma: un poco aparatosa, un poco sobrecargada y un poco demasiado llena de adornos y medusas. Últimamente le había dado por el barroquismo: estatuas, cordones, borlas, cojines y el reluciente logotipo de Versace en los platos de postre y las colchas.

«Se lo debo todo a mi padre —le gustaba explicar a Estelle—. El olfato para el dinero y la afición a gastarlo.» Estelle idolatraba a su padre, Willi, un refugiado de Prusia Oriental que después de la guerra hizo una fortuna como chatarrero. Jugándose la vida, Willi recogía en la bombardeada ciudad de Colonia hierro, vigas y raíles y los llevaba a las plantas de reciclaje. Recoger, identificar, clasificar, tratar: había sido su credo vital. Y Estelle le había añadido un elemento: enseña lo que tienes. ¿De qué servía ser rico si nadie lo veía?

—Necesitamos un look que le dé un punto irónico a la imagen de *scout* cubierto de polvo hasta las cejas de esos viajes —anunció el PS nada más entrar.

El PS conocía los gustos de Estelle. Siempre que iba a celebrarse algún gran acontecimiento social, el experto corría a su lado. Sin embargo, escoger el vestuario adecuado para una peregrinación con una historia milenaria era demasiado, si bien jamás lo admitiría: en época de crisis, no podía permitirse perder a una de sus mejores clientas. A ninguno de los dos se le pasó por la cabeza la idea de buscar en la sección de senderismo de una tienda de deportes. «¡Yo tengo una reputación, cariño!», musitó emocionado el PS y se puso manos a la obra.

El día de la partida, las amigas pudieron admirar el resultado de los esfuerzos de Estelle, la siguiente en la ruta. El enorme portón que protegía el chalé en el que vivía de miradas importunas y del celo de los testigos de Jehová se deslizó con un zumbido. La luz lo inundó todo automáticamente. A Estelle le iban las puestas en escena por todo lo alto, pero esta vez Caroline y Eva se quedaron boquiabiertas.

«Lo importante es realizar el look con detalles sorprendentes», recomendó el PS. Y su huella se veía en cada uno de los elementos del conjunto: pantalones cargo que marcaban la figura —el PS estaba especialmente orgulloso de la concha de Santiago de cristales de Swarovski, que brillaba en el perfecto trasero—, cortavientos con una docena larga de bolsillos multifuncionales y forro de piel, y a la espalda una elegante bolsa de mano Burberry dorada. Además, Estelle llevaba un caniche en brazos. Su perrito faldero.

—¡No me lo digáis! —exclamó Estelle—. Es como una mezcla de Robin Hood y el león Simba.

Caroline soltó una carcajada. Eso era algo que le encantaba de su amiga: Estelle era capaz de reírse de sí misma. Aunque prefería reírse de los demás. Su lengua afilada garantizaría distracción para los largos días de marcha. Siempre que su amiga pudiera separarse del perrito, al que en ese momento cubría de besos.

La despedida de su rechoncho y calvo marido, que acomodó el equipaje en el maletero, resultó bastante más fría. Solo un beso insinuado. Pero el rey de las farmacias, al que Estelle sacaba una cabeza, atrajo a su mujer hacia sí y la besó con tal pasión que Caroline y Eva se sonrojaron.

—Y yo que siempre pensé que lo que le importaba a Estelle eran las cinco farmacias —murmuró Caroline.

—Y eso después de tantos años de matrimonio —suspiró Eva.

A medida que los besos ganaban en intensidad, las dos se convencieron de que la historia del vibrador tenía que ser una exageración. Pero así era todo lo que Estelle hacía y decía.

«Hay que exagerar para hacerse entender», solía decir, y afirmaba categóricamente que la cita era de Mao. Que no se pensara Judith que era la única experta en pensamiento oriental del grupo.

A saber hasta dónde habrían llegado Estelle y su rey de las farmacias si no hubiera aparecido una bicicleta que estuvo a punto de atropellarlos. Kiki, la última en la lista de recogida, había llegado.

—Es que es más fácil si no te tienes que pasar por mi casa —se disculpó con Caroline.

Como siempre, Kiki parecía estar un poco ida. Sobre los pantalones se había puesto un vestidito corto y a la espalda una mochila de colores vivos. Aunque tenía ya treinta y cinco años, parecía una niña. En la cesta de la bicicleta llevaba cosas que no había tenido tiempo de meter en la mochila.

—Por el camino tendré que acabar algunas cosas —se defendió antes de que a nadie se le ocurriera hacer preguntas incómodas—. Últimamente en el estudio ha habido un poco de…

Kiki se esforzó en encontrar la expresión adecuada para explicar lo que le había pasado en el trabajo. Pero al final decidió que no era el momento adecuado para poner a sus amigas al corriente de su secreto.

—Ha habido un poco de movimiento —se limitó a añadir.

Caroline observó, sacudiendo la cabeza, el montón de objetos que iba a parar a la mochila: cámara de fotos, papel, lápices, bloc de dibujo, celo, tijeras…

—Es como si te hubieras dado a la fuga.

—¿Es que esto se va a convertir en un interrogatorio? —replicó Kiki.

Caroline y Eva se miraron perplejas. Tenía que haber una razón de peso para que Kiki dejara su bicicleta, que utilizaba a diario, en casa de Estelle. Su amiga se comportaba de una forma muy extraña. ¿Por qué reaccionaba Kiki con tanta agresividad?

—Está en una edad difícil —aventuró Estelle—. Pero quién no lo está.

Por primera vez a Caroline le entraron dudas, y se preguntó si no sería mejor quedarse en casa ese año. Durante toda su vida había envidiado a la gente que sabía retirarse a tiempo. Pero no era su caso. Ella era una persona cumplidora, que mantenía sus decisiones hasta el final, por amargo que fuera.

Las amigas fueron a buscar a Judith, que en el último momento había decidido ir al cementerio antes de salir. Ahora se encontraba ante la tumba de Arne, adornada con mimo, y le costaba apartarse de ella. Con la enorme camisa de cuadros de Arne que se había puesto parecía perdida.

—No sé si tendré fuerzas para hacer este viaje —le confió a Caroline, que se había acercado para llevarla con las otras.

—¿No me irás a dejar sola con las chicas? No puedes hacerme esto —replicó su amiga.

Judith dudaba.

—¿Tú crees que seré capaz? ¿Hacer tantos kilómetros? ¿A pie?

Caroline cogió una vela de la tumba de Arne y se la puso en la mano a Judith.

—La llevaremos a Lourdes por Arne. Será casi como si hubiera ido él mismo.

Caroline se colgó la mochila de Judith, le pasó el brazo por la cintura y la condujo hasta la salida del cementerio, donde esperaban las otras tres amigas.

Había momentos en la vida en que todo encajaba y tenía pleno sentido. Ese no era uno de ellos. Mientras las cinco mujeres se instalaban en sus asientos en el avión, el mecanismo de relojería de la bomba que dejara Arne ya se había puesto en marcha. Habían aparecido algunos indicios, señales de alarma, pero los habían pasado por alto. Y ahora brindaban con el champán barato de la línea aérea.

—¡Por el viaje de las amigas de los martes!

—¡Por Lourdes y la Virgen María!

10

–¡Por mamá!

Mientras el avión se aproximaba a la costa mediterránea francesa, Frido y su hija menor, Anna, estaban sentados en la cocina, de noche, entrechocando sus tazas de cacao. En la página ocho de las instrucciones de Eva ponía que el cacao era bueno para el insomnio infantil.

Nada más dar el primer sorbo, Anna sacudió la cabeza.

—Creo que mamá hace el cacao con leche.

Frido asintió muy serio. Aunque dirigía un departamento con ciento treinta empleados, era evidente que la preparación del cacao lo superaba. Ya le había costado lo suyo averiguar cómo funcionaba la cocina de gas.

—Al menos está caliente —opinó, y para dar ejemplo, hizo de tripas corazón y se tragó el aguachirle de color gris.

Anna cerró los ojos y lo imitó.

Desde arriba llegaban los gritos alborozados de *Super Mario,* a un volumen que solo los adolescentes podían considerar aceptable. Por lo visto, los tres mayores se habían reunido en la habitación de David y jugaban con la Wii. Y eso que hacía horas que Frido los había mandado a la cama.

—No puedo dormir si mamá no me da un beso de buenas noches —dijo Anna entristecida.

A Frido le habría gustado replicar «yo tampoco», pero así difícilmente consolaría a su hija.

—¿Quieres que miremos por dónde anda mamá?

Por fin apareció una sonrisa en el rostro infantil.

Anna y Frido señalaron juntos en el portátil la ruta que pensaban seguir las cinco mujeres: le Chemin du Piémont Pyrénéen.

—De Colonia han volado a Montpellier. Allí pasarán la noche. Y mañana temprano cogerán un autobús hasta aquí.

Con gesto decidido, Frido marcó una cruz en el punto de partida. Había copiado un mapa en la página de inicio de Anna para que su hija pudiera señalar cada día los progresos de las cinco amigas. La mirada de Anna pasó, desconcertada, de la pantalla del ordenador a su padre.

La cruz estaba en tierra de nadie.

—¡Ahí no hay nada!

—Claro que sí, Anna, tiene que haber algo.

Lo esperaba con toda su alma. Aunque solo fuera una antena de telefonía móvil, porque tenía la desagradable sensación de que lo del cacao no sería el único problema con que se tropezaría en los próximos días.

11

No era así como se lo habían imaginado. Unos peñascos pelados que formaban parte del macizo de la Clape, una carretera solitaria y una parada de autobús desierta. Cinco rostros contemplaban con pasmo la mañana francesa. Las mujeres de los martes habían llegado al punto de partida del camino. Judith había insistido en arrancar cerca de la playa de Narbona, donde Arne iniciara su última etapa de la ruta: los primeros días las descripciones de Arne eran muy pormenorizadas, y Judith confiaba en encontrar todos los detalles que se mencionaban en el diario. Después del tercer día salvarían un par de etapas en transporte público y luego completarían andando todo el recorrido de Saint-Lizier a Lourdes. Diez días con un programa apretado; les esperaban más de doscientos cincuenta kilómetros a pie. Y ahora se hallaban en el inicio; cinco mujeres de la gran ciudad *in the middle of nowhere*.

Caroline llevaba un sombrero, Kiki un juvenil pañuelo para la cabeza, Judith cara de pena, Eva la habitual coleta descuidada y Estelle unas modernas gafas de sol enormes. Hasta que se dio cuenta de que no veía nada con ellas y se las quitó, solo para constatar que el problema no estaba en los cristales oscuros. No se veía nada porque allí, sencillamente, no había nada. Aparte de campo, claro. De eso había para dar y tomar.

En el horizonte ya se perdía de vista el coche de línea que las había llevado hasta allí. El ruido del motor se fue desvaneciendo en la lejanía. El calor de junio, que iba en aumento, espesaba el aire, las cigarras cantaban, un pájaro batía las alas y un escarabajo se arrastraba por la hojarasca que cubría la tierra reseca. En algún lugar, a lo lejos, ladraba un perro. No se veía un alma por ninguna parte.

Caroline fue la primera en recuperar el habla.

—Al menos esta ruta no está tan transitada como la de España.

Superado el primer golpe, Kiki captó la memorable escena con su cámara digital, que le había costado un ojo de la cara, y Judith se puso a inspeccionar la cuneta hasta que encontró lo que buscaba. En una piedra erosionada al borde del camino se distinguía una concha jacobea, señal inequívoca de que se hallaban en el Camino de Santiago.

—Desde aquí debió de salir Arne para emprender su último viaje —musitó Judith emocionada.

Caroline era muy consciente de lo que representaba ese momento para Judith, y decidió hacer todo lo que estuviera en su mano para que el viaje fuese un éxito.

—¿A qué esperamos?

Cogió a Judith del brazo y las dos echaron a andar con tal brío que las conchas jacobeas que llevaban en la mochila iniciaron un animado vaivén. Por primera vez desde la muerte de Arne, Judith se sentía feliz. Tenía la sensación de que estaba haciendo lo correcto: seguir adelante, dejar la culpa atrás, sencillamente andar y estar otra vez muy cerca de Arne. En ese comienzo existía algo mágico, casi sagrado.

Había personas que conseguían establecer contacto con una fuerza superior, con lo divino, durante la peregrinación. Y Judith deseaba ser una de esas personas. Estaba abierta a ello. Igual que Arne, se entregaría al camino con toda su alma. Para ser una con la creación, y para ser de nuevo una consigo misma.

—¿Dónde está nuestro *sherpa?* —La voz de Estelle la devolvió a la dura realidad.

—¿Qué *sherpa?* —preguntó a su vez Caroline.

—¡Para el equipaje! El viaje espiritual se me haría más fácil si alguien me liberara de las cargas externas.

Caroline sonrió irónicamente.

—Ya sabías dónde te metías.

Estelle se lo tomó con filosofía.

—Valía la pena intentarlo, ¿no? —replicó, y se puso en movimiento tirando, como si fuera lo más natural del mundo, de una elegante maleta con unas ruedas enormes—. Una creación personalizada de Yves, fabricada expresamente para mí —explicó al ver la mirada curiosa de Kiki.

—Tracción en las cuatro ruedas, ideal para campo abierto. Podría haber sido un diseño mío.

—Creía que te encargabas de la vajilla desechable.

—Hasta hoy. Pero ahora en la empresa estamos en un proceso de promoción interna. Thalberg se ha hecho con un proyecto fabuloso a escala nacional. Imaginaos: nuestro estudio diseñará unos jarrones para Ikea. Quien gane el concurso interno podrá ver su creación en cientos de filiales de todo el mundo. Es mi gran oportunidad.

Estelle casi sintió pena por Kiki. Conque por eso estaba tan nerviosa. Desde hacía años Kiki vivía volcada en su carrera, y no era la primera promoción interna de la que hablaba con entusiasmo. Pero hasta el momento ninguno de sus diseños la había lanzado a la fama. ¿Y cómo iban a hacerlo? Kiki diseñaba objetos de uso doméstico: cubiertos y platos desechables, palillos de cóctel, productos de plástico anodinos, objetos producidos en masa tras los cuales nadie adivinaba la presencia de un diseñador. Ella seguía esperando poder salir algún día de los productos desechables —ya fueran proyectos u hombres—, pero mientras tanto en el estudio de Thalberg empezaban a pisar fuerte diseñadores jóvenes, trabajadores en prácticas que acababan de librarse del acné, que estaban muy motivados, cargados de ideas y dispuestos a arrinconar a Kiki definitivamente. Esa vez tenía que salir bien.

—El diseño es como un deporte de alto rendimiento, ¿sabes? —explicó Kiki a Estelle—. Con treinta años ya eres un carcamal.

Estelle se preguntó qué lugar ocuparía en el mundo del diseño alguien como Kiki, que hacía tiempo que había dejado atrás la treintena, pero Kiki seguía hablando.

—No te imaginas lo diferentes que son los de prácticas —se quejó—. Se pasan el santo día yendo de un lado a otro con su botellita de agua y jugando con el móvil. Van a fiestas solo para poder colgar al día siguiente las fotos en internet —afirmó indignada—. No desconectan nunca.

Lo que no dijo es que había intentado acercarse a sus colegas jóvenes y que se había registrado en Facebook. Ya al especificar la situación sentimental habían surgido las primeras dudas. *It's complicated* era la única opción que describía hasta cierto punto su estado. El resultado: en el transcurso de una semana ya tenía más exnovios en su página de Facebook que otros en toda una vida. Pero aún faltaba lo peor. Cuando recibió la solicitud de amistad de un tal Matthieu de Ruan, consideró que ya era suficiente. No estaba dispuesta a compartir su *it's complicated* con Matthieu y a cambio meter las narices en su feliz vida matrimonial con su exnovia-devenida-en-esposa-y-madre-de-su-preciosa-hija. Y menos aún a que la vieran sus compañeros.

—Te haces mayor, cariño —constató Estelle con rudeza, poniendo el dedo en la llaga.

Porque, efectivamente, ahí estaba el origen de todos los problemas de Kiki. Al mirar siempre de reojo al mañana, a Kiki la había asaltado sin querer el pasado; y poco a poco había ido comprendiendo que posiblemente nunca llegara a ser una gran diseñadora. A no ser que concibiera un diseño espectacular. Con aire resuelto desenfundó la cámara, dispuesta a fotografiar todo lo que pudiera servirle de inspiración para la colección de jarrones. Los peculiares colores del sur de Francia, el olor de la mañana, los sonidos de la naturaleza: todo ello podía ser el germen de una idea única. Esa vez saldría bien.

Eva seguía en la parada de autobús, toqueteando el móvil.

—¡Ya voy! —les gritó a sus amigas.

Prefería que nadie la oyera hablar por teléfono. Sabía que sus amigas la tenían por una madre hiperprotectora, pero antes de ponerse en camino, liberada y tranquila, tenía que saber si en casa todo iba bien.

Eva marcó el número nerviosa, sacudió el teléfono, incluso se subió a una peña y lo sostuvo en alto. Pero todo fue inútil: el intento de establecer contacto con el campamento base se frustró. No había cobertura.

Sus amigas se volvieron hacia ella y Eva les hizo un gesto con la mano.

—Un momento, ya voy.

Cogió la mochila deprisa y corriendo, se la echó a la espalda e instantáneamente se inclinó hacia atrás. Quizá hubiera metido demasiadas cosas. Mientras sus compañeras de viaje desaparecían detrás de una curva, Eva se puso en movimiento lanzando un ay. Uno, dos, tres, cuatro… El calor apretaba, la mochila apretaba, las zapatillas de momento no. No era extraño, al fin y al cabo solo había dado cinco pasos. Si un paso eran setenta centímetros, ¿cuántos tendría que dar para llegar a Lourdes? Cuando el número se iluminó en la pantalla del teléfono, deseó no haber hecho el cálculo. ¡Cuatrocientos mil pasos hasta Lourdes! Y eso descontando los trayectos que cubrirían en autobús y en taxi. No lo conseguiría.

Eva no sospechaba que, al doblar la siguiente curva, sus compañeras ya habían hecho una pausa no prevista. Porque con la primera encrucijada había llegado el primer desacuerdo en el grupo.

—Tenemos que ir a la izquierda y llegaremos al monasterio, no tiene pérdida —anunció Judith.

Estelle trató de leer la descripción de la ruta en el diario de Arne situándose detrás de Judith, pero su amiga se volvió bruscamente.

—¿Se puede saber a qué viene tanto misterio? —inquirió, airada, Estelle.

Judith hizo como si no la hubiera oído. En contra de lo que Arne se temía, para ella el diario era una reliquia personal. Y eso que lo que Arne había escrito del monasterio no tenía nada de particular. Se limitaba a describir, con todo detalle, lo bien que lo habían recibido los monjes benedictinos, quienes le habían ofrecido pan, queso de cabra y vino hecho por ellos mismos. Cuando celebraban las misas, los cantos gregorianos llenaban el aire. Judith estaba ansiosa por pisar la abadía donde Arne había encontrado refugio. A saber, tal vez los monjes incluso recordaran a un peregrino que parecía un vaquero del salvaje Oeste.

—Tome el camino que se dirige hacia el este, menos transitado, en lugar del que sale a la izquierda. —La voz de Caroline, que leía una guía para peregrinos que se había llevado, interrumpió sus pensamientos. Típico de Caroline. Se negaba a aceptar que otro supiera lo que había que hacer—. Hay que seguir por la derecha.

—Por la izquierda.

Y ahora ¿qué? Los dedos de Judith y de Caroline apuntaban a dos direcciones distintas.

Finalmente llegó Eva, jadeante y sudorosa.

—Cuidado. La cosa está tensa —le susurró Kiki.

Judith y Caroline se encontraban una frente a otra, enarbolando sus libros, como boxeadores en un cuadrilátero a la espera de oír la campana que señala el inicio del primer asalto. Judith estaba furiosa: ¿cómo podía inmiscuirse así Caroline?

—Para mí es muy importante seguir el mismo camino que Arne.

—Pero es que resulta que no es por ahí.

—Cuando se hace el Camino de Santiago, hay que olvidarse de los planes, escribe Arne. Hay que estar abierto a las cosas que surgen sobre la marcha.

Las otras tres miraban ya a Judith, ya a Caroline, como si estuvieran jugando un partido de tenis.

—Yo estoy abierta a todo. Siempre que vayamos en la dirección correcta.

—Es mi camino. El legado de Arne.

—Es un camino establecido, secular. Arne no fue el primero que lo hizo.

—¡Estás aquí para acompañarme, no al revés! —soltó Judith con una contundencia sorprendente en una persona tan frágil y delicada, y echó a andar haciendo caso omiso de Caroline y sus objeciones, en la dirección que Arne indicaba en el diario.

—Hemos venido para apoyar a Judith. —Kiki se unió a ella tras esbozar un gesto de disculpa dirigido a Caroline, y las otras dos la imitaron.

—Quizá Arne conociera un atajo —se justificó Eva.

Estelle también se puso en marcha, y de nuevo el ruido de las ruedas de la maleta crujiendo en la pista pedregosa acompañó su camino.

—Me encantan los monasterios que se autogestionan —afirmó.

Caroline había ido expresamente a la oficina de información para peregrinos de Colonia y se había comprado una guía en francés, la única que existía para ese recorrido, que era uno de los ramales del Camino de Santiago menos transitado. Y estaba segura de que Judith se equivocaba.

—Hoy tenemos que hacer como mínimo veintiocho kilómetros. Si ya vamos mal desde el principio, no llegaremos a Lourdes en la vida —dijo en un último intento de convencer al grupo.

Ninguna de las mujeres reaccionó. Habían tomado partido por Judith.

Caroline se quedó atrás, enfadada. A los cinco minutos de haber empezado el camino, se enfrentaban al primer cisma. Demasiado pronto para ponerlo todo en juego, pensó Caroline.

Malhumorada, siguió a las cuatro mujeres, dejando atrás una piedra con una concha de Santiago que la hierba tapaba casi por completo. Solo la flecha sobresalía del verde. Y apuntaba hacia la dirección opuesta.

12

¿A quién demonios se le habrá ocurrido lo de las peregrinaciones?, se preguntó Eva. Ya había renunciado a contar los pasos. Para ella, en el interminable camino a pleno sol a través de
monótonos viñedos que imprimían carácter a las lomas, solo
se trataba de dar un paso más y reunir fuerzas para el siguiente.
La carga de sus pecados se le hacía pesada. No era de extrañar, dadas sus visitas nocturnas a la nevera. En las comidas aún conseguía
contenerse, pero cuando en el campo de batalla en que quedaba convertida la cocina volvía a reinar el orden, cuando tendía
la última lavadora, tomaba la lección de vocabulario de latín y
cuatro niños se habían encerrado en sus respectivas habitaciones,
ya no tenía energía para resistirse a ninguna tentación. Tal vez
debiera cocinar menos. Si no hay sobras, no hay tentación. Pero
a Eva le encantaba la idea de tener una casa abierta, donde
cualquiera que llegara sin avisar pudiera sentarse a una mesa bien
servida.

Seguramente un trauma infantil. De adolescente Eva no se
atrevía a invitar a nadie a su casa. Siempre existía el peligro de que
su madre entrara de repente en su cuarto luciendo un atrevido
conjunto *hippy,* se dejara caer en la cama y espantara a amigos en
ciernes con palabras como: «Yo soy Regine, la vieja de Eva». Porque Regine no solo se consideraba la mejor amiga de su hija, sino
también la encarnación de la eterna juventud. Siempre insistía

en que su hija y sus nietos la llamaran por su nombre, aunque eso no impedía que en cada una de sus temidas visitas Anna se le echara al cuello y le soltara un entusiasmado «abuelita». En ese sentido Anna no atendía a razones. Sencillamente no podía entenderlo: Regine pronto cumpliría setenta años y era su abuela. Y a una abuelita se la llamaba abuelita. Eva confiaba ciegamente en el futuro esperanzador que, sin duda, aguardaba a la nueva generación.

Seguro que a Regine le parecería estupendo que Eva fuese por la senda del autoconocimiento. «Tres semanas en la India y aguanto once meses en Colonia», acostumbraba a proclamar en otro tiempo. De pequeña Eva tenía la sensación de que también ella era parte de todo aquello que a Regine le costaba tanto aguantar, y eso que los viajes de su madre al *ashram* constituían paréntesis de felicidad en su vida, porque se iba a casa de la estricta abuela Lore. La lista de reglas de la abuelita Lore, de la que también formaba parte ir a misa los domingos, suponía un grato cambio de tercio para Eva. A Eva le encantaban la seguridad, la sensación de pertenencia y hasta las prohibiciones. Y también la iglesia. Eva se alegró al saber que Frido era católico practicante, y enseguida se sintió a gusto con su numerosa familia política, que la recibió con cariño. Ella solo conocía familias como la de Frido por la televisión, en particular por *Los Walton*. Por desgracia, después de ir cinco veces en tres años, Regine se cansó de la India, y en adelante se dispuso a buscarse a sí misma en Colonia. Si Eva al menos hubiera conocido a su padre… Pero Regine nunca le había revelado su identidad.

—A quién le interesa a estas alturas la familia nuclear burguesa —se defendía cuando Eva volvía a insistir en el tema.

—A mí —confesaba Eva tímidamente.

Pero Regine se negaba a escucharla.

Era para tirarse de los pelos: en lugar de disfrutar de las fascinantes vistas que ofrecía un paisaje nuevo, se arrastraba a duras penas metro a metro y pensaba en su madre. Y eso que hacía tiempo que había dejado atrás la etapa Regine. Eva se esforzaba todos los días en llevar una vida distinta de la de su madre. Aunque a veces sospechaba que valoraba más la idea de un hogar abierto y hospitalario en el que sus hijos pudieran invitar sin miedo a los amigos que su puesta en práctica. La amplia casa junto al parque que habían comprado hacía unos años siempre estaba llena de vida. El campo de juegos y de fútbol del parque era un imán para todos los chavales de las inmediaciones, y su casa se había convertido en el primer lugar al que acudían cuando querían algo: ir al baño, beber, ponerse una tirita, llamar por teléfono, pedir prestada una bomba para la bicicleta, volver a ir al baño. Eva lo solucionaba todo. Probablemente fuese la única persona de Colonia que dejaba la puerta de casa abierta para no tener que salir a abrir cada vez que llamaban.

Andar y andar y andar. Un paso más. Y luego otro. ¿Cuánto faltaría? Eva levantó la vista del suelo polvoriento y vio la luz al final del túnel. El rectilíneo camino pedregoso ascendía lentamente. Estaba segura de que desde allí arriba se veía el monasterio. Incluso los monjes tenían teléfono hoy en día. Por fin podría llamar a Colonia. Eva sacó fuerzas de flaqueza e hizo acopio de la energía que le quedaba. Conseguiría recorrer el último tramo. La primera etapa casi había concluido. Lo de peregrinar tampoco era para tanto. Unos cuantos pasos más.

Cuando llegó a lo alto del cerro arbolado y oteó la depresión que se abría a sus pies, que parecía tan desierta como el trayecto que habían dejado atrás, Eva comprendió que por el momento en ese viaje solo había cometido un error: haber dicho sí a esa aventura descabellada.

13

–¿No es increíble? –comentó Kiki mientras contemplaba las fascinantes vistas del mar Mediterráneo y la turística playa de Narbona, que quedaban a sus espaldas.

A diferencia de Eva, que lanzaba ayes y quejidos a cada paso, a ella caminar no le suponía ningún problema. En ese sentido, el hecho de que no pudiera permitirse un coche era una gran ventaja. El estudio Thalberg se hallaba a las afueras de la ciudad, en lo que en su día fuera un polígono industrial. Las viejas naves de ladrillo donde antes se troceaba carne albergaban ahora influyentes empresas de medios de comunicación y estudios de diseño. Kiki iba al trabajo en bicicleta sin importar el tiempo que hiciese. Doce kilómetros de ida y otros doce de vuelta. Por no hablar de las visitas a los clientes y a la fábrica, que casi siempre hacía dando pedales. Kiki estaba bien preparada para el viaje.

El sol le acariciaba la piel. Olía a exuberancia, a verano, a pino, tomillo y romero. A Kiki le importaba un pimiento que el responsable de semejante espectáculo de luz, color, sombras y olores fuera Dios o el *big bang*. Que otros se rompieran la cabeza con eso. Ella se alegraba de estar lejos de Colonia, donde no solo el cielo acostumbraba a estar cubierto de nubes.

Kiki no les había contado nada a sus amigas, que desconocían sus problemas en el estudio y las malas noticias que llegaban a su casa cada lunes en forma de extractos bancarios. Kiki trabajaba sesenta horas a la semana para ser más pobre que una rata, porque Thalberg partía de la base de que la sola mención de su prestigiosa empresa en el currículo ya era suficiente remuneración para sus empleados. Si Estelle no le hubiera adelantado de tapadillo el dinero, Kiki se habría quedado sin el viaje anual.

—¿Por qué te dejas explotar por Thalberg? —le preguntó Estelle en tono crítico, al ver que Kiki no soltaba el bloc de dibujo ni siquiera durante el viaje.

—Trabajar en Thalberg es como estar en el olimpo del diseño —replicó Kiki con entusiasmo.

Se sintió tan orgullosa cuando en la entrevista a la que acudió hacía seis años presentó sus trabajos y Thalberg confirmó su talento… Thalberg, el diseñador, el director de arte y empresario avispado; Thalberg, el mismo al que revistas del sector habían proclamado en varias ocasiones Diseñador del Año; Thalberg, cuyos trabajos se exponían en los museos de diseño más importantes del mundo; ese Thalberg al parecer creía en su talento. Sus diseños le parecían frescos, además de innovadores, ingeniosos y sensuales. Al escuchar las palabras «puesto fijo», los halagos resonaron con tal fuerza en su cabeza que no prestó atención al sueldo que le ofrecía. Muchos diseñadores habrían vendido su alma al diablo a cambio de trabajar para Thalberg. Kiki fue un paso más allá: se vendió toda ella al diablo, y ahora intentaba llegar a fin de mes con lo que Thalberg le pagaba.

—Thalberg es un fenómeno. —Kiki defendió su decisión—. Se puede aprender tanto con él. Tendrías que ver cómo convierte una idea mediocre en un diseño brillante como si tal cosa.

Lo que se guardó muy mucho de decir fue que el último diseño mediocre que había sufrido esa transformación en las expertas manos de su jefe era de ella. ¡Esos malditos cubiertos de plástico para la línea aérea! Ya en la fase de desarrollo había estado a punto de suicidarse con uno de sus prototipos de cuchillo. Por desgracia eran demasiado romos, frágiles, porosos y, sobre todo, feos. «Es evidente que no tiene usted ni idea de qué es lo que se estila hoy en día en la clase preferente», la increpó Thalberg delante de todo el equipo.

«Y cómo voy a saberlo —refunfuñó Kiki—. Con lo que me paga, como mucho puedo permitirme una compañía *low cost*. Y ahí solo sirven bocadillos resecos.» Naturalmente no lo dijo en voz alta. Y es que Thalberg hacía rato que se había acercado a la mesa siguiente para criticar al compañero que había diseñado los platos.

«El diseño es como el decatlón: hay que aprender a aguantar la rápida sucesión de altibajos», le habían enseñado en la facultad. Y Kiki se negaba a aceptar más fracasos. Ahora quería tener éxito. Quería crear algo que la hiciera destacar entre el ejército de diseñadores que trabajaba para Thalberg.

Todo podía servir de base para su colección de jarrones. A cada metro del camino Kiki descubría nuevos motivos de inspiración que captaba con su cámara: una parra nudosa que hablaba de vendimias pasadas; una formación rocosa peculiar en la que tomaba el sol una lagartija; orquídeas silvestres al borde del camino; el ave de rapiña que alzaba el vuelo majestuosa desde las peñas calcáreas del macizo de la Clape.

—Es un buitre que espera a los peregrinos que se quedan tirados por el camino —aventuró Estelle, lanzando una mirada compasiva a la jadeante Eva. A Estelle no le interesaban lo más mínimo las maravillas de la naturaleza—. Y ahora ¿a qué le estás sacando fotos? —preguntó perpleja al ver que Kiki se inclinaba con abnegación sobre un papel descolorido que había estado demasiado tiempo al sol.

—Mira esos colores desvaídos. Qué delicadeza. —Kiki alabó su hallazgo, aunque intuía que Estelle solo era sensible al degradado si formaba parte de la colección de Emilio Pucci o de Missoni.

Kiki lo fotografiaba todo: el trozo de periódico viejo; las libélulas, en cuyas alas se reflejaba toda la gama de colores…

—A Thalberg le gustan los motivos naturales.

—A Johannes Thalberg solo le gusta su persona —la previno Estelle, que había visto al jefe de Kiki algunas veces en el club de golf—. Es tan vanidoso que lo que más le gustaría tener es una foto de grupo de sí mismo.

Lo cierto es que Estelle no andaba muy desencaminada. Pero la explicación se hallaba en los orígenes de Thalberg, que había crecido en una pequeña ciudad de Hesse cuya vida se regía por la fábrica de calzado. Todos los padres y todas las madres de los otros niños trabajaban allí, con la única excepción de los Thalberg. Porque ellos eran los propietarios de la fábrica. Thalberg se había criado con el servicio, y desde su más tierna infancia había aprendido a marcar las diferencias de clase. El jefe de Kiki se movía en otros círculos, en ambientes selectos donde el dinero de toda la vida se codeaba con el nuevo espíritu empresarial. En un sector en el que todo el mundo se tuteaba, Thalberg guardaba las distancias con sus empleados.

El proyecto de los jarrones era la oportunidad de Kiki de subir a primera división y demostrar su talento. A Thalberg y a la prensa, que sin duda se haría eco del gran encargo de Ikea. Ya estaba viendo el artículo: «Un diseño sublime», se leía en enormes caracteres rojos, y debajo, la historia del origen de sus diseños. «Las ideas surgieron cuando hacía el Camino de Santiago»: una frase como esa quedaría perfecta en una entrevista para la revista de decoración *Schöner Wohnen*. «No soy creyente —le dictaría a una impresionada periodista—, pero tengo que reconocer que mi viaje a Lourdes supuso el punto de inflexión en mi carrera.»

Sería algo por el estilo. Siempre que se le ocurriera alguna cosa que mereciera el titular de «Un diseño sublime», claro, y eso era lo que andaba buscando.

El visor de su cámara tropezó con un insecto de un verde luminoso. Colgaba boca abajo de una planta, la cabeza triangular, esperando a que una presa incauta se acercara. El insecto mantenía las pinzas prensiles dobladas ante el cuerpo estirado.

—Una mantis religiosa —la identificó Caroline—. Ya casi no se encuentran ni en el sur.

Kiki siempre se sorprendía de lo que Caroline podía llegar a saber de los temas más insospechados.

Estelle revolvió los ojos.

—¿Una mantis religiosa? Típico del Camino de Santiago. Aquí hasta los insectos son creyentes. —Estelle estaba harta de tanto campo–. Ya hace tiempo que deberíamos haber llegado al dichoso monasterio de Arne –se quejó, irritada.

–No llegaremos. Porque no vamos bien –fue la frase lapidaria de Caroline, que levantó la voz para asegurarse de que Judith, que iba sola en cabeza, la oía.

14

Judith estaba fuera de sí, y no era por el sol, que poco a poco se acercaba a su punto más alto, difuminando los colores y poniendo fin al trabajo en el ondulado mar de viñas. Tampoco era por lo que veía y sentía. Lo que angustiaba a Judith era lo que no veía: el idílico arroyuelo con su agua potable helada, el destartalado pretil del puente con el que Arne se hirió, el banco desvencijado a la sombra, un pino partido por un rayo de cuyo tocón brotaba nueva vida… Hasta el momento todos los esfuerzos de Judith por descubrir los detalles que Arne había plasmado con un estilo tan florido en su diario habían sido inútiles.

Presta más atención, se dijo. Pero ¿cómo iba a concentrarse en las impresiones del camino si sus amigas no paraban de murmurar a sus espaldas?

—Si no encontramos el monasterio —aventuró Estelle—, se me ocurren algunas ideas. Mi asistente me buscó en internet todos los restaurantes de la zona. —A continuación se sacó unas cuantas hojas impresas de la mochila y leyó con fruición el menú del restaurante con estrellas Michelin más próximo—: Paté de ciervo con pistachos, cangrejos de río marinados en salsa de vermú. A menos de veinte kilómetros de aquí. Podríamos dejarnos mimar un poco, ¿no os parece?

—Peregrinar tiene que doler. Si no, no sirve —aleccionó Kiki a su amiga—. Al final del camino todos tus pecados serán perdonados.

Si había algo que a Estelle le interesaba más todavía que la buena comida, eran los cotilleos, y ella no era de las que se andaban con rodeos. La vida era demasiado corta. Mejor ir directamente al grano.

—¿Complicaciones amorosas?

Kiki lo negó.

—Cuando volvamos a casa, el problema se habrá resuelto por sí solo.

—¿Problemas que se solucionan solos? —apuntó Caroline con retintín—. Eso mismo creen mis clientes, pero nunca funciona. Negar la realidad no sirve de nada: cuando no me hacen caso, se dan cuenta de que se han colado.

Judith fue perfectamente consciente de que el comentario iba dirigido a ella. En ese momento le habría gustado tener la elocuencia de Caroline o la capacidad de réplica de Estelle. Seguro que en un caso así a Arne se le habría ocurrido una respuesta ingeniosa. Él siempre conseguía relajar la tensión con una broma.

Un ruido estridente interrumpió el hilo de sus oscuros pensamientos. Era el teléfono de Eva. Aliviada, Eva lo cogió. Por fin un lugar donde había cobertura.

—¡Frido! ¿Cómo estáis? Empezaba a preocuparme.

Por desgracia, la conexión era tan mala que Eva tenía que chillar para hacerse entender, y Judith y las demás se vieron obligadas a seguir toda la conversación. No fue difícil descubrir qué inquietaba a Frido al otro extremo de la línea.

—Frido, estoy segura de que dejé la salsa hecha.

Las instrucciones que Eva le daba a su marido se sucedían a un ritmo frenético. Judith se maravilló de lo paciente que podía ser Eva con Frido.

—En el congelador, no en la nevera.

»¿Y el cajón de en medio?

»La etiqueta roja.

A Eva le costaba hablar y caminar al mismo tiempo. Le faltaba fuelle.

Mientras Judith lanzaba una muda plegaria al cielo, Kiki hizo una apuesta.

—Diez euros a que Frido no pone la comida en la mesa.

Estelle replicó:

—Hasta mi caniche sabe encontrar su comida solo.

Todas aguzaron el oído para seguir la conversación.

—Eso es. Y ahora tienes que calentarlo todo —explicaba Eva.

Estelle se temió lo peor.

—Espero que sepa utilizar el microondas.

Apenas había acabado de decirlo cuando Eva gritó exasperada.

—¡Frido, en el microondas no!

—Deberías cocinar de vez en cuando, Estelle —rio Kiki.

—Yo sé cocinar —contestó Estelle con fingida indignación—. El té se me da de miedo.

Judith había leído bastantes cosas sobre peregrinaciones, pero en ninguna parte aparecía un peregrino que se colgara del teléfono y diera una conferencia a los que se habían quedado en casa sobre el uso del microondas, la pérdida de antioxidantes y las nefastas consecuencias para la salud que se derivaban de él.

Eva concluyó la explicación con la cara roja como un tomate.

—Sabía que Frido lo tendría difícil —les susurró a sus amigas—, pero no pensé que fuera tan inútil con las tareas domésticas.

Sacudiendo la cabeza, apartó la mano del micrófono y adoptó un tono de esposa paciente.

—Tienes que calentar la salsa al baño de María. Es muy fácil: llena una cazuela de agua, la baja. No, no la roja. Exacto. De cinco a siete minutos. Sí, espero, claro.

Judith había dejado de escuchar: había visto algo. Aquello de delante debía ser el puente. La estrecha pasarela que salvaba el arroyo tenía un pretil completamente oxidado y peligroso. Respiró hondo, aliviada. Con eso debía de haberse arañado Arne la mano derecha. De modo que iban bien. Mientras pasaba la mano con cuidado por el hierro cortante, Judith supo de nuevo por qué se había embarcado en esa aventura.

Cuando, después de dos horas de dura caminata, la pasarela volvió a aparecer en su campo visual, lo que sintió fue muy distinto. El pretil escondido con su canto cortante seguía viéndose con claridad, pero esta vez a la izquierda. Y en ese momento Judith se alegró de no haber compartido los detalles del diario con sus amigas.

15

Aquello era demasiado. Tenían que hacer un descanso ya mismo. Agotada, Judith se dejó caer a la sombra de un enorme pino.

Kiki se quitó las botas y se dio un masaje en los pies. La redención de los pecados era un trabajo duro. Sobre todo para las extremidades.

—No siento los pies. Los tengo como dormidos —se quejó.

Estelle, que estaba tumbada en la hierba con las piernas y los brazos abiertos, como si fuera a hacer un ángel en la nieve, arrugó la nariz.

—Oliendo como huelen, yo diría que lo que los tienes es muertos.

Incluso Kiki, que estaba acostumbrada a buscar el lado bueno en todo y encontrarlo, empezaba a ponerse nerviosa.

—Hace horas que caminamos en círculo —protestó, mirando a Judith con mala cara.

Estelle dijo en voz alta lo que Caroline anunciara horas antes.

—Es evidente que vamos mal.

Judith evitó el contacto visual con Caroline. Claro que se hacía preguntas, claro que le habían llamado la atención las incoherencias, pero eso solo era cosa de Arne y suya.

—Bueno, ¿y qué? —dijo tratando de poner a mal tiempo buena cara—. Lo importante es el proceso interior.

Estelle se quitó los zapatos y se quedó horrorizada: ampollas. Unas ampollas espantosas. ¡Tenía los pies en carne viva!

Judith continuó sin inmutarse:

—Arne dice que el camino hace que afloren sentimientos con los que uno no contaba.

—Ganas de matar —apuntó Estelle.

—Debes centrarte en el camino, Estelle —aconsejó Judith con tacto—. Y el cuerpo se irá adaptando de forma natural al nuevo ritmo. Solo así podrás redescubrirte.

La cantinela esotérica, esa voz susurrante que rebosaba comprensión, acabó con la paciencia de Estelle.

—¿Quién lo dice, si se puede saber? ¿Arne el profeta? Déjame ver.

Presa de la curiosidad, Estelle alargó la mano para coger el diario, que descansaba en la hierba, pero Judith se le adelantó y lo apretó contra su pecho. El legado de Arne no era de la incumbencia de nadie.

—Solo quería saber a qué desafíos espirituales voy a tener que enfrentarme —se defendió Estelle.

Judith estaba débil y furiosa. ¿Por qué había ido con sus amigas? Tendría que haber hecho el camino ella sola. Ya era bastante duro seguir las huellas de Arne para encima tener que soportar las intromisiones del grupo de mujeres de las cenas de los martes. Los comentarios cáusticos de sus amigas, su crítica tácita y ese permanente parloteo de fondo envenenaban la atmósfera. Se alejó un poco del grupo y trató de concentrarse en el motivo por el que había ido a Francia. Quería dar un final digno al diario de Arne.

Abrió el libro con cuidado y desenroscó el capuchón de la pluma de su marido. Judith no utilizaba una pluma desde que emborronara los cuadernos de primaria con la Pelikan. La que había heredado de Arne era una antigualla que ya no se fabricaba. Y pasó lo que tenía que pasar: en lugar de plasmar sabios pensamientos en el papel, lo primero que añadió Judith al diario de Arne fue un borrón azul cobalto. Se le saltaron las lágrimas. Siempre eran las pequeñeces las que podían con ella. Una canción en la radio que habían escuchado juntos, una carta de Volvo que invitaba a Arne a la presentación del nuevo modelo, el pequeño cuenco con leche reseca que Arne solía poner en el balcón para el gato del vecino. Y ahora esa mancha espantosa en el diario. Arne habría intentado sacar alguna lectura positiva de la forma del borrón. Igual que la primera vez que fueron de vacaciones juntos le leyó el futuro en las nubes que se cernían sobre el Báltico.

«Soy un experto lector de nubes –afirmó, y le aseguró muy en serio que las nubes tenían la forma de una tarta Selva Negra–. Nos esperan años dulces y ricos», le dijo al oído. Y Judith lo creyó. Hasta que todo cambió.

No quería pensar más en eso. Tenía que desprenderse del pasado. No quería seguir echando en falta a Arne. Si muchas personas escriben un diario para recordar, Judith quería escribir para olvidar. Las nubes y todo lo que venía detrás. No había que tener mucha imaginación para ver lo que representaba la mancha de tinta: parecía un nubarrón. Los dioses se disponían a lanzar sus rayos contra ella.

Judith pasó la hoja rápidamente y empezó de nuevo. Jueves, 17 de junio. Volvió a atascarse. ¿Qué podía contar de la primera etapa del viaje? Se había atenido rigurosamente a las indicaciones que daba Arne en el diario, y a pesar de todo se había perdido. Se convenció a sí misma de que solo era el cansancio, que la dejaba sin palabras.

16

—Ya sé lo que necesitamos —exclamó Eva alegremente. La última en llegar, lanzó un ay y vio en el acto que la convivencia entre ellas se deterioraba a toda velocidad. Judith estaba sentada en la posición de loto un poco apartada, con la palma de las manos hacia arriba y los ojos cerrados.

—Hace más teatro por el Arne muerto que por el vivo —comentó Estelle acerca del curioso comportamiento de su amiga.

—Ha perdido a su marido, Estelle. En esos casos está permitido exagerar —la defendió Eva.

A Eva le preocupaba su amiga. Judith era la reina del drama en el grupo. Ya en la época de Kai le gustaba más hablar de sus problemas que solucionarlos. En cambio, desde la muerte de Arne había enmudecido. Que Judith ya no quisiera hablar era una señal de alarma.

Eva se quitó la pesada mochila de la espalda. A esas horas en Colonia ya tendrían una comida caliente en la mesa, de modo que ahora podía ocuparse tranquilamente de sí misma y de sus amigas, que necesitaban con urgencia una inyección de vitalidad. Ante el pasmo de sus compañeras, Eva sacó de la mochila un picnic de fábula y un mantel de plástico ultrafino que Kiki identificó, emocionada, como uno de sus primeros diseños para el estudio de

Thalberg. El estampado del mantel no tardó en desaparecer bajo un montón de exquisiteces: aceitunas, salami, queso, hojaldres y galletitas de parmesano, minitartaletas con tomates secos y bizcochitos de zanahoria con nuez. Desde el punto de vista técnico había sido una tontería cargar con todo eso, pero ahora su arma secreta culinaria iría de maravilla para elevar la moral del grupo.

–Entiendo a Frido. Yo tampoco te dejaría marchar. Eres estupenda –suspiró Estelle.

Eva volvió la cabeza, cortada. Le costaba aceptar los cumplidos.

–Solo es un picoteo. Nada especial –dijo, quitándole importancia, aunque en realidad planificar y preparar el picnic le había llevado días, por no hablar de lo que le había costado cargar hasta allí con la pesada mochila.

Eva sirvió la comida en platos de plástico, los fue pasando y se alegró de que a sus amigas les gustara lo que había llevado. Después de caminar durante horas, el mero hecho de descansar a la sombra era como estar en el paraíso. Se pusieron cómodas, disfrutaron del aperitivo que Eva les ofreció y dejaron vagar la mirada por las colinas. Entre el verde intenso de los pinos descollaban peñas peladas, el aire silbaba en el calor del mediodía y las cigarras entonaban su eterno canto. Olía a tierra seca, a romero y a vacaciones. El agotamiento dio paso a una sensación de euforia. Estaban de viaje. Estaban lejos de Colonia, una ciudad en la que solo la fealdad de la plaza Barbarossaplatz daba para escribir medio libro.

Habría podido ser un picnic idílico si Judith no se hubiera separado del grupo y no hubiera existido esa técnica moderna que permite que uno esté localizable en todo momento. En el preciso instante en que Eva iba a llevarse el primer bocado a la boca, le sonó el móvil. Y, como siempre, lo cogió en el acto. La desagradable sensación de que algo podía ir mal en Colonia no le daba un segundo de tregua.

–Hola, Lene. ¿Qué? ¿Te han suspendido en mates? ¿Cómo es posible?

Eva suspiró. A su hija mayor la alteraba cualquier pequeño contratiempo.

Apenas había empezado a consolar a Lene y sus amigas ya le estaban lanzando miradas asesinas. ¿A qué venían esas miradas? Ellas no eran quiénes para hablar. Estelle tenía dos hijastros ya adultos que vivían muy lejos; los hijos de Caroline, cómo no, lo hacían todo bien; Kiki aún estaba buscando al padre adecuado, y Judith se había pensado tanto lo de tener hijos que se le había pasado el arroz. Ninguna de las amigas de las cenas de los martes tenía ni idea de lo que era ayudar a cuatro hijos a salir adelante en los estudios. Regine siempre decía que eso era por no haberlos estimulado lo suficiente de pequeños. Según ella, cuando se pasaban por alto determinadas etapas en el desarrollo infantil, luego todo renqueaba. ¡Qué fácil era hablar! ¿Qué se suponía que tendría que haber hecho? ¿Llevar a cuatro niños a cursos de estimulación precoz, educación musical, natación para bebés y clases de chino? Por no hablar de los test de inteligencia en caso de que les fuera mal en el colegio. A veces tenía la impresión de que era la única madre que no creía que sus hijos fuesen superdotados solo porque sacaban malas notas y no querían ir al colegio. Lo que pasaba era que no rendían. Lene sencillamente estaba en la edad del pavo y era bastante vaga. Pero ¿tenía que dejar a su hija en la estacada por eso? ¿Solo porque se había ido de viaje? Ella no quería ser como Regine, que desaparecía durante semanas sin preocuparse por nada. Era desesperante. Desde que estaba en Francia, pensaba en su madre cada cinco minutos.

17

–Cuando la conocí, Eva quería entrar en un centro especializado en enfermedades cardiovasculares de París. Y luego se casa con Frido, tiene un hijo detrás de otro y ni siquiera termina el curso de francés –refunfuñó Estelle.

Caroline respondió con la boca llena:

–Tú tampoco lo terminaste.

–Lo intenté, en serio. Incluso pensé que se me daba bien. Hasta que la primera vez que estuve en Francia fui a comprar un billete de autobús. –Estelle hizo una de sus pausas efectistas.

–¿Y? –preguntó Kiki intrigada.

–No sé lo que dije, pero el conductor debió de entender «bájate los pantalones».

A las tres les dio un ataque de risa que ni siquiera la mirada sombría que les dirigió Judith consiguió frenar.

–Y por eso has empezado a aprender polaco –la picó Kiki cuando recuperó el aliento.

–Si no, ¿cómo quieres que me entienda con la asistenta? Siempre dice la misma frase y yo no entiendo ni papa.

–¿Y ya has conseguido averiguar qué significa?

Estelle imitó el acento polaco.

–No se preocupe, mi marido volverá a pegarlo.

De nuevo rieron a carcajadas.

–¿No os podríais callar un rato? –exclamó Judith de repente.

Caroline se quedó helada, pero a Estelle y a Kiki ya no había quien las parase.

–Debe de ser una reacción alérgica al campo –opinó Estelle–. Tanto polen y tanto aire puro no pueden ser buenos.

Aquello acabó de sacar a Judith de sus casillas.

–Para vosotras todo esto es un cachondeo –protestó indignada–, pero para mí no. Yo quiero vivir esta experiencia tal como lo hizo Arne. Me lo imaginaba todo tan bonito, y ahora… y ahora ni siquiera sé dónde estamos. –Se echó a llorar. El agotamiento y la desesperación que había ido acumulando en las últimas horas se desbordaron–. Me había propuesto ser fuerte –balbució.

Las risas se transformaron en caras de preocupación. Kiki se mordía el labio inferior, sin saber a qué atenerse. Se sentía culpable. A Estelle, en cambio, no le parecía que fuera para tanto. Le fastidiaba la tendencia de su amiga a poner a su difunto marido en un pedestal. Cuando Arne vivía, les había dicho muchas veces que su amor la agobiaba, pero eso era algo que Judith había olvidado hacía tiempo. De todos modos, para alivio de Caroline, Estelle no dijo nada. Incluso ella sabía cuándo había que parar.

Caroline se limitó a coger a Judith del brazo. No tenía el menor interés en quedar como una listilla. Sobre todo sabiendo que tenían detrás quince años de vivencias compartidas y por delante cuatrocientos treinta kilómetros hasta Lourdes. Cuatrocientos veintisiete, para ser exactos. Porque Caroline sabía exactamente dónde estaban.

–Tal vez no sepamos por qué camino fue Arne, pero sí adónde quería llegar.

Judith apenas reaccionó. Ya no le quedaban fuerzas.

–No tiene sentido. Este viaje solo lo empeora todo –sollozó–. Me gustaría dar media vuelta.

Caroline alzó su guía.

—Y eso es lo que vamos a hacer. A unos cientos de metros de aquí está la carretera. Es el camino más corto para volver a la ruta. Solo son unos kilómetros.

Estelle se dejó caer con aire teatral.

—¿Dónde está el médico que he pedido?

18

Dicen que con el tiempo los perros acaban pareciéndose a sus amos y, por lo visto, lo mismo ocurría con los campesinos y sus animales. Era difícil saber quién se sorprendió más al toparse en aquel camino pedregoso con cinco mujeres solitarias empapadas en sudor y con aspecto de urbanitas, si el lacónico agricultor o las ovejas, que miraban altaneras al curioso grupo de peregrinas desde un remolque. No hizo falta decir nada. El hombre comprendió sin necesidad de explicaciones que un acto de caridad cristiana era la respuesta adecuada a la situación. Sin decir palabra bajó el portón de carga, apartó las ovejas y con un simple gesto invitó a las cinco peregrinas agotadas a acomodarse en el remolque.

Judith subió, dando a entender que por ese día estaba dispuesta a olvidarse del diario y sus indicaciones. Caroline y Eva la siguieron. E incluso Kiki renunció a seguir luchando por la redención de sus pecados. Las cuatro estaban de acuerdo en que, para ser el primer día, ya habían cumplido. ¡Más que de sobra, incluso! En cualquier caso, lo suficiente para darse por vencidas.

Estelle era la única que tenía dudas. A saber hasta qué punto podían tener sed de venganza las ovejas francesas. Siempre existía la posibilidad de que estuvieran emparentadas con el cordero de Pauillac que se había zampado la víspera en Montpellier. Lechal, con cebolla confitada. Parecía que de eso hacía una eternidad.

Para Estelle era como un recuerdo de una vida anterior. De una vida buena. La sucia superficie de carga del remolque no tenía muy buena pinta, pero ¿acaso podía elegir? La espantosa idea de tener que seguir andando aunque solo fuera un metro le concedió el valor necesario para hacer de tripas corazón y superar su marcada fobia a la vida rural. Mientras Estelle trataba de encontrar un sitio seguro, lo más lejos posible de las ovejas, Eva ya se había sentado cómodamente con las piernas cruzadas y, satisfecha, se disponía a dar cuenta de los restos del picnic que se había perdido.

El inestable vehículo se puso en movimiento, y hasta Estelle llegó un penetrante olor a oveja que la golpeó como una bofetada. El motor petardeaba, de la cabina del tractor llegaba el sonido metálico de la radio. Como una voz procedente del pasado, los Poppys cantaban que nada había cambiado: *Non, non, rien n'a changé.* Y la alegre cancioncilla insufló nuevos ánimos a las cinco mujeres.

—Tradujimos esta canción en el curso de francés —exclamó Kiki.

Estelle también recordaba vagamente haber visto el coro de niños franceses en la televisión.

Kiki empezó a dar palmas y a cantar. *Mais tout a continué, mais tout a continué. Non, non, rien n'a changé.* Todo sigue igual, nada ha cambiado, decía.

Incluso Judith se dejó contagiar por el optimismo de la canción y, junto con Eva y Estelle, atacó el estribillo mientras Kiki se hacía responsable de los solos y las estrofas. No se la sabía muy bien, pero para compensar hacía gala de un gran despliegue de gestos dramáticos. Caroline fue la única que se negó a participar, diciendo entre risas:

—Nunca doy con el tono.

Le bastaba con ver disfrutar a sus amigas, que cantaban alegremente mientras el tractor con su remolque avanzaba despacio por las lomas, dejando atrás a unos pocos caminantes dispersos que demostraban que ellas no eran las únicas que habían elegido esa solitaria ruta jacobea.

Estelle se sentía feliz: a pesar de sus reparos, tal vez ese remolque fuera el mejor sitio para convencerse de la belleza del paisaje. Y también para sentir la fuerza de los lazos que las unían. Si hubiera conocido a esas cuatro mujeres entonces, jamás se habrían hecho amigas, pero después de quince años eran capaces de decirse verdades que en otras circunstancias habrían acabado en tragedia.

Non, non, rien n'a changé. Nada había cambiado. Ni cambiaría. Pasara lo que pasase.

Con los maltratados pies colgando del remolque, Estelle notó un suave roce en la nuca, y al ladear la cabeza vio dos ojos ovejunos humedecidos que miraban embelesados el forro de piel de su chaqueta. Tal y como dijera Judith: «En una peregrinación se descubren facetas desconocidas de uno mismo».

Y Estelle acababa de descubrir que su gusto para la ropa tenía tirón entre las ovejas.

19

El tractor frenó chirriando ante su primer alojamiento, el albergue Sainte Marie. Lo habían conseguido. La primera etapa había quedado atrás. Con el mismo laconismo con que las invitara a subir, el silencioso labriego bajó el portón de carga para que las mujeres se bajaran.

El pueblo parecía anclado en la Edad Media. En las estrechas callejuelas se apretujaban casas achaparradas de dos plantas de piedra tosca en tonalidades gris, ocre y amarillo claro. Las deterioradas fachadas daban testimonio de una eterna lucha contra la ruina. Por lo visto, los habitantes solo se preocupaban de arreglar y revocar las zonas a medida que lo iban necesitando.

Caroline celebró que hubieran llegado. Cuando cruzaban el pueblo, el remolque se había acercado peligrosamente a las casas sin que el hombre considerara necesario reducir la marcha. Las marcas en los muros demostraban que no todos los conductores eran capaces de mantenerse a la debida distancia. Tal vez esa fuera la razón de que las ventanas fuesen tan escasas y tan pequeñas. Su tamaño parecía estar determinado más por el espacio disponible que por las reglas de la simetría.

Las fachadas de piedra transmitían una sensación de reserva, ya que las pocas ventanas que había estaban cerradas a cal y canto con postigos y rejas. Las antenas parabólicas en los tejados sugerían que en el pueblo no pasaba gran cosa. El mundo llegaba hasta las casas vía satélite.

El albergue Sainte Marie se hallaba en una plaza donde se alzaban una pequeña iglesia, una charcutería y un exiguo estanco, un *tabac*, en el que los lugareños no solo podían ponerse al día de lo que ocurría en el vasto mundo, sino también de los últimos cotilleos de la zona, que ese día giraban en torno a las cinco mujeres del vasto mundo que habían aterrizado en el pueblo.

Caroline observó con atención la talla en madera policromada de la patrona del albergue. Colocada en un nicho excavado en el muro de la entrada, la Virgen aparecía representada como una dama con un vaporoso vestido blanco ceñido con un cinturón azul, en cada pie una rosa de oro. Así la describió en 1858 Bernadette Soubirous, que a la sazón tenía catorce años, después de que se le apareciera en una gruta abierta en las rocas. Caroline había leído la historia en internet, y de paso había constatado que, en este mundo secularizado, si se buscaba el santuario de Lourdes, se podía obtener también información sobre la hija de Madonna que lleva el mismo nombre.

La historia de Bernadette no le parecía muy convincente a Caroline. «No os prometo la felicidad en este mundo, sino en el otro», comunicó, al parecer, la aparición a la niña. Si una se ponía en el papel de María, esa era una forma fácil de salir del paso, pues algo así escapaba a cualquier comprobación.

Caroline no podía dejar a un lado sin más su deformación profesional, que la empujaba a comprobar la veracidad y la plausibilidad de los testimonios. Las historias turbias la sacaban de quicio, equivalían a trabajo, complicaciones, turnos de noche y sorpresas desagradables en el tribunal. Quienes alegaban haber oído voces solían ser aquellos clientes que no querían asumir ninguna responsabilidad sobre su vida.

Ya le parecía demasiada casualidad que la enigmática aparición de Lourdes coincidiera con el dogma de la Inmaculada Concepción, que la Iglesia había propuesto cuatro años antes.

81

«Que soy era Immaculada Councepciou», respondió en gascón la mujer que flotaba en la pared de piedra ante los ojos de Bernadette cuando esta le preguntó quién era. «Yo soy la Inmaculada Concepción.»

Otra cosa que Caroline tampoco entendía. Porque la Inmaculada Concepción no se refería a Jesús, sino a la propia María. En el dogma, Pío IX estableció como artículo de fe que Jesús no solo había nacido de una virgen, sino que además, por la gracia de Dios, María estaba libre del pecado original desde el principio. A pesar de que el embarazo de la abuela de Jesús, Ana, había sido de lo más natural. Caroline frunció el ceño: ¿Relaciones sexuales normales? Y, aun así, ¿una inmaculada concepción? Seguramente para entender algo así había que ser católico.

Sea como fuere, el abogado que se enfrentara a ella con unos argumentos tan poco consistentes no saldría muy bien parado. Pero probablemente ese fuera el intríngulis de la religión. O uno creía o no creía. Caroline, en cualquier caso, no creía ni una palabra de la historia de Bernadette. Ni siquiera el agua con propiedades curativas de Lourdes era lo que prometía. Caroline había leído que análisis científicos habían probado que la composición mineral del agua del manantial no tenía nada de extraordinario. En román paladino, lo que se había analizado era agua potable. Pero si había gente que creía la historia de Bernadette o quería llamar así a su albergue, a Caroline le parecía perfecto.

El grito de júbilo que lanzó Judith la arrancó de sus pensamientos.

—¡Sainte Marie! Estamos de nuevo en la ruta de Arne. —Le parecía increíble que hubieran tenido tanta suerte—. Dormiremos en el mismo sitio que Arne. Tal vez no hayamos hecho exactamente el mismo recorrido, pero volvemos a encontrarnos en su camino. Ya veréis como es genial —les prometió a sus amigas—. A Arne le encantó. Tienen bodega, unas camas blandas fabulosas y el cuarto de baño grande. Justo lo que se necesita después de un largo día de viaje. Arne no quería marcharse.

El tono de su voz volvía a ser el de siempre. La inseguridad que la invadiera durante la primera etapa del viaje se había esfumado. Se habían incorporado a la ruta de Arne, y Judith estaba preparada para asumir de nuevo el mando. Todo iba bien.

Hasta que la patrona, Ginette, con el rostro curtido por toda una vida bajo el sol meridional, abrió la chirriante puerta de su habitación. A Caroline no le hizo falta ver nada más. Una mirada le bastó para despejar cualquier duda que pudiera tener: había algo que no encajaba en el diario de Arne. Y ese algo era más que un pequeño error en las indicaciones.

20

—Para mí la de arriba —anunció Kiki alegremente, y tomando impulso ella y su equipaje se instalaron en la cama superior, la más próxima a la ventana ciega.

Las otras aún no se habían recuperado del susto. ¿Quién había hablado de lujo? Si a algo recordaba esa habitación, era a la austera celda de un convento. Y no solo por el enorme crucifijo que la adornaba.

Un fluorescente iluminaba con crudeza el parco mobiliario: tres literas, una silla, una mesa coja y un armario con seis perchas cuyas puertas no cerraban. Todo de la mejor melamina. Y en las camas, unas mantas de lana raídas que posiblemente fueran reliquias de antes de la guerra.

—Tengo una amiga que hace bolsos con esto. Se los quitan de las manos —comentó Kiki entusiasmada.

En ese momento no tenía ni tiempo ni ganas de preocuparse por el mobiliario de una habitación de hotel. Lo que Arne hubiera escrito en su diario le daba igual. Lo único que quería era ponerse a trabajar enseguida en el primer diseño. A lo largo del día había visto un montón de formas y colores interesantes y se había empapado de los sonidos del paisaje. Para Kiki, los sonidos y la música eran importantes. Ya en el primer semestre en la escuela de diseño fue el hazmerreír de sus compañeros cuando, en la primera presentación de un producto, puso un CD para ilustrar la sensación que quería transmitir con el sofá que había diseñado, mientras que todos los demás se habían pasado horas pintando y puliendo primorosamente sus muebles de espuma de poliuretano. Por suerte ya hacía tiempo que había aparatos que creaban prototipos tridimensionales por ordenador con solo apretar una tecla.

Kiki estaba de buen humor. El día la había obsequiado con tantas sensaciones especiales… Ahora se trataba de transformarlas en un diseño. En ese sitio podía trabajar mucho mejor que en el estudio de Colonia, donde siempre estaba rodeada de colegas que la distraían de sus ocupaciones. Allí había silencio. Demasiado silencio.

Judith, que al llegar al albergue rebosaba de entusiasmo, se había quedado sin habla al ver la habitación de seis camas.

Estelle, que había ido a la planta baja en busca de un buen caldo, apareció al cabo de un rato agitando en el aire su hallazgo con aire divertido: un *tetrabrik* de litro y medio de vino.

—Es lo único que he podido encontrar en la supuesta bodega —informó mientras repartía vasos y los llenaba.

Caroline levantó el suyo.

—Brindemos por este tugurio. Igual que Arne —exclamó en tono solemne.

Aunque no lo dijo con mala intención, Judith se sintió atacada de inmediato. Sus rasgos se endurecieron.

Caroline, que al parecer no se había dado cuenta, añadió:

—Pues la verdad es que este vino es bastante potable.

—¿Qué has querido decir con eso, Caroline? —soltó Judith.

—Bueno, es posible que Arne no viera algunas cosas como realmente eran —escurrió el bulto Caroline, que no quería pelea.

Pero Judith ya se había acalorado.

—Él las veía con el corazón, no con la cabeza.

Kiki suspiró. A veces el amor enfermizo de Caroline a la verdad era un suplicio. ¿Qué importaba que Arne no hubiera descrito con exactitud el camino y el alojamiento? Tenían un sitio donde quedarse, estaban sanas, tenían diez días de vacaciones en Francia por delante y el vino sabía de maravilla. ¿Qué más querían?

Déjalo. No le quites la ilusión a Judith, quiso gritarle Kiki a su amiga, pero Caroline no le dio tiempo.

—¿No te parece raro que las indicaciones del diario concuerden tan poco con la realidad? —siguió chinchando.

Kiki no era la única que intuía que aquello acabaría mal. Eva se colocó entre los dos gallos de pelea y sirvió vino.

—Hay muchas rutas jacobeas, pero todas conducen a Santiago de Compostela —afirmó con aire animado, tratando de calmar las cosas antes de que la discusión degenerara en pelea.

Judith apartó a Eva.

—Probablemente esto haya cambiado de dueño —replicó con tozudez.

Estelle inspeccionó su cama con la punta de los dedos.

—En estos siete últimos meses aquí no han cambiado ni las mantas.

Estelle, que estaba preparada para cualquier eventualidad, sacó como por arte de magia un insecticida de la maleta.

—¿Adónde queréis ir a parar? —preguntó Judith.

—¿De verdad crees que Arne pensaba que esto era lujoso? —se justificó Caroline.

—¿Después de un día de camino? Definitivamente sí —soltó Kiki, divertida.

Y lo decía en serio. Instalada cómodamente en las alturas, Kiki estaba pegando en la pared los primeros bocetos de jarrones y todo le parecía estupendo. Exceptuando la machaconería de sus amigas.

Abajo la pelea seguía su curso. Caroline no tenía intención de ceder, y Judith aún menos.

—Arne estaba gravemente enfermo, sabía que iba a morir. En esos casos cada momento se ve como un regalo. Cada encuentro con la creación es un milagro. Incluso con la más pequeña de las criaturas.

Un olor penetrante se extendió por la habitación. Judith no podía respirar, de modo que le fue imposible seguir hablando:

Con su aerosol, Estelle enviaba sin piedad al más allá a una pequeña criatura que se había ocultado en su cama junto con su numerosa familia al completo. Al percibir la consternación de sus amigas, miró avergonzada a Judith y luego la masacre que había provocado entre los bichejos.

—Podríamos convertirnos al budismo —propuso Estelle arrepentida—. Los budistas creen en la reencarnación.

Judith abandonó la habitación dando un portazo, y Eva la siguió, no sin antes reñir en voz baja a sus compañeras de viaje.

—Ha sido totalmente innecesario —dijo, sin precisar si se refería a las preguntas incisivas de Caroline o al humor desconcertante de Estelle.

—Genial —felicitó Kiki a Caroline levantando el pulgar—. Ahora Judith ya vuelve a tener un motivo para pasarse media noche sollozando.

—Si no digo nada, mañana volveremos a perdernos —se defendió Caroline.

Por su parte, Estelle ya estaba sacándole punta a la idea que Caroline había puesto sobre el tapete.

—¿Tú no tuviste una vez un cliente que se inventó de arriba abajo un diario?

—¿Hitler? —preguntó Kiki.

Caroline se echó a reír.

—Estelle se refiere al ladrón reincidente. Ese que creía que podía arreglarlo todo escribiéndose las coartadas.

Estelle asintió con una mirada elocuente.

—A saber lo que tendría que esconder Arne.

21

Caroline se había pasado el día entero pensando en cómo conseguir que Judith no fuera tan esclava de las dudosas instrucciones del diario de Arne, y al final se había olvidado de toda precaución y había abordado el tema a bocajarro.

Ahora se reprochaba su falta de tacto mientras tomaba un vaso de vino en el banco de delante del albergue y contemplaba el discurrir vespertino de la vida en el pueblo. Los últimos rayos de sol teñían de oro las fachadas grises y hacía un calor agradable. En la callejuela unos adolescentes perseguían a dos chicas que soltaban risitas, rivalizando en gamberradas y bulla. Los viejos del pueblo se habían reunido junto a la iglesia para charlar, y miraban una y otra vez a Caroline, aunque ella no se daba cuenta.

Caroline no estaba contenta consigo misma. ¿Por qué se había exaltado así? Envidiaba la capacidad de Kiki de aceptar las cosas. Kiki no se planteaba cuestiones superfluas. Seguramente le daba igual que llegaran a Lourdes, a Tombuctú o a ninguna parte. Ella disfrutaba de lo que le deparaba el día y no se complicaba la vida. Y a pesar de eso, era ambiciosa en su trabajo. ¿Por qué ella no podía ver la vida de una forma más relajada? Kiki era una persona querida. A ella, en todo caso, la apreciaban, a menudo la temían, y en ocasiones la desafiaban abiertamente.

En el trabajo no le suponía ningún problema: transigir, esperar y decir lo correcto en el momento oportuno. Entonces, ¿por qué en la vida privada no era así?

Para eso están las amigas. Para desquitarse del trabajo, se dijo intentando tranquilizarse.

La mentira formaba parte de su profesión, eso por descontado. Día tras día tenía que vérselas con declaraciones falsas y medias verdades, con subterfugios y evasivas. El Derecho amparaba al mentiroso. *Nemo tenetur se ipse accusare,* nadie está obligado a autoinculparse y contribuir a su condena. Pero en la misma medida en que había aprendido a resignarse a las mentiras en los tribunales, en la vida privada era alérgica a los embustes.

En lugar de seguir molestando a Judith con preguntas incómodas, se centró en su marido. Desde que habían llegado, había estado tratando de ponerse en contacto con Philipp. Arne había sido paciente suyo, y era muy probable que hubiesen hablado de ese último viaje que hizo. Pero aunque Philipp tenía móvil, solo lo utilizaba en caso de extrema urgencia y a menudo lo tenía descargado; a su marido no le atraía la tecnología punta ni la idea de estar siempre localizable fuera de los horarios de consulta y de las guardias, y tampoco le gustaba nada tener que pagar los recibos.

Caroline ya había llamado cuatro veces a la consulta, y las cuatro veces había recibido la misma respuesta: «El doctor Seitz ha acudido a una visita domiciliaria», le había anunciado con voz cantarina la ayudante.

Toda Colonia parecía ser víctima de una epidemia que imposibilitaba que los pacientes acudieran por su propio pie a la consulta de Philipp.

No era nada extraño que hubiera días en los que Philipp y Caroline no hablaran. Ellos no eran de esos matrimonios que estaban siempre pegados al teléfono. Ni en la vida cotidiana ni en los viajes de trabajo. Caroline no sentía la necesidad de estar siempre llamando, mandando mensajes o correos electrónicos para asegurarse de que Philipp seguía vivo y la quería. Ahora, sin embargo, le cabreaba no poder ponerse en contacto con su marido. Confiaba en que Philipp pudiera ayudarla con aquello.

Caroline lanzó un suspiro y se retrepó en el banco. Aún hacía un calorcito agradable. Por una ventana abierta salía a todo volumen el *Journal de 20 heures,* que desde hacía algún tiempo presentaba una mujer en lugar de Patrick Poivre d'Arvor, el periodista estrella de los informativos franceses, el mismo que acompañara a Caroline a lo largo de todos los cursos de francés. Unos niños jugaban al fútbol entre dos cubos llenos de basura y gritaban entusiasmados como si con esos goles la selección francesa hubiera ganado el Mundial. Una voz los avisó de que la cena estaba lista, y los chicos se retiraron a sus casas. Solo se quedaron los ancianos, que, sentados en un poyo de la pared de la iglesia, comentaban los acontecimientos del día. Qué extraño, pensó Caroline, que en las plazas de los pueblos del sur solo haya hombres. Aunque lo cierto era que en el caso de las cinco mujeres las veladas mixtas nunca habían tenido éxito. Siempre que venían los hombres, las cosas se complicaban.

Caroline se estremeció al recordar la primera comunión del primogénito de Eva, David, que se celebró a lo grande. Tratándose de Eva, a lo grande significaba que no invitó únicamente a sus amigas junto con sus respectivos acompañantes y a la numerosa familia de Frido, sino también a su excéntrica madre. Caroline recordaba, como si fuera ese día, cómo se quedó cuando conoció a Regine. La madre de Eva estaba consternada por el hecho de que su hija mantuviera viva una tradición familiar contra la que ella se había rebelado en su día. «Esto es abuela Lore total», anunció antes incluso de entrar, y su tono dejaba claro que no era un cumplido. Regine y la muy católica familia de Frido, que asistió a la comunión de David con todos sus hijos y los hijos de sus hijos que pudieron acudir, se dijeron alguna palabra más alta que otra. Y en medio del jaleo, las amigas y sus parejas, aguantando el chaparrón sin saber qué cara poner.

Mientras Kiki le rompía primero el corazón y luego la nariz (ambas cosas sin querer) al hermano menor de Frido, Estelle y su rey de las farmacias tuvieron ocasión de lamentar amargamente no haber llevado consigo un buen cargamento de Rubifen para repartirlo entre los niños. O para administrarle una buena dosis a Regine, que eligió precisamente a Philipp para soltarle su trauma infantil con el catolicismo: Regine no lograba entender que esa hija a la que había educado con amplitud de miras le impusiera ahora a su nieto David algo tan dogmático como la comunión.

—Por no hablar de la confesión —le dijo al oído a grito pelado a Philipp para que los niños la oyeran—. De pequeña incluso tenía que pedir perdón por pecados de los que ya ni me acordaba. Siempre ese miedo. Dios sabe lo que vas a tener que confesar antes de haber hecho nada.

Y cuando por fin Philipp consiguió escapar de Regine, fue a topar con Kai, que no dejaba enlazar tres frases seguidas a la pobre Judith sin corregirla. «Eso es así hasta cierto punto», parecía ser su frase preferida. Tres días más tarde, Judith solicitó el divorcio.

Después de que la comunión de su hijo acabara para ella con un amago de crisis nerviosa, Eva anunció que en el futuro celebraría las ceremonias religiosas solo con su marido y sus hijos. Tampoco las parejas de las amigas guardaban muy buen recuerdo de esa tarde: a partir de aquel día se mantuvieron tan alejadas como pudieron de los encuentros de las cinco mujeres. A las amigas les pareció bien.

El único hombre que estaba empeñado en asistir a las reuniones de las mujeres era Arne, que solía llevar a Judith en coche a Le Jardin y no solo se tomaba una copa de vino, a veces se quedaba hasta el final. Judith tenía la gran suerte de que Arne la quería de verdad y siempre estaba pendiente de ella. Y la desgracia de que quería demostrárselo las veinticuatro horas del día. Caroline a menudo se asombraba de lo simbiótica que era su relación. Pero después de Kai cualquier cambio era un avance.

Y Judith no era una mujer fuerte. Si no tenía un hombro en el que apoyarse, se hundía con facilidad. Era extraño que no lo hubiera pensado antes: Judith, que en todos esos años había ido de hombre en hombre, desde la muerte de Arne vivía sola por primera vez. Normal que le costara adaptarse a esa nueva vida.

Sin muchas esperanzas, Caroline intentó de nuevo ponerse en contacto con Philipp. Para entonces la ayudante ya se había ido a casa, y en su lugar le respondió el contestador automático: «Consulta del doctor Philipp Seitz. En este momento no estoy disponible. En caso de emergencia acuda a Urgencias».

Caroline colgó, irritada: no necesitaba acudir a Urgencias, necesitaba a Philipp. Y en ese momento deseó que su relación se pareciera un poco más a la de Judith y Arne.

Ya no quedaba nadie en la calle, y las luces en las casas se habían apagado. En el nicho del muro resplandecía la luz de una vela. La Virgen María le dirigía una sonrisilla. Bien podía reírse: había sido ella la que había llamado a la gente a acudir en peregrinación hasta la gruta de Lourdes. «Di a los sacerdotes que construyan aquí una capilla a la que los peregrinos acudirán en procesión», comunicó María a Bernadette en su decimotercera aparición. Y después de la decimoctava, María desapareció y dejó que la gente cargara con esa responsabilidad. María hizo la llamada, Arne acudió y ahora a Caroline le tocaba pagar el pato.

Desanimada, Caroline soltó el teléfono. Esperaba que su sexto sentido para las mentiras la engañara. Pero tenía que haber un motivo para que en ese diario no hubiera ni una sola indicación a derechas. Un motivo racional.

22

Instalada en la litera de arriba, Kiki dibujaba. Ese viaje le proporcionaba una buena excusa para no trabajar directamente en el ordenador. Cuando ella iba a la facultad, se utilizaban el lápiz, la regla y el papel, y la arrolladora irrupción de la informática la había cogido desprevenida. La naturalidad con que los jóvenes diseñadores manejaban los programas de dibujo le era ajena, de modo que cuando las cosas se complicaban, recurría a escondidas al lápiz y al papel, lo que la hacía sentirse como su abuelo, que seguía pensando que Charles Aznavour era el mejor cantante del mundo y Peter Frankenfeld, el mejor humorista de Alemania; es decir, como un dinosaurio al borde de la extinción.

Kiki desvió la mirada hacia sus amigas y lo registró todo con la cámara: Judith dormida. La mesita auxiliar con la vela encendida ante la foto de Arne. Al lado, flores frescas y un vaso lleno de vino. Incluso en Francia Judith había montado su altar para Arne. Ahora dormía plácidamente. En cambio Eva, en la litera de enfrente, más que dormir parecía estar en coma. Desde hacía horas no se había movido ni un centímetro. Otro clic. En la pantalla apareció la foto de Estelle, que dormía con un antifaz azul. Los pies cubiertos de tiritas sobresalían de entre la manta.

Kiki sonrió. Estelle la odiaría por esa foto. Fue repasando las fotografías que había tomado. Los acontecimientos del día desfilaron hacia atrás ante sus ojos. Lo había recogido todo: la cara de decepción de sus amigas al entrar en la habitación, Eva en medio de las ovejas, el fantástico picnic, la mantis religiosa, la primera foto de grupo, el champán en el avión, la partida. La siguiente instantánea fue un golpe para ella: Kiki del brazo de Max, un hombre alto con un rostro de rasgos clásicos, el pelo rubio revuelto y una sonrisa alegre que aún no había dejado huellas en su piel. Normal: nadie tenía arrugas a los veintitrés años.

Emocionada, Kiki repasó los recuerdos digitales: una feliz pareja de enamorados en una tienda de campaña, saltando de un trampolín, medio desnuda en el espejo de un cuarto de baño. Momentos serenos y dichosos captados con el disparador automático o con el brazo extendido. Kiki contempló sonriendo esas instantáneas cargadas de optimismo y de espontaneidad. Hasta que se dio cuenta de lo que estaba haciendo. Apretó con decisión la tecla de borrado, y el alegre joven se desintegró en miles de píxeles. Max desapareció de la memoria de la cámara igual que había desaparecido de la vida de Kiki. Aquello era agua pasada. Nadie sabría nunca lo que había ocurrido entre ellos.

Unos minutos más tarde Kiki se quedó adormilada pensando en el trabajo y en los recuerdos de Max. Entreoyó a dos gatos que bufaban furiosos marcando territorio; a lo lejos, el reloj de la pequeña iglesia del pueblo dio las once. La luz ante la foto de Arne se extinguió en silencio. Todo era calma y tranquilidad. Hasta que el sonido desgarrador de un teléfono interrumpió esa paz celestial. A esas alturas el característico sonido era tan conocido como odiado por las mujeres de los martes. Naturalmente era el teléfono de Eva.

Ya al meterse en la cama, Caroline se había percatado de que el espacio que quedaba entre la litera de abajo y la de arriba estaba pensado más para pigmeos que para la alta abogada de Colonia, pero por desgracia sus reflejos no tuvieron en cuenta esa constatación. Caroline se incorporó bruscamente y se dio en la cabeza con la cama que tenía encima.

El teléfono de Eva seguía sonando y sonando. El estridente sonido debía de ser una reliquia de los tiempos en que los teléfonos estaban en el pasillo y tenían que oírse en toda la casa, pero hacía mucho que esos tiempos habían pasado, y los teléfonos ya no ocupaban un lugar fijo, sino que andaban tirados por ahí, por regla general donde uno no los buscaba.

Soltando una avalancha de disculpas salpicadas de imprecaciones, Eva salió de la cama. En ningún momento había querido dormir arriba; por un lado, porque no sabía cómo iba a subir la escalera con un mínimo de elegancia y, por otro, porque temía que tuviera que levantarse a hacer pis. Bajó con torpeza a la cama de abajo, cayendo con todo su peso sobre el antebrazo de Judith, que aulló de dolor.

¿Dónde demonios estaba el interruptor? ¿Y el puñetero teléfono? Avanzando a tientas, se clavó el pico de la mesita auxiliar en la rodilla. El vino se derramó por sus pies descalzos. Eva lanzó un chillido, Caroline suspiró y Kiki tiró una almohada. Solo Estelle siguió durmiendo beatíficamente sin enterarse de nada, lo que no impediría que a la mañana siguiente, en el desayuno, insistiera en que no había podido pegar ojo en toda la noche.

Al final fue Caroline la que encontró el teléfono de Eva en la oscuridad y, sin pensárselo dos veces, lanzó el ruidoso chisme por la ventana describiendo un amplio arco. De fuera les llegó el gruñido indignado de un cerdo. Caroline había hecho diana.

23

En las décadas que llevaba dirigiendo el albergue, Ginette había atendido a un montón de huéspedes y había aprendido a calar a las personas. Por eso, cuando poco antes de medianoche apareció ante ella una mujer regordeta y fuera de sí, con unos pantalones cortos de pijama y una camiseta, y descalza, se limitó a señalar con un gesto el teléfono del pasillo.

Eva temblaba tanto que le costó marcar el número de Colonia. Una mezcla de frío, cansancio y agotamiento se extendía por cada fibra de su cuerpo. Anna lo cogió en el acto.

—Me dijiste que te podía llamar a cualquier hora —se disculpó la niña con su madre, que había acertado en sus suposiciones. Naturalmente la llamada en plena noche era de Colonia, de casa.

—¿Qué ha pasado?

—Mamá, hay un hombre lobo en mi habitación —balbució la vocecita.

Un hombre lobo. Claro. Todo el mundo sabía que los hombres lobo se combatían mejor desde Francia. ¿Había permitido Frido que Anna viera películas con los mayores?

—Anna, cariño, ¿por qué no se lo dices a papá?

—Papá no cree en los hombres lobo, ¿cómo lo va a encontrar?

Era así de sencillo. Si uno no creía en los hombres lobo, podía seguir durmiendo tranquilamente aunque solo estuviera a diez metros del posible peligro.

—¿Y tus hermanos?

—No hacen más que reírse de mí.

Eva comprendía de sobra que aquello no tenía nada que ver con los hombres lobo. Anna echaba de menos a su madre, igual que ella echaba de menos a su hija y al resto de la familia. Pero eso difícilmente era un consuelo dadas las circunstancias.

—Anna, ¿sabes qué me cantaba la abuelita Lore cuando no podía dormirme?

Eva se sentó en el suelo de piedra, apoyó la espalda en la fría pared y comenzó a tararear una melodía. Tenía una voz dulce y bonita. Ginette, que estaba limpiando la cocina, se detuvo y escuchó conmovida. Igual que escuchaba en la lejana Colonia una niñita. Anna no podía hablar: tenía un nudo en la garganta de pena. También por eso Eva podía adivinar lo que sentía su hija.

—Yo también te echo de menos. Os echo de menos a todos. Métete en mi cama, y dale un beso a papá de mi parte. Que duermas bien.

—Mamá, ¿estás llorando? —preguntó Anna, recelosa.

Eva se secó las lágrimas de las mejillas y aseguró:

—No, no. No lloro.

Al colgar, su mirada se posó en un papel amarillento: junto al teléfono colgaba el horario de los autobuses de la zona. Unas palabras le llamaron la atención. Las gruesas letras de color rosa anunciaban que existía una posibilidad de salvación: «Salida dirección aeropuerto: 8:15».

24

El sol ascendió lentamente tras las colinas y tiñó los muros grises de la casa de un cálido oro, una Vespa solitaria pasó petardeando por la estrecha callejuela, dos gallos iniciaron su matinal competición de canto, y Eva seguía sin saber qué hacer. En su pecho se alojaban dos almas que en ese momento mantenían un intercambio de golpes verbal.

—El segundo día todo irá mejor —decía una.

—Caminar, por Dios. No quiero andar ni un metro más. Por favor, no me hagas esto —repuso la otra.

—Anna se las arreglará sola. La única que no se las arregla sola eres tú.

—Tienes que volver a casa. Te olvidaste de apuntar cómo funciona la secadora.

—Otras madres lo consiguen. Caroline, por ejemplo. ¿Por qué tú no?

—¿Es que quieres rendirte? ¿Vas a ser la única que lo haga?

—Eres una perdedora.

—¡Arriba, Eva!

Esto último ya no eran las voces interiores. Era Caroline que intentaba despertarla delicadamente.

—¿Cómo? ¿Ya? —musitó Eva. Debía de haberse quedado dormida entre las palabras que la instaban a aguantar y los reproches desesperantes.

—Son las siete y media. Si salimos nada más desayunar, habremos dejado atrás la parte más dura del recorrido antes de que el calor apriete —la animó Caroline.

Agotada, Eva hundió la cabeza en la almohada. ¿Cómo se las apañaban sus amigas? Caroline estaba en plena forma, Judith cumplía con sus devociones matutinas ante el improvisado altar de Arne, e incluso Estelle había acabado ya de maquillarse.

—Ahora mismo voy —dijo para ganar tiempo, y las otras desaparecieron, hambrientas y necesitadas de cafeína, en dirección al comedor.

Tal vez fueran las palabras «antes de que el calor apriete», o tal vez la idea de tener que ponerse en marcha otra vez, pero el hecho es que cuando la puerta se cerró detrás de sus amigas, supo lo que tenía que hacer. Aeropuerto, a casa; la idea era demasiado tentadora.

Eva movió a duras penas las extremidades doloridas. Con la torpeza típica en ella se descolgó de la cama más elevada y aterrizó en el suelo como un saco de patatas. Entonces descubrió que no era la única a la que había abandonado el espíritu de peregrina esa mañana. Kiki, que se había pasado media noche trabajando, había vuelto a quedarse dormida después del toque de diana de Caroline.

Eva recogió sus cosas a escondidas, procurando no hacer ruido. Con cada objeto que desaparecía en el interior de la mochila, sentía que se quitaba un peso de encima. Había sido una ingenua al creer que podía hacer ese viaje sin una preparación adecuada y sin practicar ejercicio con regularidad. Al día siguiente sin falta se apuntaría a un gimnasio en Colonia, y dentro de unos años, cuando los niños fueran mayores, lo intentaría de nuevo, esa vez con un cuerpo de cine, perfectamente entrenado y a punto. Ahora se encontraba en el lugar y el momento equivocados. Tal como estaba, solo era una carga y un continuo lastre para sus amigas.

Consultó con nerviosismo el reloj: casi eran las ocho. Había llegado el momento de cerrar el capítulo de la peregrinación. Se echó la mochila a la espalda y, como de costumbre, su peso la venció. Contra la cama de Kiki. El terremoto de intensidad media que sacudió la inestable litera no consiguió perturbar el plácido sueño de su amiga.

Eva salió de puntillas de la habitación y bajó despacio la escalera para que la madera crujiera lo menos posible. Unos pasos más y estaría fuera. Pero la mala suerte la perseguía. Las puertas del comedor estaban abiertas de par en par, y aún peor, desde su mesa las amigas veían perfectamente el pasillo.

Espantada, Eva se escondió en un rincón oscuro en el que un polvo acumulado desde hacía décadas amenazaba con meterse dentro de la nariz y provocarle un traicionero ataque de estornudos. Tenía suficiente energía para escapar, pero no tenía fuerzas para defender su decisión ante las demás.

Mientras tanto, el grupo de los martes se estaba convenciendo de que existía una buena razón para que los franceses no tuvieran una palabra específica con la que designar el desayuno. A la comida matutina se la llamaba simplemente *petit déjeuner*, «pequeño almuerzo», y requería cierta aclimatación. Estelle mordisqueaba de mala gana una *baguette* con queso fundido, Caroline bebía Ricoré, una peculiar mezcla de café y achicoria en polvo, y Judith había decidido no probar nada y estudiaba un mapa que comparaba con las indicaciones del diario de Arne.

8:02. Eva dudaba: ¿estaba dispuesta a correr el riesgo de que la sorprendieran al salir? Tenía claro que sus amigas no la dejarían marchar sin más. Y tenía igualmente claro que no podría resistir la avalancha verbal de argumentos. La puerta trasera era la única opción. Llamaría a Caroline desde el aeropuerto. Eva lo apostó todo a una carta. De un salto resuelto se plantó junto a una puerta lateral, la abrió de un tirón y la franqueó.

¡Bien! ¡Ya estaba fuera! Con los ojos cerrados se apoyó en la puerta, que se había cerrado tras ella, y esperó a ver si se movía algo al otro lado. Todo estaba tranquilo. Respiró hondo, abrió los ojos y descubrió que sus problemas acababan de empezar.

25

Eva no era solo esposa, madre, cocinera, enfermera, chófer, lavandera y mujer de la limpieza. Para sus cuatro hijos, Eva era además una gran ayuda a la hora de hacer los deberes. Hacía poco le había echado una mano a Frido júnior cuando tuvo que buscar el origen de una serie de refranes y dichos populares para la clase de alemán. De todos ellos le pareció especialmente interesante la expresión *Schwein gehabt,* «tener cerdo», que equivalía a tener potra. Una de las teorías relacionaba esta expresión con la costumbre medieval de entregar un cerdo al perdedor a modo de premio de consolación en las celebraciones deportivas. A partir del día de su huida, Eva pasó a considerar esa versión la más probable de todas las que se barajaban, ya que ese precisamente fue el destino que le deparó el segundo día del camino. Había sufrido una derrota y ahora recibía el cerdo. Que se llamaba, como revelaba el cartel de la cerca, *Rosa,* y en ese momento estaba plantada delante de ella, grande e imponente. La salida lateral no estaba pensada para facilitar la huida de los huéspedes, sino que daba acceso al embarrado corral de *Rosa.* Como *Rosa* casi siempre estaba hambrienta y daba la impresión de haber saqueado la cocina en más de una ocasión, la puerta lateral no tenía manija por fuera.

El cercado daba directamente a la calle. Si Eva conseguía llegar hasta allí, tendría que girar a la derecha y pasar por delante de la entrada del albergue. De ahí a la parada del autobús habría unos cien metros. Pero ante ella estaba *Rosa*. Eva se había quedado atrapada: tenía el paso cerrado.

El reloj señaló las 8:03.

Eva dio un paso adelante con suma cautela y se hundió hasta los tobillos en el lodo apestoso. El monstruo porcino gruñó. En el plato, esos animales parecían mucho más razonables.

–Fuera… *allez*… largo… *disparez*.

Rosa no se mostró impresionada por la voz temblorosa de Eva. Intrigada, se fue acercando poco a poco con sus patas cortas y flacas. Tenía el hocico baboso y reluciente.

–No volveré a pedir cerdo. *C'est promis*. De verdad –imploró Eva.

¿Por qué no habría terminado el curso de francés? Probablemente el animal solo entendiera órdenes francesas. El rosado morro de la cerda, húmedo y pringoso, chocó contra su mano. Eva cerró los ojos y lanzó un ay apagado.

Tenía que pasar, ya, por delante de la cerda. No podía perder ni un segundo más. La única arma que tenía a su alcance eran sus provisiones. Toda la comida, las pastas, el embutido, las galletitas saladas, que había comprado el día anterior en el supermercado para reponer sus reservas, se convirtió en munición. Tal vez fuera más fácil pasar por delante de un cerdo satisfecho. Desesperada, lanzó a la entusiasmada *Rosa* todo lo que tenía. Hasta la última miga.

El autobús ya había llegado al pueblo. La sonora bocina resonaba por las calles estrechas.

Cuando Eva dio un paso adelante, *Rosa* la interceptó. Suponía que llevaba más exquisiteces escondidas en la mochila.

Eva se puso a chillar de pura desesperación.

–Más. Más. Siempre más. Nunca es suficiente. Y yo hago todo lo que puedo. ¡Déjame pasar de una vez, bicho estúpido! *Fous le camp!*

La cerda retrocedió ante la enérgica salva de pestes. Eva no se lo podía creer: *Rosa* la dejaba pasar. Se cargó la mochila, sorprendida por la repentina victoria, y por primera vez no se inclinó hacia atrás. Toda una nueva experiencia para ella.

Sin los kilos de vituallas a la espalda, le resultó fácil saltar la cerca. Ya estaba en la calle. Los ancianos, que parecían formar parte del muro de la iglesia, estiraron el cuello arrugado y se acercaron bien las gafas a los cansados ojos: por fin pasaba algo en el pueblo.

Cuando se disponía a pasar por delante de la puerta del albergue, sufrió un nuevo contratiempo. La patrona, que fumaba ante la casa, se interponía en su camino. Ginette se sacó del bolsillo de la bata el sucio teléfono de Eva. La esperanza de que su huida hubiera pasado inadvertida se había esfumado.

—Hay tres clases de peregrinos —la aleccionó Ginette, y su voz tenía un tonillo amenazador—. Los turistas, que coleccionan experiencias; las personas espirituales, a las que cada paso conduce a su propio corazón…

El autobús pasó ante ella como una exhalación en dirección a la parada. Las puertas del vehículo se abrieron. Eva tenía prisa, pero no quería parecer maleducada. Fue a coger el teléfono, pero la mujer no tenía intención de soltarlo sin endilgarle antes el sermón. Eva disparó como una ametralladora todas las excusas que tenía preparadas.

—Lo de encontrarme a mí misma nunca ha sido lo mío. A día de hoy mi madre sigue buscándose. Lo ha probado todo: sobrevivir a Mao, danza esotérica, sexo tántrico… Yo siempre estaba sola. Y no quiero ser una madre como ella. Una madre que se va a hacer el Camino de Santiago cuando su familia la necesita.

Sí. La patrona lo entendía. Era evidente que Eva pertenecía a la tercera clase de peregrinos.

—Y luego están los indecisos, que buscan un pretexto a la menor contrariedad.

En su rostro podía leerse la desilusión por la debilidad de Eva. ¿O eran imaginaciones suyas? Tanto daba. Al menos le había devuelto el teléfono.

103

Salió disparada hacia el autobús, aporreó la puerta y, para gran alivio suyo, le abrieron.

Se dejó caer en el asiento, agotada. Lo había conseguido. Los pocos pasajeros que había en el autobús arrugaron la nariz al oler la peste a cerdo que había entrado con Eva, pero ella ni se dio cuenta. Estaba demasiado ocupada limpiando la porquería de la pantalla del teléfono. Veinte llamadas perdidas, le informó el móvil. Todas de su familia. Y tres de Regine. El primer mensaje era de David, que no se andaba con rodeos: «Mamá, ¿tú sabes dónde están mis calcetines de tenis? —preguntaba en un tono cargado de reproche—. Los dejé en el piano y ya no están».

Eva levantó la vista de la pantalla y se quedó petrificada. El gran espejo retrovisor reflejaba el rostro del conductor del autobús. ¿Existían realmente los dobles? A pesar de la cadena de oro y la camisola rosa del uniforme de la empresa, la evidencia estaba ahí, ante sus ojos: el hombre que se sentaba al volante era una copia exacta de Frido. Con una sonrisa diabólica, el conductor le indicó que estaba preparado para llevarla a casa.

El autobús salió de la plaza del pueblo. Sin Eva.

—Es como con *Rosa* —explicó Eva a Ginette, que seguía donde la dejó—. Hay que marcar los límites. Si no, te comen viva. —Y a continuación le puso el móvil en la mano—. Si alguien llama, dígale que he perdido el teléfono. Es una estupidez, pero da lo mismo.

La patrona sonrió satisfecha.

—Y luego están los peregrinos que de vez en cuando te sorprenden.

Eva estaba radiante. También ella acababa de sorprenderse a sí misma. Y hacía mucho que no le pasaba.

26

–Empezaba a asustarme. Haces la mochila y te largas sin decir nada –confesó Caroline cuando Eva se sentó a desayunar.

Y eso que se había esforzado al máximo para entrar en el comedor toda animada. Como si su intento de fuga no hubiera existido nunca. Pero la astuta abogada era difícil de engañar.

–He vencido mi cobardía –admitió Eva–, y a la cerda de ahí afuera. En comparación con eso, ¿qué son unos cuantos kilómetros hasta Lourdes?

Eva comió con apetito. Para caminar hay que comer. Desmenuzó la *baguette* y se echó en el tazón las migas, que espolvoreó con abundante azúcar y regó con Ricoré disuelto en leche caliente, y se puso a comer con cara de satisfacción. Estaba tan meloso que pareciera que llevara dentadura postiza. La papilla estaba caliente y dulce, y seguro que tenía un montón de calorías con las que superaría la siguiente etapa como por arte de magia.

En la cocina, Ginette se inclinó sobre el diario de Arne, que Judith le había puesto delante. La patrona sacudió la cabeza con energía, igual que la cocinera y el repartidor de bebidas, a los que también consultaron. El diario pasó de mano en mano, el mapa que dibujara Arne fue examinado desde distintas perspectivas y rechazado. Incluso aquellos que conocían la zona se limitaron a encogerse de hombros, desconcertados.

Judith se acercó a Caroline con el rabo entre las piernas.

—Puede que tengas razón —reconoció con una sonrisa lastimera—. Lo importante es que lleguemos a Lourdes.

Caroline revolvió en la mochila y sacó sus notas.

—Ya he elaborado el recorrido de hoy —anunció a sus amigas.

Judith asintió con un gesto leve.

Eva miró a la una y a la otra, preocupada. Entre ellas siempre surgían conflictos. ¿Cuándo habían coincidido en algo? Sin embargo, lo que le preocupaba era ese mutismo. Era como si después de recibir una pedrada en el coche, uno se quedase mirando la luna rota: la raja se veía con claridad, pero no se sabía si iba a ir a más ni tampoco hacia dónde.

Caroline se levantó. Ya era hora de ponerse en marcha. Miró a su alrededor extrañada. ¿Dónde se había metido Kiki?

27

Con las piernas morenas y su buen tipo, Kiki no tenía ningún problema en pasearse medio desnuda por el jardín, donde su ropa se aireaba. De hecho ni siquiera tenía demasiada prisa. ¿Para qué iba a correr? Allí no había nadie que se interesara por ella. Ni siquiera *Rosa,* que yacía pesadamente en el barro con la panza llena.

«¿Y ese bicho vago te ha dado problemas?», preguntaría más tarde Kiki, desconcertada, después de que Eva le contara el episodio.

Pero Kiki era así: tenía el envidiable don de ver lo positivo en todo. Nada más despertar, se asomó a la ventana y paseó la mirada por los tejados. El sol le hacía cosquillas en la nariz; de la pared, junto a su cama, colgaban unos prometedores esbozos y Colonia estaba muy lejos. ¿Qué más podía pedir?

Acababa de coger la ropa del tendedero cuando dos brazos le rodearon la cintura desde atrás. Dio media vuelta y se llevó un susto de muerte: allí delante había un joven con el cabello rubio revuelto y unos ojos que brillaban alegremente. Era el hombre al que la noche anterior había borrado de su memoria virtual. Max. Y, como siempre, parecía estar de un humor excelente.

—¿Te alegras de verme?

Ninguna explicación, ningún comentario, nada de nada. Solo un simple: «¿Te alegras de verme?».

Seguramente la pequeña Bernadette se sintiera más o menos así cuando se le apareció la Virgen. Solo que esta aparición era absolutamente terrenal. Max había conseguido en una fracción de segundo lo que la marcha kilométrica del día anterior no había podido lograr: la invadió una sensación de flojera generalizada. Las piernas le temblaban, el pulso se le había acelerado como si estuviera en una montaña rusa y tenía el cerebro totalmente vacío. Toda la sangre que irrigaba la zona que posibilitaba el pensamiento había desaparecido de golpe y porrazo y se le había agolpado de repente en la cara.

—Max —farfulló. Con la impresión no fue capaz de decir nada más. Entonces se dio cuenta de que seguía en ropa interior en el jardín y se vistió a toda prisa.

—Has hecho muy bien en huir del estudio. Un nuevo entorno siempre ayuda a que surjan ideas interesantes —dijo Max.

Sin embargo, en ese momento, en lugar de salidas ingeniosas, a Kiki más bien le surgían preguntas de lo más banales. Por ejemplo: ¿cómo sabía Max que estaba allí? No le había dicho a nadie del estudio dónde iba a pasar sus días libres.

—¿Quién te ha contado…? Ni siquiera nosotras sabíamos dónde íbamos a dormir —balbució desconcertada.

—La hija de tu amiga Eva lo cuelga todo en internet. Con el horario exacto.

Lo interrumpió el sonido estridente de un móvil. Max revolvió en su bolsa, pero no buscaba el teléfono, sino las hojas impresas que al parecer explicaban cómo llegar hasta allí. En el mapa que Frido había trazado con Anna, y que había colgado en la red, aparecía dibujado con toda precisión el camino de Eva. Kiki lanzó un suspiro. Era consciente desde hacía tiempo de que a Eva le costaba Dios y ayuda separarse de su familia, lo cual, desde luego, no era su caso. A ella no le costaba lo más mínimo. Solo que Max no lo entendía.

—Te dije que todo había terminado.

Max la corrigió. Objetivamente, sin el menor asomo de reproche en la voz.

—En realidad me escribiste un *sms*. «Esto no funciona. Lo siento, Kiki.» Seis tristes palabras.

—No había más que decir —se defendió ella.

Max no se inmutó por la respuesta, y su aplomo y su jovialidad hicieron vacilar a Kiki. Ni en sueños se le habría pasado por la cabeza que la situación que ya en Colonia la superaba fuera a vivirla de nuevo en Francia.

Paul Simon conocía «Fifty ways to leave your lover»*, y tal vez Kiki hubiera tenido que sopesar cuarenta y nueve alternativas antes de decidirse por la solución rápida vía *sms*. Pero es que no quería mantener ninguna de esas conversaciones de despedida en las que, con la voz ahogada por las lágrimas, se acababan soltando frases como: «Me gustaría que siguiéramos siendo amigos». No quería ninguna ruptura traumática, y sobre todo no quería terminar una última vez en la cama. Quería que la relación con Max se acabara antes de que fuera demasiado tarde. Supuso que el mensaje no le gustaría, pero que no le hiciera ningún caso la dejaba completamente descolocada.

—No me creo ni una palabra de tu mensaje —rio él con descaro—. Ni una sola. Ni siquiera el «Kiki». La Kiki que yo conozco nunca saldría corriendo.

Kiki empezaba a perder los nervios. ¿Qué pretendía haciendo eso? ¿Por qué demonios la había seguido? El estridente sonido del teléfono, que no cesaba, contribuía a ponerla aún más nerviosa.

—Cógelo de una vez —estalló.

—Solo es mi padre —contestó Max en tono indiferente—. Se pone de los nervios cuando no sabe dónde estoy.

Cada frase una nueva bomba.

—¿Te has largado sin decirle nada a nadie? —preguntó ella, tratando de sacar algo en claro de lo que acababa de oír.

---

* Cincuenta formas de dejar a tu amante. *(N. de los T.)*

El sonido se extinguió, y Kiki sintió que la dominaba el pánico.

–Se lo explicaré todo cuando vuelva. En caso de que para entonces lo haya entendido –prometió Max.

Kiki no contestó. Al otro lado de la cerca del jardín asomaron cuatro caras intrigadas. Las mujeres de los martes estaban listas para acometer la etapa del día. Caroline agitó en el aire la mochila de Kiki.

¿Cuántos segundos le quedaban antes de que tuviera que explicarles a sus amigas la presencia de Max? ¿Qué podía alegar en su defensa? Max se equivocaba. Kiki se había pasado horas puliendo el *sms.* Y creía a pie juntillas cada una de las seis palabras que contenía. Sobre todo lo del «Esto no funciona».

28

—¿Qué demonios está haciendo Kiki? —se preguntó Caroline en voz alta.

Desde la cerca del jardín, las mujeres vieron que increpaba a un joven gesticulando como si quisiera espantar a un enjambre de moscas. No quedaba nada de la actitud relajada que Caroline admirara en su amiga el día anterior.

—¿Que qué está haciendo? Pelearse. Con Max Thalberg.

Estelle disfrutó al ver la cara de pasmo de sus amigas. Incluso Judith olvidó por un momento sus preocupaciones.

—¿Thalberg? ¿Como el estudio Thalberg?

—¿Como el Thalberg para el que trabaja Kiki? —añadió Caroline.

—El heredero del trono en persona. Max dirigirá la empresa algún día. En cuanto acabe sus estudios en Londres.

Eva tenía su propio modo de interpretar la escena.

—Probablemente sea algo de trabajo. Seguro que Kiki tenía que acabar algo.

—Y seguro que también crees en la Inmaculada Concepción —se rio Estelle.

Eva cayó por fin.

—¿Quieres decir que Kiki…? Pero si es muy… ¿qué edad tiene?

Caroline lo expresó con precisión:

—Es lo bastante mayor para tener una tarjeta de crédito y lo bastante joven para que le dé un montón de problemas.

Los pensamientos de Estelle iban por otro derrotero. Miró con evidente agrado al joven.

—Entiendo a Kiki. Si yo tuviera uno o dos años menos…

Dejó la frase a medias. Sabía que con eso sería suficiente para escandalizar a Eva.

—Solo es una broma, Eva. No tengo vocación de maestra.

—Bueno, ya basta de charla —decidió Caroline, y agitó de nuevo en el aire la mochila de Kiki. La señal de partida.

—Lo bonito de estos viajes es que es muy fácil conocer a otras personas —afirmó Kiki mientras se ponía la mochila, y soltó una risita que sonó a falsa. Por nada en el mundo iba a reconocer que el joven que tenía al lado era su amante, que, para su bochorno, había ido en su busca; pero de todos modos se sentía obligada a dar una explicación—. Este es —arrancó con energía, y se volvió hacia Max confiando en que no la dejara en ridículo presentándose como su invitado sorpresa—. ¿Cómo decías que te llamabas?

—Max Thalberg —acudió en su ayuda Estelle—. Al menos podrías recordar su nombre, teniendo en cuenta que te acuestas con él.

Kiki se quedó con la boca abierta. Tendría que haberse imaginado que Estelle no conocía solo a su jefe, sino a toda la familia Thalberg.

—Max es una leyenda en el club de golf desde que robó el cortacésped y aterrizó en el estanque de los patos del hoyo siete —comentó Estelle.

Max sonrió divertido.

—Tenía nueve años.

A Eva le molestaba otra cosa.

—Si Kiki se trae a su novio, yo también habría podido invitar a Frido —soltó ofendida.

La aludida se defendió enérgicamente de la acusación.

—Yo no lo he invitado.

A Estelle no le parecía para tanto.

—Olvídalo, Kiki, lo importante es que seas feliz.

—Y tampoco soy feliz —gruñó ella, y se alejó airada.

Las otras mujeres la siguieron.

Max permaneció un momento indeciso, cambiando el peso del cuerpo de un pie a otro, luego cogió su bolsa y las siguió a una distancia prudencial.

29

«El Camino de Santiago regala a los peregrinos encuentros emocionantes, paisajes espectaculares y una experiencia espiritual única», había leído Eva en la guía de Caroline. Y en ese día en particular, el camino obsequiaba al grupo de amigas con un paseo por Narbona, una ciudad medieval que se hallaba a diecisiete kilómetros de la turística playa del mismo nombre, de donde habían arrancado el día anterior. Eva envidió a los turistas que pasaban unas agradables vacaciones deslizándose plácidamente por las aguas del canal de la Robine en barcazas y tenían tiempo para disfrutar de la famosa catedral, las terracitas al sol, las ruinas romanas y la vida francesa. A ella le habría encantado pasarse el día entero paseando tranquilamente por el mercado, admirando los puestos con productos locales, toda esa verdura, la fruta, las especias, la carne y aquel marisco estupendo, pero después del desastre del día anterior, el Camino de Santiago regalaba a las amigas un horario estricto y un recorrido no tan estupendo: la ruta continuaba por una carretera de salida asfaltada y muy transitada. Detrás de los edificios industriales que se alzaban a la izquierda se distinguía la autopista de cuatro carriles A 61, que unía el Mediterráneo con el Atlántico. ¡Ese calor! ¡Esa peste! Solo con verla, esa carretera producía escalofríos y acababa con la moral de cualquiera. Estelle era la única que parecía feliz. En la pista rectilínea, la maleta con ruedas resultó ser el complemento por excelencia del peregrino.

De los labios apretados de Judith, Eva dedujo que la palabra autopista no aparecía en el diario de Arne. Los camiones pasaban a toda velocidad a su lado, lanzándoles polvo y gases a la cara. El propietario de un chiringuito que por motivos incomprensibles se llamaba Le Barracuda y, según el letrero, ofrecía *Salades, frites, panini et grillades* les silbó al verlas pasar. Y los trabajadores del taller contiguo se echaron hacia atrás las gorras manchadas de grasa para poder ver mejor la insólita formación de mujeres. La expresión de sus caras oscilaba entre la curiosidad y el cachondeo. Sus sonrisas maliciosas revelaban que en ese recorrido no era muy habitual tropezarse con senderistas de cuya mochila colgaba una concha de Santiago. Posiblemente entendiesen que la gente peregrinara a Graceland para visitar la última morada de Elvis, pero ¿ir andando hasta la tumba de un apóstol que llevaba muerto dos mil años?

Eva se hacía una idea de la pinta que debían de tener vistas desde fuera: cinco pijas aburguesadas que hacían el camino porque ya lo habían hecho todo y lo habían visto todo en el mundo. A saber si el equipamiento del albergue Sainte Marie no habría sido elegido con toda intención. La inteligente Ginette, que tan bien conocía las motivaciones de los peregrinos, ofrecía a sus huéspedes justo lo que buscaban: penurias, ningún lujo y toda clase de incomodidades. La clase de vivencias que después, en casa, quedaban la mar de bien con una copa de vino caro en la mano.

Típico, pensó Eva: para una vez que peregrinaba no podía hacer la ruta principal hasta Santiago de Compostela, donde los peregrinos constituían una estampa normal; no, ella tenía que arrastrarse por un recorrido secundario desconocido y mal señalizado. Tal vez fuese algo sintomático de su vida, que desde hacía tiempo parecía discurrir por la vía de servicio.

A sus amigas, por el contrario, no parecía importarles que la gente las mirara. De hecho, le dio la sensación de que Estelle estaba a punto de firmarle un autógrafo al guasón de Le Barracuda.

Eva se sintió aliviada cuando cruzaron la autopista por un puente y un paisaje de colinas con una vegetación rala sustituyó al hormigón gris. Narbona y el ruido de la autopista quedaron atrás, y la vegetación de arbustos dio paso a un terreno arbolado. En el camino, bamboleaban las sombras de los árboles, que se mecían con la brisa veraniega: altos cipreses de un verde intenso a un lado, árboles frondosos susurrantes al otro. Ni un pueblo, ni una ciudad, ni un espectador criticón en kilómetros a la redonda. En ese camino solo se alzaba la abadía benedictina de Fontfroide, donde ya no había monjes, pero sí un restaurante atendido por un servicio jovencísimo. Estaban prácticamente solas bajo la bóveda de rafia. Los únicos clientes, aparte de ellas, eran dos motoristas italianos que huían de la rutina en sus antiguas motos Guzzi. Los canosos *Easy Rider* parecían más interesados en la camarera, que les servía con la misma cara de aburrimiento que al grupo de amigas, que en la verdura de los platos. Y eso que la comida era fabulosa.

El almuerzo empezó con una ensalada de lechugas variadas, cogollos y pétalos de flores, con abundante aceite de oliva, limón y pan recién hecho. A continuación, bistec con patatas gratinadas, y de postre, sorbete de fresa. Judith, mientras tanto, se llevaba a la boca minúsculos pedacitos de tortilla francesa. A las amigas les costó lo suyo no caer en la tentación de pedir vino para acompañar la magnífica comida. Ni siquiera habían hecho la mitad del recorrido, pero probablemente se hubieran quedado allí el resto del día de no haber llegado un autocar de Fulda que descargó un aguerrido ejército de jubilados alemanes en el aparcamiento de la abadía. Según el letrero del autobús, los pensionistas efectuaban el recorrido «cátaros y catalanes», que discurría por el norte de España, Andorra y el sur de Francia, de modo que tenían prisa: tres países en nueve días, parada de quince minutos para comer, y vaya trayéndonos las bebidas, deprisa.

—Cuando uno se hace viejo no tiene tiempo que perder —disculpó Eva la impaciencia de los jubilados.

Sin embargo, cuando los primeros empezaron a quejarse a voz en grito de la lentitud del servicio, las mujeres de los martes emprendieron la huida hacia un lugar donde reinara la calma y no corrieran el riesgo de tropezarse con compatriotas molestos.

Con cada paso que daba, Eva se sentía más relajada. En medio de aquel paisaje solitario, donde no había trabajadores ni propietarios guasones que pudieran ver su penoso avance, caminaba libre de preocupaciones; y de parte de la carga de su mochila, lo que también ayudaba bastante. Orgullosa de sí misma, después del descanso de mediodía iba junto a Caroline, un poco por delante de Kiki, cuya cara parecía lanzar un único mensaje: que nadie le dirigiera la palabra.

30

Kiki no vio nada: ni la pintoresca abadía de Fontfroide, que se levantaba en una hondonada entre colinas cubiertas de un denso arbolado; ni las bonitas vidrieras, que bañaban los sobrios espacios interiores en una luz multicolor; ni el claustro cubierto de plantas con sus columnas geminadas y sus pórticos; ni la rosaleda. Y, sin embargo, descubrió algo nuevo. Esta vez de sí misma: que se arrepentía de lo sucedido.

¿Cómo le había podido pasar eso con Max? Ni siquiera había sido amor a primera vista. ¿Cómo iba a serlo? Cuando ella empezó a trabajar en Thalberg, Max era un estudiante de bachillerato espigado cuyos largos brazos se balanceaban junto a un cuerpo flaco y desproporcionado, como si no fuesen suyos. Los modelistas a los que se lo endilgaban de vez en cuando para que se fuera familiarizando con el negocio lo consideraban un caso perdido. Para Max, trabajar con las manos significaba llenarse las palmas de eficaces chuletas para el siguiente examen de francés.

Kiki casi se cayó de culo cuando, escasas semanas antes, Thalberg le comunicó que el joven pasaría las vacaciones semestrales en su departamento. La crisis había afectado duramente al sector: en muchos lugares el volumen de negocio había caído en picado, toda una serie de importantes clientes italianos se habían declarado en quiebra y revistas de decoración que elogiaban

118

fielmente sus productos habían tenido que cerrar. En una época en la que los trabajadores con contrato fijo eran sustituidos por mano de obra barata en prácticas, no era buena señal que hubiese que poner al corriente del propio trabajo al hijo del jefe y futuro director de la empresa.

Kiki trató de hacerse una idea de lo que se le venía encima. Había visto llegar a muchos empleados en prácticas y marcharse a la mayoría. Estaban los tímidos, que no decían nada por respeto; los pelotas, dispuestos a hacer cualquier cosa siempre que fuera el jefe en persona quien se la encargara, y los trepas, cuyo ego y competitividad se imponían. Y luego estaban los buenos, que podían convertirse en un peligro para ella porque sus diseños eran frescos, innovadores y *sexies*. ¿A qué grupo pertenecería Max?

A primera vista daba la sensación de que Max era de los respetuosos. En las primeras reuniones se había mostrado tan reservado que la gente se olvidaba de que estaba ahí. Hasta que llegó el *brainstorming* sobre la remodelación de un hotel de lujo próximo a la estación de ferrocarril. Thalberg quería que todos sus colaboradores presentaran propuestas.

En el *briefing,* los colegas se centraron en el estudio del público al que iba dirigido el proyecto y la estructura por edades, en los análisis de marketing y las últimas investigaciones sobre el efecto de los colores y en las tendencias en el sector hotelero. Un compañero, dejándose llevar por el entusiasmo, ya estaba arrasando verbalmente el vestíbulo lleno de terciopelos para empezar de cero con diseños claros y rectilíneos, cuando se oyó una música.

Max se había levantado y había introducido un CD en el ordenador. «Antes de echarlo todo abajo, hay que recrear un ambiente para los espacios», explicó sin cortarse un pelo.

En lugar de vagas teorías, unas notas melancólicas inundaron el estudio. Un contrabajo como telón de fondo de un piano ligero como una pluma. Un colega dio unos golpecitos con el dedo en el reloj y los empleados en prácticas se dieron patraditas por debajo de la mesa entre risas. Si Max no hubiera sido el hijo del jefe, todos habrían dicho con claridad lo que opinaban de esa forma de perder el tiempo.

Kiki se abandonó a la música. La canción sonaba a calles mojadas, a noche solitaria. Sonaba a una mujer que, después de haberse pasado la noche bailando, atraviesa el vestíbulo del hotel descalza, con paso flexible, los zapatos de tacón en la mano, y pide una última copa en el bar. La melodía era melancólica y, a pesar de ello, extrañamente alegre.

Pasmada, Kiki levantó la vista de su montón de papeles. Había estado quince días trabajando con Max codo con codo y no se había fijado mucho en él. De pronto cayó en la cuenta de que el muchacho desproporcionado se había transformado en un hombre atractivo, que se vestía de manera marcadamente informal, como para dejar claro que no quería tener nada que ver con el dinero de sus abuelos y las caras camisas a medida de su padre. Por su planta se adivinaba que había arrinconado hacía tiempo el chelo que le impusiera su madre y que hacía deporte. Aunque seguía teniendo sensibilidad para la música.

Kiki comprendió lo que quería expresar Max con la música. La canción captaba a la perfección la atmósfera decadente que hacía especial el hotel. ¿De verdad querían prescindir de todo eso? Su intervención era un mudo alegato a favor de una reforma que se basara en el encanto caduco y misterioso que irradiaba el edificio.

—¿Qué canción es? —le preguntó después de que las últimas notas resonaran en la habitación y el último trabajador en prácticas volviera a ocupar su sitio ante el ordenador.

—Jazz sueco —explicó Max—. Un vestigio del último verano.

A Kiki no le hizo falta saber más: amores de verano fallidos que se materializaban en música. También ella podía cantar una canción sobre el tema. Una de los Poppys, por ejemplo.

Cuando esa misma noche buscó en YouTube Jan Johansson *Visa Från Utanmyra* y escuchó la canción por segunda vez, comprendió por qué la mujer que atravesaba el vestíbulo del hotel por la noche estaba tan alegre: probablemente en la fiesta que acababa de dejar hubiera encontrado a su alma gemela.

Kiki sonrió para sí al recordarlo, hasta que se dio cuenta de que Caroline, que caminaba a su lado, la observaba con atención. Su amiga no dijo nada. Pese a todo, ella sintió la necesidad de dar una explicación.

—Sí, sabía la edad que tenía cuando empezó todo. No, los problemas no se resuelven solos. Sí, tenías razón —soltó Kiki a toda máquina.

Su reacción dejó perpleja a Caroline.

—Nadie te está echando en cara nada, Kiki —dijo en tono apaciguador.

Tampoco era necesario: ya lo hacía la propia Kiki. Hay gente que cree que se puede separar tajantemente lo personal y lo profesional; pero ella nunca había comprendido esa postura. ¿Cómo se podía trabajar con otras personas sin que entraran en juego los sentimientos? Desarrollar un proyecto tenía que ver precisamente con transformar sentimientos en objetos palpables.

Mientras sus compañeros daban forma a la idea de echarlo todo abajo, Kiki y Max desarrollaron una propuesta distinta. De las discusiones sobre densidades y diafanidad, colores vivos o discretos tonos tierra, materiales y sensaciones, pasaron a los traviesos escarceos verbales. De las bromas a los cumplidos inesperados, de las miradas efímeras por encima de las tazas de café a las miradas prolongadas y los roces aparentemente casuales. Su *aftershave* se imponía al aire viciado de la sala de impresión, donde el plóter escupía el resultado de su trabajo en común. Y sus cabezas se unieron cuando se inclinaron sobre la presentación.

La reacción de Thalberg tardó en llegar tres semanas. Ningún elogio, ningún comentario. Tan solo la insinuación de que a partir de ese día el jefe confiaría tareas más complejas a Kiki. Después recibió un correo electrónico en el que Thalberg la invitaba a presentar un diseño para la serie de jarrones de Ikea.

Max y Kiki celebraron el éxito con estilo, en el bar de *su* hotel, donde un pianista puso la banda sonora a su coqueteo. Al despedirse, él la besó en la boca. Un segundo después le pidió perdón, y Kiki le respondió: «No tienes por qué disculparte». Aquello fue el principio. El principio del fin. Y el principio de sus problemas, que ahora la perseguían hasta Francia. Y no solo en sentido figurado.

—Menos mal que haciendo el camino uno se libraba de las preocupaciones —se quejó Kiki. Al volver la cabeza comprobó que Max todavía las seguía. Kiki no sabía si reír o llorar. El freno de emergencia del que tirara a escondidas después de seis semanas de relación había fallado.

31

–Tú haces que todo parezca tan sencillo –alabó Kiki a Caroline–. Tienes una carrera, tienes hijos, tu matrimonio funciona.

Caroline desvió la mirada. La verdad es que habría podido plantear algunas objeciones sobre el tema Philipp.

–El doctor Seitz ha salido de viaje para asistir al curso de reciclaje de la Sociedad de Médicos Generalistas y de Familia –le informó la ayudante cuando llamó por la mañana.

–¿Cómo dice?

–Siempre está fuera hacia el 15 de junio, señora Seitz. Desde hace diez años –añadió la mujer con un ligero tonillo de reproche–. Llamó ayer y me dijo que la saludara de su parte. El doctor Seitz se pondrá en contacto con usted cuando vuelva.

¿Philipp había llamado ayer a su ayudante pero no a su propia mujer? Seguramente porque era una llamada local. Philipp padecía una severa fobia a los recibos de la compañía telefónica. Desde que hacía siete años una paciente pesada lo estuvo atosigando a todas horas durante unas vacaciones en Italia y tuvo que pagar una factura de cientos de euros, estaba firmemente convencido de que las llamadas de móvil al extranjero eran una ruina; y las compañías telefónicas, una panda de ladrones a los que había que boicotear a toda costa. Las bajadas de las tarifas no habían ejercido ningún efecto sobre él. Philipp solo utilizaba el móvil en caso de absoluta emergencia. Es decir, nunca.

—Lo que pasa es que Caroline ha tenido suerte con su marido. Philipp nunca ha sido tan dependiente como Frido —asintió Eva entre jadeos. Cada vez le resultaba más difícil mantener el ritmo.

Sus amigas tenían razón, pensó ella: Philipp cocinaba, iba a comprar, sabía dónde estaba el aspirador y para qué servía. Su marido llevaba sus camisas a la lavandería y de paso recogía los trajes de su mujer. Pero el teléfono no era su fuerte.

Aun así, había algo que la inquietaba en lo del curso de reciclaje y el comentario de la ayudante. No le cuadraba. Quizá no prestara atención cuando Philipp le dijo que iba a ir a ese curso. Porque seguía con la cabeza en el tribunal y con la mira puesta en el viaje. Aunque también podía ser que para él lo del curso fuese tan normal que pensara que no valía la pena mencionarlo. De todas maneras ella también iba a estar fuera.

Caroline aceptó los cumplidos de Eva y de Kiki, y en lugar de hablar de la fobia al teléfono de Philipp prefirió cambiar de tema.

—Y, dime, ¿qué es lo que ha hecho Max para que estés tan enfadada con él?

—Quería presentarme a sus padres. El domingo, en el golf —explicó Kiki en tono dramático.

Caroline soltó una carcajada.

—¡Esa sí que es una buena razón para cortar!

—No hay nada que se tenga que hacer oficial. Y mucho menos con su padre. Fue una aventura, un error estúpido.

—No parece que Max lo vea así —terció Eva, que había vuelto la cabeza.

Kiki y Caroline siguieron su mirada: Max había ganado terreno y ahora caminaba al lado de Judith, que le estaba enseñando la foto de Arne. Judith charlaba, gesticulaba y reía. Hacía tiempo que no la veían tan relajada.

—¿Qué está haciendo Max? —preguntó Kiki irritada.

—Está haciendo lo que nosotras llevamos meses intentando sin conseguirlo: animar a Judith —reconoció Caroline.

Así era: a sus espaldas oyeron risas.

—No creo que pueda —objetó Kiki.

—Pues Judith parece contenta de poder hablar de Arne con alguien que no va a hacerle preguntas sobre el diario —replicó Eva.

Habría sido mejor no decir nada, porque inmediatamente perdió el ritmo y se quedó sin aliento. Caroline le dirigió una mirada crítica.

—Enseguida me repongo —dijo, jadeante. La multitarea en ese viaje no era su fuerte. Allí tenía que elegir: andar o hablar.

—Max parece simpático —opinó Caroline.

—Tiene veintitrés años —la interrumpió Kiki—. Cuando Max nació, yo tenía trece y me di mi primer beso con lengua. Con Robert. El beso más asqueroso de mi vida. Me costó todo un fin de semana recuperarme de tanta baba. Y mientras yo superaba mi primer trauma amoroso, Max berreaba pidiendo el chupete.

Eva se limitó a sonreír.

—¿A quién le importa hoy en día la diferencia de edad, Kiki? —replicó Caroline sacudiendo la cabeza.

La respuesta de su amiga fue instantánea:

—¡A mí! A mí me importa. En eso soy de lo más conservadora.

Incluso sin hablar, Eva ya no podía seguir el ritmo de sus amigas. Después de Fontfroide acometían la larga subida al Mont Grand, y los ciento cuarenta y cinco metros de altitud reclamaban todas sus energías. Aflojó el paso. Ya solo tenía fuerzas para intentar dar la impresión de que aquello era algo voluntario.

—Voy a ver qué hacen las otras —mintió.

32

Eva se quedó rezagada mientras Caroline y Kiki continuaban al mismo ritmo sin dejar de hablar.

Al cabo de un momento ya estaba tan cerca de Judith y Max que podía seguir retazos de su conversación.

—Arne y yo nos conocimos en una librería esotérica —informaba Judith—. No paraba de mirarme. Y después se acercó a mí con un libro en la mano. Esto le pega, me dijo. Y tenía razón.

Eva se sintió culpable al notar lo alegre que sonaba su voz. De repente se dio cuenta de que Max estaba haciendo algo de lo que ellas ya no eran capaces: escuchar con atención cuando Judith hablaba de Arne. Inconscientemente las amigas esperaban que, al cabo de tantos meses de la muerte de su marido, Judith hablara de otra cosa. En ese sentido, Max daba gusto: él no tenía opinión. Ni sobre Arne, ni sobre cuánto debía durar el duelo, ni sobre el diario.

—Y supo al instante que era el hombre de su vida, ¿no? —preguntó.

Judith se había emocionado de tal modo rememorando esas historias del pasado que le abrió el corazón sin reservas.

—¿Y si dejamos el usted? Yo soy Judith.

—Max —dijo este. Y volvió la mirada hacia Eva, que hacía un esfuerzo ímprobo por mantenerse al paso.

Le era imposible hablar. Lo único que pudo hacer fue levantar el brazo. De todos modos Max, que desde hacía una hora se hallaba al corriente de los secretos del grupo de amigas, ya lo sabía.

—Y tú eres Eva, ¿verdad?

La aludida asintió. Trató de imaginar lo que le habrían dicho de ella Kiki y las otras. ¿Qué se podía contar? Ni ella misma lo sabía: con cuatro hijos en cinco años y medio se había perdido a sí misma entre pospartos, cunas y lavadoras. De nuevo se estaba quedando atrás. Tampoco era capaz de mantener el ritmo de Judith y Max.

—Tengo que… —¿Qué podía tener que hacer? Lo único que se le ocurrió fue una estupidez, un pueril «ir al tigre», otra de las expresiones de David cuyo origen tenían que buscar, a decir verdad la única que se les había resistido. *Tigre* era el apodo de un carro de combate del Ejército alemán en la Segunda Guerra Mundial. Eva ignoraba cuál era la relación entre el afán expansionista de Hitler y hacer las necesidades. La teoría de David de que las dos cosas eran una mierda se le antojaba osada.

«Tengo que ir al tigre» era la expresión más absurda que Eva había oído en su vida, y no tenía nada que ver con lo que de verdad le pasaba.

La respuesta más sincera habría sido: «Tengo que vomitar».

Por detrás se acercaba el escandaloso traqueteo de la maleta de Estelle, que pasó a su lado sin aflojar el paso.

—Lo siento, Eva. Si me paro por ti, perderé este ritmo tan cadencioso.

Ya tenía a Estelle delante. Eva lo había conseguido de nuevo: otra vez ocupaba la última posición, un puesto que no creía que fuera a abandonar en los próximos días.

33

Los días y los kilómetros desfilaban ante Eva. El camino discurría a través de interminables bosques de pinos cuya fisiología, a esas alturas, conocía a fondo, de olivares y de viñedos. Caroline, que como siempre no podía estar más informada de todo, le señalaba los puntos de interés de la región: iglesias con frescos extraordinarios o monasterios que en la actualidad estaban habitados solo por religiosas filipinas. Las numerosas ruinas con que se tropezaban por el camino constituían un grato pretexto para que Caroline explicara la historia de los cátaros, una comunidad que hacía ochocientos años se reunía a cultivar su sabiduría a escondidas en castillos en los que se custodiaba el santo Grial, hasta que el papa los acusó de herejes y ordenó su exterminio. Ante Eva pasaban los siglos en rápida sucesión. Mientras en las narraciones de Caroline los cátaros eran aniquilados, los príncipes destronados, los castillos saqueados y el cultivo de la vid se intensificaba, ella luchaba consigo misma.

El espíritu se mostraba dispuesto, pero la carne de Eva era débil. Con cada día que pasaba cobraba fuerza la idea de que ella no estaba hecha para esa clase de penitencia. Ir de sitio en sitio, abrir la mochila, cerrar la mochila, volver a abrirla, y entre medias una noche en una *gîte,* un hotel o un albergue. La habitación, la comida, el vino, el desayuno unas veces mejor y otras peor, y luego otra vez en marcha. Cuando el tercer día entraron en el pintoresco pueblo de Lagrasse, que parecía no haber salido aún del siglo XIV, la propia Eva se sentía un pueblo medieval. Uno en el que no había quedado piedra sobre piedra. Ni siquiera tuvo fuerzas para ir al mercado que se celebraba cada sábado en Lagrasse, y apenas se enteró del viaje en autobús y taxi a Carcasona y luego a Franjeaux, que las cinco (y Max) se permitieron para tomar aliento, así como, al día siguiente, de las bellezas de Mirepoix. Exhausta, se quedó sentada en un bar bajo los soportales de madera bebiendo su Perrier Citron, mientras sus amigas visitaban la plaza cuadrada, la iglesia y las tiendas que albergaban las casas de dos plantas con entramado de madera y Max descansaba tranquilamente en el césped. Desde los entramados de las casas, hermosas mujeres y bestias repulsivas miraban a Eva. Pero ¿cómo iba a disfrutar de nada cuando en un instante tendría que volver a levantarse y seguir caminando?

Andar. Andar. Andar. El camino, sus amigas y sus problemas desaparecían en el estado de semiinconsciencia en que caía debido al continuo sobreesfuerzo físico. Después de las suaves colinas de las primeras etapas y de un confortable viaje en autobús de dos horas y media entre Mirepoix y St. Girons, a Eva le esperaba el auténtico reto: ante ella se alzaban los Pirineos. Se trataba únicamente de las estribaciones, pero era suficiente. Se arrastró como pudo por el Col du Portet d'Aspet, un puerto de montaña que había desquiciado a muchos corredores del Tour de Francia y le había costado la vida a un ciclista italiano. Era el sexto día. Le quedaban más de ciento cincuenta kilómetros.

Una canción infantil se repetía de manera machacona en su cabeza.

Un, dos y tres, bastón, capa y sombrero, un, dos, tres, a ver quién llega el primero.

Con esta cancioncilla tonta trataba de motivar en su día a David y a Lene cuando sus piernecitas se resistían a llevarlos del parvulario a casa. Más tarde, cuando nacieron Frido y Anna, dejó de recurrir a esa clase de trucos de persuasión materna, porque con cuatro hijos no podía permitirse ninguna técnica de motivación. A veces se impacientaba, superada por unas exigencias que se habían multiplicado por cuatro. Y se cansaba. «Un, dos, tres.»

El paisaje montañoso y de vegetación densa centelleaba, el camino oscilaba al ritmo de sus pasos, y el sol le ablandaba los músculos. Eva revolvió en la mochila buscando la botella de agua. No había ni una gota. Ni una sola. No lo conseguiría. Ella no era tan fuerte como sus amigas, que como de costumbre la esperaban en el siguiente cruce. A Eva solo le quedaba apelar al último recurso del peregrino, juntando las manos, lanzó una plegaria al cielo.

—¡Ayúdame, Santiago! Ayuda a esta pobre peregrina —exclamó dramáticamente.

Como era de esperar, no ocurrió nada. Tras recorrer unos últimos metros, se dejó caer en el suelo seco y arenoso. De rodillas. No. Podía. Más. Tal vez hubiera que emplear otro tono para hablar con el apóstol. Cada vez más desesperada, repitió su ruego:

—*Cher St. Jacques*, date prisa. *Beam me up!*

Siguió sin ocurrir nada.

Eva levantó el pulgar para hacer autoestop. A la desesperada, porque por esa comarca aislada no pasaba un coche ni por casualidad. A su alrededor todo era yermo y desértico. En algún lugar ladró un perro y una hormiga le subió por la mano. Estaba demasiado débil para defenderse. Se soltó la mochila y cayó de lado.

Eva había llegado al final de su camino. Se quedó tumbada, inerte, en el suelo, como si no fuera a levantarse nunca más. Los pájaros trinaban sobre su cabeza. Como aumentaran el volumen, pronto correría la voz entre las aves de rapiña de que allí había una presa fácil. Esperaba ver de un momento a otro la aparición silenciosa de un águila cuando, en su lugar, escuchó el ruido bronco de un motor. Chirriaron unos frenos, y Eva levantó la cabeza a duras penas.

Cuando la nube de polvo se disipó, en medio de una luz cegadora surgió un motocarro de color rojo vivo. En la pequeña plataforma de carga se oyó un tintineo de botellas de Orangina, y tomates y frutas tropicales salieron rodando a consecuencia del brusco frenazo. Una cesta con *baguettes* volcó. ¿Qué era eso? ¿Un espejismo que hacía enloquecer a los peregrinos? ¿Una alucinación? La puerta del copiloto se abrió entre chirridos, como a cámara lenta.

A Eva le recordó una escena de las películas del Oeste, que tanto les gustaban a sus hijos. Era el segundo previo a la traca final. El viento levantaba arena y hacía rodar matojos de hierba por la plaza del pueblo polvorienta. Los contrincantes se mantenían ocultos. Sonaba una música amenazadora. Se olía que iba a pasar algo en cualquier momento. La tensión se mascaba en el aire.

Pero la suya no era ninguna película del Oeste, y Eva no tenía cuentas que saldar con nadie, así que, sin pensárselo dos veces, se levantó como pudo, puso en movimiento sus maltratados miembros y se arrastró hasta el vehículo. En el asiento del conductor vio a un tipo robusto con gafas de sol de espejo y barba de tres días. Aunque probablemente el motocarro no superara los cuarenta kilómetros por hora, el conductor tenía el aspecto de un intrépido *Easy Rider.* De entrada no inspiraba mucha confianza. En Colonia habría sido el momento perfecto para salir a escape gritando. El hombre le tendió la mano y se presentó sin más preámbulos.

—Jacques.

Eva le dirigió una sonrisa radiante.

—Lo sé —respondió.

Sin vacilar, aunque con algunas dificultades, Eva y su mochila se instalaron en el inestable vehículo. La increíble naturalidad con que la mujer tomó asiento junto a él cogió a Jacques desprevenido. El hombre estalló en carcajadas y se quitó las gafas. Al hacerlo apareció una cara amistosa, curtida por el sol y con numerosas arruguitas. Jacques se secó las lágrimas de los ojos y, sin parar de reír, aclaró:

—Milagros no sé hacer, pero puedo llevarla hasta nuestro hotel.

Eva asintió. No esperaba otra cosa. Sacó la cabeza por la ventanilla, alzó los ojos al cielo y se limitó a decir:

—Gracias.

34

Mientras Eva rezaba, Estelle soltaba imprecaciones. «Estúpido trasto», gruñó a grito pelado. Estaba hasta el gorro de la maleta. Aún no habían recorrido ni la mitad del camino y ya estaba harta de ese insoportable traqueteo. Y eso que Yves había pensado en todo. Poco peso, ágil y ruedas grandes, anchas y blandas, como las de los patines en línea, para adaptarse a las irregularidades del terreno. En la parte trasera, Yves incluso había incorporado unas correas de mochila. Pero Estelle tenía muy claro que ya no tenía edad para ir por el mundo de mochilera. A decir verdad, nunca la había tenido. En la época en que sus compañeros de facultad se echaban la mochila a la espalda y acudían a gurús hinduistas en busca de la paz espiritual, Estelle ya apostaba por las camas hechas. En casa y en vacaciones. Nunca había comprendido por qué Kiki estaba tan encantada con esos viajes que hacía sin dinero, preparativos ni planificación. Año tras año, su amiga volvía cargada de recuerdos de países lejanos. Aparte de Matthieu, que se había esfumado de la noche a la mañana, el resto solían ser de carácter inanimado y desaparecía sin dejar huella en sus frecuentes mudanzas. Aunque un juego de copas de vino que se trajo de México a costa de machacarse la espalda —porque se enamoró de su vidrio grueso con burbujas de aire— vivió un momento de gloria cuando una esposa celosa fue a verla a su casa para pedirle explicaciones. Ni siquiera la Policía creyó a Kiki cuando insistió en que no tenía ni idea de que su nuevo amor estuviera casado.

El tirador retráctil se le resbaló y la maleta cayó al suelo. Las ruedas habían vuelto a atascarse en un obstáculo. Estelle se inclinó, agarró el tirador y haciendo un esfuerzo consiguió que la maleta salvara la gruesa rama. Le dolía un hombro, y cada vez tenía más ampollas en las manos. Con tantos kilómetros de subida continua, la maleta parecía de plomo. Caroline tenía tiritas en la mochila, pero iba unos metros por delante. Estelle aceleró el paso y se quedó atorada en una piedra. Y un cuerno, eso de que «las ruedas giratorias hacen que desplazarse sea un placer». Eso era una tortura. Enfadada, cambió de mano, y en ese preciso instante unos bocinazos la obligaron a apartarse. Por detrás se acercaba un motocarro destartalado. Uno de los muchos que circulaban por la comarca. Lo especial de ese en concreto era que de él asomaba la cabeza de Eva. La mujer que no había mirado a ningún hombre desde que conociera a Frido se apretaba en una cabina minúscula contra un desconocido y parecía tan embelesada como si acabara de aparecérsele la mismísima Virgen. ¿Qué demonios se suponía que estaba haciendo Eva?

—*Auberge* de la Paix —le gritó esta mientras el triciclo la adelantaba—. A ocho kilómetros de aquí.

—Eso no vale. Es injusto —se quejó Estelle.

Pero el motocarro ya se alejaba petardeando en dirección a Judith, que se quedó atónita al ver que Eva osaba separarse del grupo.

—Así no sacarás nada bueno del viaje —le chilló.

El reproche no enturbió en lo más mínimo el buen humor de Eva, que había tenido tiempo de pensar en sus amigas.

—Ya he reservado habitaciones. También para Max —anunció.

Max se había convertido en los últimos días en un miembro más del grupo de caminantes. A su manera, porque el chico no era de los que se hacían notar. No se entrometía, guardaba las distancias, y a veces, durante unas horas, era casi invisible; pero a más tardar en el momento en que subían a un autobús, volvía a estar ahí. Estaba de su parte. Ahora saludó alegremente a Eva con la mano cuando pasó a su lado y se unió a la cabeza del pelotón.

—Jacques tiene alojamiento para nosotras —gritó Eva a Caroline y Kiki—. Os espero allí.

El vehículo se alejó, la nube de polvo desapareció con él y el ruido del motor se extinguió. Atrás quedaron el camino y las mujeres que marchaban por él. Piedra a piedra. Paso a paso. Metro a metro. De pronto, en medio de ese silencio religioso, se oyó un sonido metálico. Y luego las imprecaciones de Estelle. Nadie se volvió a mirar. A esas alturas, aquellos ruidos tan característicos ya eran parte integrante del viaje.

35

El pequeño motocarro avanzaba despacio por la pista llena de baches mientras Jacques hablaba del pastor que dejó el oficio en la decimocuarta generación, de las huellas de oso que habían encontrado el día anterior, de ovejas muertas y discusiones encendidas. En la comarca había más asociaciones contra la caza de osos, pero, a pesar de ello, hacía poco un cazador fuera de sí había acabado con uno de los animales que habían sido reintroducidos allí recientemente.

En realidad Jacques habría podido tomarle el pelo a Eva, porque esta solo oía la mitad de lo que el hombre le describía tan floridamente. El agotamiento había dado paso a la súbita conciencia de su precaria situación: se había separado de sus amigas y se había dejado raptar por un tipo del que no conocía más que el nombre. No tenía ni idea de adónde iba ni de lo que la esperaba. Como una adolescente ávida de experiencias, se había puesto irreflexivamente en manos de un desconocido. La sensación era fantástica.

Mientras fuera acechaban osos emigrados de Eslovenia y cazadores que habían perdido la chaveta, ella se encontraba a salvo. Miró con curiosidad al hombre que conducía. Al igual que ella, ya no era joven, pero tampoco viejo. La vida había trazado en su rostro innumerables líneas, en las que se intuían el viento, las inclemencias del tiempo, las adversidades que Jacques había tenido que arrostrar. Eva notaba su muslo, el calor que irradiaba. A punto estuvo de apoyar la cabeza en su hombro fornido. Antes de que tuviera ocasión de pasar a los hechos, el vehículo frenó con un estruendoso chirrido ante un imponente edificio de piedra gris con cierto aire industrial. Las tres plantas del albergue de la Paix habían sido construidas directamente en la colina rocosa, y ante ellos se extendía un pequeño olivar. Las extensas copas de los árboles, que hundían sus raíces en el árido suelo pedregoso, hablaban de una tradición centenaria y de trabajo duro. Junto a la puerta se veía la imagen desvaída de una paloma de la paz con una rama de olivo en el pico.

—Antes aquí se trituraban, se molían y se prensaban las aceitunas, pero cuando mis padres compraron la finca en los años sesenta, el molino era una ruina. Ellos soñaban con un lugar de encuentro para los jóvenes del mundo. De ahí ese nombre patético, albergue de la Paz. Y los dormitorios comunitarios —contó Jacques.

¿Un albergue juvenil? ¿Con dormitorios comunitarios? ¿Para el entendimiento entre los pueblos? Madre de Dios. ¿Por qué no se había informado mejor sobre el lugar antes de arrastrar hasta allí a sus amigas? Ya habían pasado unas cuantas noches incómodas, y se merecían algo mejor que un alojamiento comunitario orientado a un público juvenil. El hecho de que allí se pudiera estar de fiesta toda la noche sin peligro de molestar a los vecinos difícilmente entusiasmaría a sus amigas.

Eva echó un vistazo a lo que tenía alrededor con espíritu crítico: la colada se secaba en el jardín, una jaula vacía colgaba de una viga, la carcoma roía los maderos y las arañas tejían incansablemente sus telas. ¿Para qué iba a buscar otro alojamiento? El viejo molino de aceite le gustaba.

Jacques la animó a tomar asiento en uno de los sillones de mimbre colocados bajo la sombra de un platanero mientras él llevaba dentro las provisiones.

—Póngase cómoda, no haga nada y olvídese de todo —le aconsejó.

Eva disfrutó de la tranquilidad, algo que no conocía desde hacía años. ¿Desde cuándo no tenía tiempo para ella? Ahora ya no tenía que andar ni preocuparse de nadie ni hacer la compra. En Colonia la vida familiar seguía su curso sin mayor problema, como demostraban sus llamadas diarias. Frido, dando muestras de un gran espíritu deportivo, había renunciado a alcanzar el perfeccionismo de Eva. La mesa de los desayunos, había informado David en su última llamada, solía estar por la noche igual que la habían dejado por la mañana, y el ambicioso plan de comidas había sido sustituido por el veloz servicio de pizzas.

«Ya me doy por satisfecho si por la mañana consigo que los niños lleguen a su hora al colegio y yo al trabajo —reconoció Frido—. Incluso he llegado tarde a la reunión de la junta. Y adivina lo que ha pasado. Nada. No se ha hundido el mundo.»

Eva se rio al imaginar a Frido corriendo de un lado a otro por la cocina con su elegante amenaza de hoy-tengo-reunión-de-la-junta y sus relucientes zapatos cosidos a mano, tratando de cumplir con el programa matinal. Posiblemente se hubiera hecho una tabla en Excel en el despacho para optimizar los resultados. Y sus planes se frustraban cada mañana porque el despertador no sonaba, la leche se salía o se le resistían las trenzas de Anna.

«Lene dice que parezco Pipi Calzaslargas después de una descarga eléctrica —le había contado Anna—. Y eso que a papá hoy le han salido mejor que ayer. —A pesar de tener que acostumbrarse a su nuevo peinado, parecía contenta—. Está bien que papá tenga más tiempo para nosotros —le confesó a su madre.»

Eva se felicitó para sí por haberle dado a Frido la oportunidad de ejercer de peluquero y cazador de hombres lobo. Quizá incluso les hubiera estado quitando algo a Frido y a los niños al encargarse ella de todo. Lo que estaba pasando en Colonia era una locura absolutamente normal. Nada por lo que tuviera que preocuparse.

Eva se repantigó en el sillón, cerró los ojos y se dejó embargar por la calma celestial que se respiraba en el albergue. De las ventanas medio abiertas y tapadas con plásticos que tenía a la espalda llegaban ruidos que revelaban que allí se encontraba la cocina. Puertas de armario que se abrían y cerraban, el ruido de la vajilla, un cuchillo que iniciaba un enérgico *staccato* sobre una tabla de madera, el chisporroteo de la grasa. Un tentador aroma a ajo, tomillo y laurel rehogados en aceite de oliva llegó hasta ella. Aquello le interesaba mucho más que holgazanear a la sombra de un platanero. ¿Quedarse allí sentada en silencio, rumiando, y robarle un día al bueno de Dios? Eso no estaba hecho para ella.

Intrigada, Eva entró en la casa. Un pasillo de techos sorprendentemente altos con pesadas vigas de madera oscura y suelo de terracota rojo oscuro conducía a la cocina. En los muros de piedra encalados colgaban viejos utensilios que recordaban la función original del edificio, y algunas fotos amarillentas daban testimonio de la ajetreada historia de la antigua almazara y sus propietarios.

A trabajadores demacrados y con caras serias del siglo pasado les sucedían soldados con uniformes de la Segunda Guerra Mundial. Las instantáneas en blanco y negro convivían en armonía con las fotos descoloridas de la posguerra y los retratos actuales en colores brillantes. Las familias de las fotografías —probablemente los sucesivos propietarios— eran cada vez menos numerosas conforme pasaban las décadas, hasta que en los años sesenta les tomaba el relevo una vistosa comuna *hippy*. Un muchacho desnudo con la melena revuelta le sacaba la lengua con descaro al fotógrafo. A su lado, una pareja posaba ante una furgoneta Volkswagen pintarrajeada; ella vestida con colores vivos y alegres y con una cabellera de pelo negro rizado contenida a duras penas por la cinta que le ceñía la frente, y él con pelo largo y adornado con plumas y con pantalones de campana. ¿Tal vez Jacques con sus padres?

La foto siguiente, que ocupaba un lugar destacado en la serie de retratos, aún era más enigmática: en ella se veía a Jacques en medio de una docena de hombres con unas largas túnicas rojas. ¿A qué extraña asociación pertenecería Jacques? ¿Todavía existían sociedades secretas en esa región? Aunque tampoco es que los hombres tuvieran un aire particularmente místico. Más bien era como si los jueces del Supremo hubieran quedado para desfilar en el carnaval de Colonia. Lo extraño estaba en que en lugar de los baberos de encaje blanco, que adornaban las togas de los magistrados de Colonia, los hombres de la foto llevaban al cuello una pequeña olla de barro esmaltado colgando de una cinta verde.

—Los miembros de la Académie Universelle du Cassoulet —anunció una voz a su espalda.

Eva pegó un brinco. No se había dado cuenta de que Jacques se había acercado. Estaba tan absorta en las fotos que no lo había oído.

—¿*Cassoulet?* —preguntó.

¿Era la altura del techo lo que hacía que su voz sonara distinta? ¿O él, que la ponía nerviosa?

—La especialidad de mi abuela —explicó Jacques—. Era de Castelnaudry. La meca del *cassoulet*. Lo podrás probar esta noche.

—¿Es eso que huele tan bien? ¿Puedo echar una mano? —preguntó entusiasmada.

La posibilidad de meter las narices en ollas ajenas le parecía mucho más interesante que quedarse en el sillón de mimbre contemplando el olivar. Tal vez pudiera aprender algo nuevo.

En lugar de responder a la pregunta, Jacques abrió la puerta de la cocina.

36

«Cada paso, una respuesta», anunciaba una página web que quería hacer más atractiva la interminable marcha a pie a los posibles peregrinos. Menuda horterada, pensó Caroline en casa. Sin embargo, ahora la frase adquiría un sentido totalmente nuevo. Aquello no era solo una horterada, sino un auténtico disparate.

Para Caroline, en lugar de respuestas, con cada paso surgían nuevas preguntas y nuevos problemas. Los últimos días habían demostrado que quince años no bastaban para profundizar en el carácter de una persona. ¿O era por el camino? Tal vez peregrinar sacara a la luz cualidades que en la vida cotidiana permanecían ocultas. Hacía tres horas habría apostado a que Eva sería la última del grupo en atreverse a subir al coche de un absoluto desconocido y dejarse conducir a un destino igualmente desconocido.

«Cada paso, una nueva pregunta», tendría que ser la frase. Porque no solo Eva parecía cambiada. También la actitud de Kiki, que no intercambiara una sola palabra con Max a medida que pasaban los días, le resultaba cada vez más extraña. Su amiga trataba al chico como si fuera un mueble ante el que pasaba cada día sin prestarle ninguna atención. Caroline había conocido

141

a más de un amante de su amiga, y nunca se había comportado de una forma tan rara.

—*Viens ici! Viens ici! Vite. Vite. Vite!*

Unas voces nerviosas arrancaron a Caroline de sus pensamientos. Dos campesinas gritaban y agitaban los brazos frenéticamente tratando de llamar su atención. Las mujeres hablaban un francés entrecortado e incomprensible. En los autos, para referirse a personas como ellas se solía utilizar una descripción espantosa: «población inmigrante». Y las dos mujeres, sin duda pertenecientes a esa población inmigrante, sacudían los brazos de tal forma que Caroline y Kiki, que caminaban juntas, dedujeron que, como mínimo, se acercaba un oso furioso dispuesto a merendárselas.

Sin entender lo que ocurría, salvaron de un salto la cerca que separaba el camino del campo, solo para comprobar que la historia de la comunicación entre distintas culturas está llena de malentendidos. No había ningún peligro. Al contrario: las mujeres solo querían hacer una buena acción. Por lo visto, creían que todos los peregrinos del Camino de Santiago eran unos pobres desamparados que dependían de las limosnas, y no estaban dispuestas a dejar pasar esa oportunidad de practicar la caridad cristiana.

Ya habían comido en el último pueblo. En la panadería de un supermercado Intermarché se habían zampado unos sándwiches enormes cubiertos de queso gratinado, *croque monsieur*. Pero a aquellas mujeres les daba lo mismo. Por lo que Caroline pudo deducir de los retazos de frases entrecortadas pronunciadas con un marcado acento local, las dos estaban firmemente convencidas de que ayudar a los peregrinos venía a ser igual de bueno para lograr la salvación que acudir personalmente a los santos lugares. Dios tomaba nota de las buenas obras. Que los peregrinos estuvieran o no agotados, hambrientos y necesitados de ayuda tenía una importancia secundaria para ellas.

No hubo nada que hacer. Después de haberse puesto las botas en la panadería de Portet d'Aspet, tuvieron que hacer de tripas corazón y comerse las manzanas ácidas que les ofrecieron. Las campesinas se persignaron satisfechas, y Caroline y Kiki siguieron su camino. Cada paso, una aventura.

37

El hecho de que tuvieran la boca llena de manzana no impidió que Caroline volviera al tema que le preocupaba desde hacía días.

—Lo que no entiendo de lo de Max…

—¿Nunca te cansas de hacer preguntas? Deberías ser abogada —se rio Kiki.

Caroline se mantuvo en sus trece.

—Hace años que buscas algo estable —continuó.

Kiki la interrumpió enseguida.

—Dime, ¿qué crees que pasaría si Max me presentara a mi jefe como su nuera?

Caroline fue de lo más objetiva.

—Calcularía la diferencia de edad.

—Me pondría de patitas en la calle —la corrigió Kiki.

La abogada tenía su propio punto de vista sobre el tema.

—¿Abuso de menores? No cuela. Está claro que Max es mayor de edad.

Kiki no estaba de humor para bromas. Sabía que a sus amigas no acababan de gustarles los líos que se traía con los hombres, y eso que su comportamiento no era nada inmoral. Lo que ocurría es que a ella no le iba la teoría. Con el diseño, por ejemplo, le pasaba lo mismo. Algunos colegas ya tenían una idea del producto acabado desde el principio, pero en el caso de Kiki no era así. Ella tenía que dibujar, probar, ver cosas, estudiar el material. Tenía que sentir antes de pensar y decidir. ¿Cómo iba a saber si amaba a alguien si primero no probaba cómo era la relación? El amor no era un sentimiento que llegaba como caído del cielo. Para ella amar era un verbo. Amar era algo que se tenía que someter a prueba. Como en las artes y los oficios: nadie será un buen pastelero si se limita a pegar cada día la nariz al escaparate, sin probar las dulces exquisiteces.

—Tú amas según el método heurístico de prueba y error. Pruebas sistemáticamente a todos los hombres y confías en que el bueno se encuentre entre ellos.

Kiki sabía lo que era lo de la prueba y el error. Así había conocido a un montón de gente. Pero ¿y heurístico?

—Para algunas ciencias, es el arte de alcanzar una buena solución con conocimientos limitados y poco tiempo —le explicó Caroline.

Eso ya lo entendía mejor. Kiki no sabía nada de nada, y el tiempo se le echaba encima.

—¿Por qué tiene que pasarme siempre a mí? —se quejó—. Cuando conozco a un hombre, seguro que está casado o es un obseso del trabajo o un infiel compulsivo. Y ahora voy a toparme con un adolescente.

De todos modos era una bobada planteárselo así: con treinta y tantos años, ¿cómo se podía tener una visión romántica del amor? En cualquier revista femenina podía leerse que las relaciones estables tenían unos terribles efectos secundarios, como calcetines bajo el sofá, la pasta de dientes abierta y monotonía sexual. ¿Cómo encontrar atractivo a un hombre al que se veía utilizar el hilo dental o cortarse las uñas de los pies? No era de extrañar que todas las comedias románticas acabaran cuando los enamorados se abrazaban y musitaban frases como: «Hasta que la muerte nos separe». Lo que venía después podía resumirse con una palabra terrible: «trabajárselo». Kiki era la campeona del mundo de los inicios. No estaba hecha para aguantar.

—¿Tú quieres a Max? —preguntó Caroline con tino.

Kiki escurrió el bulto. Su amiga no sabía de qué iba aquello.

—Si Thalberg me echa a la calle, no volveré a encontrar trabajo. ¿Quién iba a contratarme? Con cuarenta años eres un dinosaurio y sales demasiado cara. Deberías ver a los de prácticas. Desde que empezó la crisis hacen carrera visto y no visto y solo le cuestan a Thalberg trescientos euros al mes.

—¿Lo quieres? —insistió Caroline.

Kiki volvió la cabeza y lanzó una rápida mirada a Max, que caminaba a poca distancia tras ella. Max le guiñó el ojo y ella se puso roja. Caroline sonrió con ironía.

—No. Claro que no —respondió Kiki, apartando de sí toda sombra de sospecha—. No lo quiero.

Por suerte, en ese momento el teléfono de Caroline sonó y la conversación se interrumpió en seco, para gran alivio de Kiki, que se libraba del implacable acoso de su amiga, y también de Caroline, que por fin veía en la pantalla de móvil el nombre que había estado esperando.

—Philipp. ¡Ya era hora!

38

—¡Ay! ¡Ay! ¡Ay! —gritó Estelle.

Cada paso era un tormento. Y no eran los pies los que la torturaban. Porque había descubierto, sorprendida, que podía mantener sin problemas un buen ritmo. Ese caminar incesante se había convertido en algo normal. Lo que necesitaba era un poco de distracción. Y para ella eso era sinónimo de que necesitaba charlar con alguien.

«Estar a solas conmigo misma es un aburrimiento», reconoció, de modo que saludaba a cualquier peregrino, senderista o veraneante que se cruzaba en su camino y hablaba alemán. Y con algunos compartía el recorrido durante horas.

A Estelle le encantaba que la gente le contara su vida. Por eso la dejó especialmente fascinada el exministro canoso que hacía el camino porque, después de dos legislaturas, había sido relegado de sus funciones no solo en el partido, sino también en su propia familia.

«Durante ocho años no aparecí por casa. Ni siquiera el perro me conocía», se quejaba.

Por desgracia, Estelle perdió al ministro cuando pararon para comer.

A cambio, en una tienda 8-à-Huit de un pueblo, donde se podía comprar hasta tarde, conoció al responsable del servicio de reclamaciones de una aseguradora, que necesitaba apartarse de los problemas de sus desafortunados clientes. Con él iba Hanna, una peluquera recién divorciada que tenía una idea muy clara de lo que esperaba de la peregrinación: quería encontrar a Dios o un nuevo marido, y a juzgar por el entusiasmo con que hablaba de los dos, para ella no existía una gran diferencia entre una cosa y la otra. A Estelle le habría gustado averiguar si sus nuevos conocidos habían llegado a algo, pero nunca lo sabría, porque en una encrucijada desaparecieron sin dejar rastro. De todos modos, lo más frecuente era encontrarse con matrimonios de profesores de Renania-Palatinado que estaban de vacaciones. Todos tenían cincuenta y muchos años, daban clases de alemán y geografía y llevaban rollos de papel higiénico y páginas de internet impresas con información relativa al aspecto artístico del camino. Cuando se cruzaba con ellos, lo habitual era que mantuvieran durante uno o dos kilómetros una conversación sobre temas extremadamente personales y luego se separaran con un escueto «adiós, y que pase un buen día».

«Soy el único peregrino que no pasa por una profunda crisis vital», constató Estelle al cabo de unos días. Ella ni siquiera atravesaba una pequeña crisis matrimonial. Su marido tenía muchas cualidades: sabía ganar dinero, comprar cuadros, colgarlos, descolgarlos y cambiarlos de sitio, tapar agujeros que ya no servían, aparcar el coche nuevo y llevarle el desayuno a la cama. Y se reía con sus chistes. ¿Qué más quería?

Tal vez peregrinar haga feliz porque uno se da cuenta de que a los otros les va mucho peor, se dijo.

No era la posibilidad de revisar su vida, no era el camino lo que le crispaba los nervios. El problema era la maleta, que se quedaba atascada en todos los baches del terreno. Eran las manos, que le ardían. En la derecha ya se veían los indicios de una futura ampolla sanguinolenta.

Las ampollas eran uno de los temas de conversación preferidos entre los peregrinos. Uno de los profesores le aconsejó que, con ayuda de una aguja, atravesara la ampolla con un hilo y le hiciera un nudo. En un día el hilo absorbía la humedad, con lo que la piel se secaba. Era muy útil y dolía que daba gusto. Su mujer, en cambio, apostaba por la propia orina, y Judith por los trucos mentales: «Debes concentrarte en la percepción física del dolor y no en los sentimientos que van ligados a él», le dijo Judith a Estelle por la mañana cuando esta cogió el tirador de la maleta lanzando ayes. Pero Estelle no estaba en situación de realizar semejantes cabriolas mentales. No le hacía falta probarlo para saberlo. En cambio, desde hacía tres kilómetros libraba en su interior una lucha encarnizada entre su umbral de dolor y su coquetería. El catolicismo no estaba hecho para ella, confirmó. Aunque eso ya lo sabía desde los doce años, después de su paso efímero por un colegio de monjas.

«El amor de Jesucristo se manifiesta en su extraordinaria disposición al sacrificio», aleccionaron las monjas a su nueva alumna. Sin embargo, la disposición al sacrificio que le exigían entraba en abierta contradicción con el marcado sentido de la injusticia de Estelle. Y no era justo que la profesora le pidiese que compartiera sus golosinas con toda la clase, hasta con la gorda de Bärbel Witte, que, al contrario que Estelle, cantaba cada domingo en misa y, con su caligrafía perfecta y su moralina, era la niña de los ojos de todos los profesores. Estelle no quería compartir. Desde luego no unas golosinas que se había ganado honradamente.

Sí había algo que compartía encantada, con condiciones, claro. A cambio de una pequeña contribución, permitía que sus compañeras de clase echaran una ojeada a unos libros muy especiales. Estelle gestionaba un próspero servicio de préstamo de las novelas de amor cargadas de erotismo que su madre leía a escondidas y ocultaba en la cesta de la plancha. Debido a la humedad de la ropa, los libros habían doblado su volumen inicial, lo que suponía una gran suerte para Estelle, porque el precio de una obra dependía de su grosor. Por desgracia, la gorda de Bärbel Witte tenía menos sentido de la sensualidad que del pecado y la penitencia, y se chivó a las monjas. Estelle duró solo tres meses en el colegio.

Con el asunto de las novelas se granjeó la ira de las monjas, pero se ganó de forma definitiva el reconocimiento de su padre, que vio que en ella bullía su sangre de comerciante. Willi convertía la chatarra en un dinero que perdía acto seguido en negocios supuestamente infalibles. Mientras vivió no logró ocupar un cargo de importancia en su agrupación carnavalesca. Los componentes de la comparsa nunca llegaron a aceptar plenamente a ese chatarrero de humor tosco, con las uñas siempre negras y unos contactos más bien dudosos. Con su mujer, una hija de buena familia que lo perdió todo cuando escapó de Prusia Oriental, excepto su bien arraigado orgullo de clase, le ocurrió algo parecido. El sentimiento de gratitud hacia Willi por salvarle la vida al ofrecerle un techo y unos buenos brazos se desvaneció en los primeros años de un matrimonio sin hijos, y después ella se refugió en sí misma y en su propio mundo, un universo poblado de héroes románticos con delicadas manos de pianista.

Estelle lo tendrá más fácil que yo, se dijo su padre, de modo que eligió un colegio elitista que pudiera facilitar el acceso de su hija a los mejores círculos, que en el caso de Colonia eran católicos, y cuando la expulsaron, se tomó su fracaso escolar como algo personal. «Son las manos, Estelle», decía siempre, y mostraba sus palmas desolladas y callosas, llenas de durezas.

Unos días más de camino y sus manos tendrían el mismo aspecto que las de un chatarrero. ¿Veinte años de cremas, limas y aceites para eso? ¿Todos esos tratamientos para mimar las manos tirados a la basura? No, Estelle no podía hacerle eso a su difunto padre.

Después de ciento cincuenta kilómetros de tormento, había alcanzado el punto crítico, se encontraba al límite y dispuesta a hacer cualquier concesión para librarse del indescriptible invento de Yves. «Un buen equipamiento lo es todo», sermoneó Caroline antes de que empezara la aventura. Y Estelle tardó unos cuantos días en reconocer que las cosas más importantes que necesitaba para llegar a Lourdes no cabían en su maleta: paciencia, aguante y unas manos sin ampollas.

Pero ni podía ni quería tirar sus cosas sin más. Por eso las campesinas aparecieron en el momento perfecto. Las dos mujeres fueron testigo, sin dar crédito, de cómo Estelle lanzaba su maleta al otro lado de la cerca y luego saltaba ella misma. Si un ovni hubiera aterrizado ante sus ojos, no se habrían quedado más pasmadas.

Mientras que Caroline se esforzó en descifrar el francés de las mujeres, Estelle pasó directamente a la acción y les plantó en las manos todo aquello de lo que creía poder prescindir. Adiós al aerosol para las picaduras de insectos, hasta la vista al rímel y al maquillaje. Hasta nunca, estúpida maleta. En su metódica limpieza se tropezó, cómo no, con la información de los restaurantes de la comarca. No, aún no había caído tan bajo. No había abandonado la esperanza de que ese viaje no fuera únicamente una interminable sucesión de carencias y privaciones. Tal vez pudiera convencer a sus amigas de que una comida excelsa en un restaurante exclusivo era casi como una ceremonia religiosa. Aunque hubiese que dar un pequeño rodeo.

Las mujeres observaron con escepticismo los tarros y los tubos, las cremas y el rímel. Seguramente tomaran a Estelle por una representante de Avon de gira por la provincia con su maleta de muestras. Tuvo que gesticular lo suyo para que comprendieran que podían quedárselo todo. Gratis. Y sin obligación de realizar compras posteriores. Las campesinas se santiguaron. Quién habría imaginado que la recompensa divina fuera a materializarse de una forma tan inmediata. Ese día el mensaje de la Virgen de que los creyentes solo hallarían la felicidad en el otro mundo resultó ser una amenaza vacía.

Estelle, que aceleró el paso para unirse cuanto antes a sus amigas, entreoyó la voz de Caroline. A sus oídos llegaron algunas palabras sueltas: Arne. Viajes. Consulta. El resto se lo llevó el viento. En ese momento Estelle agradeció su espíritu de sacrificio. El ruido de las ruedas dando botes por el suelo irregular habría anunciado su presencia enseguida. Ahora, en cambio, iba como de puntillas por el suelo pedregoso, pisando con cautela. La idea era que no saliera rodando una sola piedra antes de que se hubiese acercado lo bastante.

Caroline estaba sentada en un tocón y hablaba por teléfono. Con Philipp. Y la conversación giraba en torno a algo que a Estelle le interesaba mucho más que la vida de los peregrinos a los que conocía por casualidad. Hablaban de Arne.

39

–Existe algo llamado secreto profesional. Tú deberías saberlo mejor que nadie –dijo, enfadado, Philipp.

Caroline no se lo podía creer. En su trabajo había oído miles de veces ese argumento. A médicos a los que quería hacer declarar, a abogados de la parte contraria, a sacerdotes... Pero no a su propio marido. Ahora que por fin había podido hablar con Philipp, él se acogía a su deber de confidencialidad.

–No lo dirás en serio –soltó Caroline indignada.

–Solo era una broma –repuso Philipp tratando de quitarle importancia–. No puedo contarte nada porque no sé nada.

Ese pretexto sonaba a mentira pura y dura. A Philipp no se le daban bien las excusas. La conversación no podía haber empezado peor.

–Philipp, no me vengas con esas. En otros casos bien que hablas a veces de tus pacientes.

El secreto profesional nunca se había llevado de una forma demasiado estricta durante sus cenas. A veces había que hablar, por más que fuera contra las normas. Sobre todo al inicio de su carrera, Caroline necesitaba a alguien con quien compartir los acontecimientos del día. Así, habló con Philipp cuando se vio por primera vez frente a las fotografías de un cadáver y tuvo que salir discretamente de la habitación para vomitar; habló cuando un cliente se abalanzó sobre ella armado con un cuchillo, y habló cuando la llamaron para ejercer de abogada de oficio en el caso Nele Bauer. Nele tenía dos años. Igual que Josephine por aquel entonces. Y había muerto. Agentes de la Policía encontraron a la niña en su cuna. Con ocho puñaladas en el cuerpo. Fue la propia madre de Nele, Stefanie, la que llamó a la Policía. Aunque la mujer denunció una agresión, desde el primer instante fue la principal sospechosa. Caroline no se creía la versión del desconocido alto que, haciéndose pasar por repartidor de pizzas, consiguió entrar en el piso y, al parecer, apuñalar a la niñita sin mediar palabra. Stefanie, llorando a lágrima viva, mencionó el historial de drogas de su exnovio y a acreedores agresivos que la habían amenazado, pero ninguno de los policías creyó que fuera inocente. Y actuaron en consecuencia al recabar pistas.

Durante el proceso, Caroline demostró paso a paso que las pruebas habían sido obtenidas, manipuladas y presentadas de forma irregular. Se decretó la absolución «por falta de pruebas», y Caroline fue blanco de artículos furibundos en la prensa. Se le hizo muy difícil explicar que la demostración de un delito es el talón de Aquiles de un ordenamiento democrático. Le costó porque Nele Bauer la sumió en un mar de profundas dudas: no estaba segura de encontrarse en el lado correcto del Derecho. Cuando llegó a casa y Josephine la rodeó con sus bracitos, rompió a llorar.

Cualquier abogado penalista en calidad de defensor ha vivido ese momento en el que por primera vez ayuda a conseguir la libertad de alguien a quien personalmente considera culpable. Stefanie Bauer fue su primera vez. Sin Philipp se habría vuelto loca. ¿Cómo habría podido comprender él su desesperación si no le hubiera hablado de las heridas de Nele, del cuerpo escuálido y de la falta de emoción de Stefanie cuando se refería a su hija? Philipp la acompañó en el juicio. Le sobraba tiempo, porque el primer artículo negativo sobre el caso que se centró en Caroline y en la pregunta de si se podía defender a un monstruo dejó vacía en un santiamén su sala de espera.

El caso del asesinato impune de Nele Bauer supuso una herida abierta en su trayectoria. Sus hijos ya eran adultos y habían escogido su propio camino profesional. Josephine había seguido las huellas de su padre y estudiaba medicina, y Vincent gestionaba una próspera tienda *online* que comercializaba camisetas y sudaderas. Sus modelos se vendían muy bien. La vida de Nele, en cambio, había acabado a los dos años. No había tenido futuro.

Después del entierro de Arne, Caroline visitó su tumba. Le tranquilizó ver que la última morada de la niña, aun después de tantos años, seguía estando bien cuidada. Caroline estaba segura de que las flores frescas y el nuevo osito de peluche no eran cosa de Stefanie Bauer.

Lo extraño fue que el caso de Nele le proporcionó el impulso decisivo a su carrera. Antes de cumplir los treinta ya era la defensora penalista más conocida de Colonia. Al final aquellos maliciosos artículos la empujaron a seguir adelante. Con cada artículo injurioso aumentaba su resistencia interna. Si dejaba la justicia en manos de esa chusma furiosa que la cubría de amenazas y boicoteaba la consulta de su marido, ese sería el principio del fin del sistema legal. Su matrimonio sobrevivió a la tormenta, igual que la consulta. Y ahora Philipp le venía con lo del secreto profesional.

—¿Qué demonios te pasa? —preguntó estupefacta.

—Estás viendo visiones —respondió Philipp—. Tienes a tu alrededor a demasiados delincuentes que no paran de soltarte mentiras.

Cuántas veces se había dicho ella eso mismo a lo largo de los últimos kilómetros. Pero la desagradable sensación en el estómago seguía ahí.

—Hay algo que no cuadra en el diario de Arne.

—Y si es así, ¿qué? ¿A ti qué te importa? —zanjó su marido.

—Judith es mi amiga. Quiero ayudarla.

—Arne está muerto —le recordó él—. Deja en paz las viejas historias, Line.

Le ponía frenética que Philipp la llamara Line. Solo lo hacía cuando se olvidaba de recoger a tiempo sus cosas del tinte, a pesar de haber jurado por lo más sagrado que lo haría, o cuando se dejaba endosar una guardia a sabiendas de que ese día la tía Gertrude celebraba su cumpleaños; en esas situaciones la llamaba Line.

—Si sabes algo, tienes que decírmelo —insistió ella.

La respuesta se perdió entre el ruido que rodeaba a Philipp al otro lado de la línea. Se oían voces y música.

—¿Qué dices? Hay mucho jaleo. ¿Dónde estás, por cierto? Llevo días tratando de localizarte. ¡Philipp! ¡Philipp!

La llamada se había cortado. Caroline colgó y marcó el número nerviosa. Comunicaba.

—Es curioso, las llamadas siempre se cortan justo cuando una le quiere comentar algo a un hombre.

Caroline giró en redondo. Estelle estaba apoyada en un árbol.

—¿Crees de verdad que Philipp está al tanto del secreto de Arne? —preguntó sin esforzarse lo más mínimo en disimular que había estado escuchando.

Caroline se encogió de hombros. Tenía que existir un motivo bien fundado para que Philipp sacara el secreto profesional. Era la primera vez que pasaba algo así. Aunque, por otra parte, a Caroline le costaba imaginar que la enfermedad terminal de Arne hubiera acercado tanto a los dos hombres como para que este le revelara a Philipp cosas que le ocultaba a Judith. Arne y Philipp eran tan distintos…

«Ese hombre habla mucho —opinó Philipp cuando lo conoció—. Y siempre de cosas sin interés.»

Su marido era demasiado pragmático para simpatizar con las vagas ideas de Arne sobre Dios, el mundo y todo lo que quedaba entre medias. A Philipp nunca se le habría ocurrido leerle a Caroline el futuro en las nubes. Para ese tipo de cosas confiaba más en sus balances trimestrales, la sección de economía del *Frankfurter Allgemeine* y un asesor fiscal competente.

«La realidad no se puede calcular —acostumbraba a decir Arne—. Incluso la altura de la Torre Eiffel varía en quince centímetros dependiendo de la temperatura exterior.»

Philipp habría podido aducir el coeficiente de dilatación del acero, pero temía que Arne contratacara con una respuesta difusa.

¿Y se suponía que esos dos hombres se habían acercado en los últimos meses de vida de Arne? Ella más bien tenía la impresión de que Philipp evitaba a Arne desde que era su paciente. Caroline se había sentido culpable, ya que, después de que el hospital lo desahuciara, fue ella la que le pidió a su marido que le echara un vistazo al historial de Arne. Y Philipp también se ocupó de él cuando lo único que podía hacerse ya, aparte de administrarle analgésicos, era acompañarlo en su difícil camino y apoyar a Judith.

—No hablábamos nunca de Arne en la cena —tuvo que reconocer Caroline.

¿Para qué iban a hacerlo? Ella no tenía necesidad de preguntarle por él a Philipp. Veía en los ojos húmedos de Judith cómo se encontraba su marido.

En esa época Philipp trataba de guardar las distancias.

«Tengo consulta todo el día. Por las noches cierro», alegaba a modo de disculpa cuando no quería aceptar una invitación de Judith y Arne. No le gustaba hablar con los amigos de los resultados del laboratorio mientras disfrutaban de una cena agradable. Pero tal vez existiera una razón muy distinta para ese distanciamiento. ¿Le habría confiado Arne algo? ¿Algo que a él le había molestado tanto que se había apartado de Arne y Judith? ¿Por qué Philipp no decía nada?

—Es el dichoso diario —concluyó Estelle—. Mientras no sepamos qué pone, seguiremos a oscuras.

Caroline se preguntó si en ese caso no sería mejor seguir a oscuras. ¿Tan importante era saber qué secreto se había llevado Arne a la tumba?

Más adelante Caroline comprendería que la extraña conversación con Philipp le había proporcionado una importante pieza del rompecabezas. Pero por el momento esa pieza se negaba a encajar con el resto para formar una imagen. Estaba aislada, en el extremo equivocado. Por el momento.

40

«No me lo puedo creer. Eva siempre tan formalita y mírala ahora», comentó, asombrada, Estelle.

Después de una etapa que las había dejado exhaustas, las mujeres de los martes, y Max, se habían reunido con Eva en el albergue. Superar los mil ciento sesenta metros del puerto les había proporcionado una profunda satisfacción, y se habían emocionado al pensar que en menos de cuatro semanas los ciclistas del Tour de Francia realizarían un esfuerzo titánico para hacer ese mismo recorrido. Ahora, después de la caminata, sentadas en un banco de la cocina como gallinas en el palo del gallinero, con los pies metidos en cinco barreños de plástico idénticos que Jacques había llenado de agua agradablemente tibia con bicarbonato, sus sentimientos eran muy distintos. Estelle tenía la sensación de que se habían pasado el día andando y no se habían acercado ni un paso a su gran objetivo. Y las otras no se sentían mucho mejor.

La única que baileteaba por la cocina, alegre y como nueva, era Eva, que flirteaba abiertamente con Jacques mientras este le servía vino una vez más. Era uno de esos vinos que en casa pasaría como mucho por vinagre, pero que en la cocina de Jacques sabía a gloria. Igual que la comida que habían preparado juntos durante horas. Jacques no quiso renunciar al placer de darle a probar personalmente a Eva el guiso.

—El secreto de un *cassoulet* glorioso está en la elección de las legumbres. Mi madre apostaba por las alubias blancas *lingot* —susurró Jacques mientras le acercaba la cuchara a la boca.

A Eva le ardían las mejillas. Por el calor de la cocina. Por el vino. Y por el hombre que tenía a su lado. A Eva, que siempre se ocupaba de hacer la comida, se la veía disfrutar de que Jacques cocinara para ella. Si pensaba en las calorías, el suculento plato de carne y alubias era una auténtica locura pero Eva se había olvidado hacía un buen rato de su decisión de renunciar a la carne de cerdo. Igual que se había olvidado de todo lo que constituía su vida. Incluso de sus amigas. Ese era su día. Y no permitiría que nada ni nadie se lo estropeara.

Las tensiones se cernían sobre el grupo como nubarrones. El camino era como la yesca: todos los conflictos que en la vida cotidiana se podían tapar con una actividad frenética se inflamaban. Kiki le hacía el menor caso posible a Max y trabajaba tozudamente en sus diseños, Judith luchaba contra las lágrimas, Caroline no paraba de mirar el móvil y Estelle acechaba como la serpiente al conejo: en la mochila abierta de Judith, arriba de todo, estaba el diario de Arne. Se moría de ganas de echar un vistazo a esas misteriosas páginas, pero su amiga protegía el libro como si fuera el santo Grial. Por la noche lo metía bajo la almohada. Pero a Estelle se le ofrecía una oportunidad. Judith estaría distraída durante la cena, y ella podría coger el libro un momento. El tiempo suficiente para echarle una ojeada.

Ya iba a levantarse cuando Eva le puso en la mano un plato de *cassoulet*. Estelle tenía más hambre que curiosidad.

—No me digas que te has pasado el día cocinando —dijo sorprendida.

Jacques no tenía palabras para su pinche.

—Eva me ha ayudado a hacerlo todo: poner en remojo y preparar las alubias, hacer el caldo de carne, confitar en manteca los muslos de pato, estofar las costillas de cerdo, dorar la butifarra, añadir el tocino y luego el codillo de cerdo.

—Para terminar, colocas las alubias y la carne por capas en la cazuela de barro, le añades caldo y lo pones al fuego —completó una solícita Eva.

—¿Y se supone que te ha llevado el día entero? —se maravilló Estelle.

En realidad se trataba de una alusión a lo que se traían entre manos Eva y Jacques, aparte de cocinar juntos, pero Eva, en su estado de exaltación, era inmune a cualquier tonillo irónico.

—Claro que no. También hay que estar pendiente del guiso. Mientras se va haciendo se forma una costra oscura que hay que romper una y otra vez, con mucho cuidado, para no chafar las alubias. Un *cassoulet* ha de tener siete costras —aleccionó Eva.

Jacques le puso en la cabeza el gorro rojo de su gremio.

—Bienvenida al club —anunció en tono solemne—. Puedes estar orgullosa.

Eva soltó una risita insegura. No sabía cómo comportarse ante esa inusitada atención masculina. Al menos nadie veía que se había ruborizado: ya tenía la cara bastante roja debido al calor de la cocina y a todo el vino que había tomado. Kiki cogió la cámara para inmortalizar aquella escena memorable.

A Estelle nunca se le habría ocurrido pedir por propia iniciativa un guiso tan contundente, pero después del primer bocado decidió que un plato de alubias era lo mejor para que los extenuados peregrinos repusieran fuerzas después de un largo día de marcha. Y aún mejor que la comida era la transformación de Eva.

—Desde que no habla con su familia, es otra persona —susurró Caroline—. Hacía años que no la veía tan relajada.

Judith intuía cómo se había obrado el peculiar cambio de su amiga.

—El camino hace que las cosas enterradas vuelvan a subir a la superficie.

Antes de que Judith les soltara otro sermón, Estelle replicó alegremente:

—Es curioso. Yo no siento nada de eso. Supongo que, por más que escarbe, soy bastante superficial.

—Sabe a… a… —Eva buscó el parecido, abandonó el intento entre risas y tomó otro bocado. Comía con sus amigas, y con un apetito feroz. Tan solo Judith jugueteaba con la comida, como de costumbre.

—Te puedo hacer una tortilla —le ofreció Jacques.

Ella asintió, afligida.

—Una tortilla, claro. Gracias.

Hacía días que Judith no se alimentaba de otra cosa.

Elle n'aime pas ce qu'on mange ici, murmuraba el personal de los restaurantes a los que iban. «No le gusta lo que comemos aquí.» En ese país uno casi era un paria si no comía carne ni pescado. Lo único que quedaba en esos casos era la tortilla.

A Estelle la desgana de Judith le atacaba los nervios. ¿Era un ejercicio de penitencia especial que se había impuesto? ¿Un autocastigo? ¿O solo un espectáculo de cara a la galería? ¿Cómo iba a poder echarle un vistazo al diario si ni siquiera la comida y la buena compañía conseguían distraerla? Como si estuviera prohibido disfrutar de las cosas que Arne ya no podría vivir.

Después de tomar dos o tres bocados de tortilla por educación, Judith se levantó sin decir palabra, cogió el diario y la mochila y desapareció.

—Esto no puede seguir así. Tenemos que hacer algo —musitó Estelle a Caroline, sin que quedara muy claro a qué se refería exactamente.

41

La ermita, que se levantaba en medio del campo, lejos del albergue, recibió a Judith con un olor a incienso y a cera. La monótona cantinela de un grupo de peregrinos franceses que se habían reunido para la oración vespertina creaba un ambiente mágico en el interior de la iglesia. En tono monocorde los peregrinos enlazaban las avemarías en un bucle interminable.

Je vous salue, Marie pleine de grâces; le Seigneur est avec vous.
Vous êtes bénie entre toutes les femmes
et Jésus, le fruit de vos entrailles, est béni.
Sainte Marie, Mère de Dieu, priez pour nous pauvres pécheurs,
maintenant et à l'heure de notre mort.

La letanía inacabable componía un monótono tapiz sonoro que daba un aura de misterio a la iglesia. En los últimos días, Judith había adquirido el hábito de visitar por la noche, junto con Eva, la iglesia del lugar en el que se encontraran. Para ella formaba parte de la esencia del camino. Arne lo consideraba así, y Judith estaba decidida a seguir sus pasos.

«Nuestras activistas católicas», se burlaba Estelle cada vez que volvían a meterse en una iglesia. Y eso que Judith no era católica. Nunca lo había sido. En realidad envidiaba la fe espontánea e inquebrantable de Eva. Ella se sentía más espiritual que religiosa. Espiritual, y necesitada de respuestas.

Judith esperaba de corazón recibir una señal. Con cada paso que daba, soñaba con que llegara el mágico momento en que la invadiría ese sentimiento especial del que tantos peregrinos hablaban emocionados. Deseaba fervientemente el encuentro con una especie de poder superior que le diera fuerzas para recomponer su vida, que se había roto en mil pedazos.

No se atrevía a abordar temas espirituales con sus amigas. ¿Cómo iba a hablar de algo así con Caroline, la racional? Para la abogada solo contaban los hechos demostrables. La única accesible a las cuestiones religiosas era Eva. Pero ¿cómo preguntar eso?

«¿Qué? ¿Cómo va? ¿Ya has tenido una experiencia religiosa?»

Eso sonaba igual que la impertinente pregunta de su abuela, que la perseguía cuando ella era adolescente con su eterno «¿qué, Judith, ya tienes novio?». Y eso solo para que, la primera vez que le dijo que sí fuera a chivarse a su madre: «La niña es demasiado joven para tener novio», exclamó indignada.

Preguntar por Dios era tan personal como preguntar si uno se había acostado con alguien y quién era ese alguien. Judith se estremeció por dentro. ¿Cómo podía pensar en sexo en la iglesia? Era culpa suya que ese momento mágico no quisiera llegar. No estaba lo bastante abierta. Sus pensamientos la empujaban una y otra vez en la dirección equivocada.

Tal vez fuera cosa de esa capilla, que no invitaba en absoluto a que aflorase un sentimiento de consuelo y paz espirituales. Al igual que la catedral de Mirepoix, también esa ermita contaba con abundantes imágenes de la crucifixión, el martirio y la muerte. Ya de niña, Judith temía las visitas a las iglesias. Al ser la única no creyente de su curso, la metieron directamente en la clase de religión católica, y eso incluía las odiadas visitas a las iglesias.

«Judith es una niña asustadiza», hicieron constar en la evaluación del colegio. Y efectivamente, en su infancia, tenía miedo de todo y de todos. De los insectos que su hermano pequeño le metía en la cama, de olvidar el poema que tenía que recitar en clase o de las voces que daban sus padres, que siempre se estaban peleando. Pero lo peor de todo era ir a ver iglesias con el colegio, con todas esas representaciones del dolor en piedra, mármol y pintura, las siniestras reliquias de vidas extinguidas tras un cristal, las tumbas, las criptas y los cadáveres embalsamados.

También Bernadette yacía, milagrosamente incorrupta, como si hubiera muerto ayer, en un ataúd de cristal en Nevers. Gracias a Dios, Borgoña estaba muy lejos, de modo que a ninguna de sus amigas se le ocurriría la idea de ir a ver el cuerpo. Judith tenía más que suficiente con la estampa de la imagen de Bernadette muerta que Arne había pegado en el diario. Bernadette yacía, serena, en un ataúd, con su hábito de monja y las manos unidas en oración. Judith se quedó helada al verla. Las venas del antebrazo se le transparentaban, las uñas de los dedos eran casi rosadas, la cara estaba ligeramente tostada por el sol. Le dio pena esa mujer atormentada. Debilitada por la desconfianza, la incomprensión y la hostilidad, Bernadette enfermó de tuberculosis ósea y murió con solo treinta y cinco años. ¿De qué le sirvió que en 1934 la santificaran? ¿De qué sirvió que sesenta y siete de las miles de curaciones que se obraron junto a la fuente fuesen consideradas milagrosas oficialmente? A Judith le parecía que el precio que Bernadette había pagado por su encuentro con María era demasiado alto. Las apariciones eran un espectáculo. Después de que se conociera el caso, junto a la gruta llegaron a congregarse hasta diez mil curiosos para observar a Bernadette. Y no todos acudían con buenas intenciones. La tacharon de mentirosa, se burlaron de ella, la increparon, la trataron de histérica. Más tarde, cuando se refugió en la vida conventual, no le permitieron hablar más de sus experiencias. «La Virgen María se ha servido de mí como de una escoba», dicen que afirmó prosaicamente. Después de usarla, la dejaron olvidada en un rincón.

Je vous salue, Marie pleine de grâces; le Seigneur est avec vous.
Vous êtes bénie entre toutes les femmes...

La letanía de fondo seguía y seguía. Tal vez rezar ayudara. Arne estaba convencido de que el origen y el objetivo de la vida se encontraban fuera de uno mismo. «Las personas deberían preguntar menos y rezar más», era su credo.

Con gesto inseguro, Judith juntó las manos para rezar. No hacía falta ser católico para saberse el avemaría. Encendió una vela y mientras tanto trató de pronunciar la oración. Tenía las palabras grabadas en la cabeza.

Dios te salve, María, llena eres de gracia,
el Señor es contigo.
Y bendita tú eres entre todas las mujeres...

¿Por qué las palabras no querían salir de su boca? Reza por nosotros, pecadores. Las lágrimas rodaron por sus mejillas, y en ese momento una mano fría se apoyó en su hombro. Judith se estremeció. Del grupo de franceses se había separado un hombre que se acercó a ella sin que se diera cuenta.

—¿Puedo hacer algo por ti, hermana? —La voz estridente le produjo un extraño eco en los oídos.

Judith sacudió la cabeza.

—La única persona que podría ayudarme está muerta.

—El Camino de Santiago es como una guerra con uno mismo —replicó el hombre—. Sangre, sudor y lágrimas. Y solo tú puedes ganar el combate.

Ella no estaba segura de que hubiera algo que ganar.

—Mi marido ha muerto. Yo ya he perdido.

La respuesta del peregrino llegó rápida y cortante, como un latigazo.

—No se trata de eso. Se trata de ti y de tus faltas.

Judith ladeó la cabeza. ¿Quién era ese tétrico personaje? A través del velo de las lágrimas distinguió a un hombre bajito y rechoncho, con el cabello pelirrojo cortado a cepillo. Tenía unos ojos hundidos, oscuros, en los que la pupila y el iris se fundían. No fue solo la mano fría que descansaba en su hombro lo que la hizo estremecerse, sino, sobre todo, esos ojos en los que no había ningún asidero, en los que uno se ahogaba.

Instintivamente Judith dio un paso atrás, y la mano se deslizó de su hombro.

—Así que esta no es forma de llevar un duelo. Ni de hacer el camino. ¿Cómo es que todo el mundo se atreve a juzgarme?

Furiosa, fulminó con la mirada a ese hombre siniestro que hablaba como si estuviera en posesión de la verdad. Sin embargo, el peregrino aguantó el chaparrón sin inmutarse. Siguió tan tranquilo.

—No es el camino lo difícil. Lo difícil es encontrarse a uno mismo.

Con cada palabra se acercaba un poco más. Las sombras que arrojaban las velas conferían a su expresión un algo diabólico que la asustaba.

—Y la verdad que uno encuentra en uno mismo —continuó, con el rostro demudado— no siempre es agradable. Sin confesión no hay redención.

Judith se sentía incómoda. ¿A qué venían esas oscuras admoniciones? Lo único que quería era marcharse de allí cuanto antes.

—No sé de qué me habla —dijo para poner término a una conversación que le estaba dando miedo.

El peregrino interpretó su actitud defensiva como la prueba de que se hallaba en lo cierto.

—Lo sabes, hermana. Solo que no lo quieres admitir.

Aquello ya era demasiado. ¿Qué se pensaba ese tipo? ¿Qué sabía de ella? No tenía ninguna necesidad de seguir escuchando tantas bobadas. Judith se dirigió precipitadamente hacia la salida.

—Puedes huir de mí —resonó la voz fríamente a su espalda—, pero no puedes escapar a la verdad. Porque está en ti.

Salir. Alejarse de allí. Alejarse de ese hombre diabólico y de sus funestas profecías.

Judith abrió de un tirón la pesada puerta de la ermita. Una corriente de aire frío apagó de golpe las velas, y el siniestro peregrino desapareció de su vista como si se lo hubiera tragado la tierra. Solo se oía la inquietante salmodia.

Je vous salue, Marie pleine de grâces; le Seigneur est avec vous.
Vous êtes bénie entre toutes les femmes...

Los franceses seguían rezando ajenos a todo. Nadie había notado nada raro. Nadie excepto Judith, que solo confiaba en que no fuera esa la señal que estaba esperando.

42

La lucha por hacerse con la mejor cama había comenzado. En el estrecho pasillo del albergue la gente se apretujaba para conseguir un buen sitio en los dormitorios. Además del grupo de amigas, el de peregrinos franceses había dejado la capilla y se había presentado también en el albergue, poniendo un brusco final a la agradable velada en la cocina. En el pasillo había dos docenas de peregrinos que debían ser atendidos y alojados. Jacques, que iba de un lado a otro esforzándose en poner un poco de orden en aquel caos, se quedó parado cuando descubrió que no solo Max y el grupo de amigas se habían mezclado con los franceses, sino también Eva.

«Enseguida vuelvo. No te vayas», le susurró al oído cuando la invasión francesa lo obligó a abandonar la cocina. Pero cuando sus amigas decidieron que ya iba siendo hora de irse a la cama y descansar de la dura caminata, Eva se fue con ellas. ¿Esperar en la cocina a que Jacques volviera? ¿A qué llevaría aquello?

«Les hommes à gauche, les femmes à droite. Los hombres a la izquierda, las mujeres a la derecha», gritó Jacques tratando de imponerse al vocerío y de olvidar su decepción. El pasillo bullía de gente. Ahora las amigas lamentaban haberse quedado tanto rato en la cocina con el vino y el cassoulet. Como no se habían preocupado de reservar una cama a su debido tiempo, no les quedaba más remedio que mezclarse con el grupo de franceses.

Las mochilas se enganchaban unas con otras, se repartían codazos, las barrigas servían para afianzar posiciones y se daban pisotones. Un olor a sudor, cebolla, incienso y alcohol consumido en abundancia flotaba pesadamente en el aire. ¿O sería la generosa ración de alubias, que ya empezaba a surtir efecto?

Jacques dirigía las operaciones sin inmutarse. Haciendo gala de su encanto personal, consiguió convencer a dos damas de avanzada edad, que o bien tenían los mismos padres o el mismo peluquero excéntrico, de que las habitaciones individuales eran solo para ancianos que tenían un pie en la tumba. Cuando las gemelas, que hacía un momento se habían enfadado por la falta de comodidades, desaparecieron en el dormitorio comunitario, se sentían tan jóvenes y atractivas como hacía años.

—Esta noche vamos a tener que apretarnos un poco —anunció Jacques por encima de las cabezas de los que esperaban, mirando a Eva a los ojos. El doble sentido era más que evidente.

—Ni se te ocurra aprovecharte de la situación —oyó decir Eva. Pero la voz no provenía de su interior, sino de Kiki, a la que el gentío había empujado inesperadamente contra Max. Este se tapó la nariz con aire teatral.

—Te quiero, Kiki. Pero tampoco tanto.

—Ahora entiendo por qué peregrinar ayuda a dominar los deseos carnales. El olor a sudor de los peregrinos hace que una se vuelva automáticamente casta —observó Estelle, y acto seguido trató de escapar de aquel infierno olfativo respirando por la boca y ganando posiciones con un buen empujón.

Solo Judith, que no paraba de lanzar miradas intranquilas al grupo de peregrinos, parecía inmune a los malos olores.

—Estoy segura de que el tipo ese estaba con los franceses —dijo preocupada.

—¿Por qué te dejas impresionar tanto por ese hombre? —le preguntó Caroline, que no entendía el motivo de que su amiga estuviera tan trastornada.

—Tendríais que haberlo visto. Sus ojos echaban chispas. Como si quisiera hacerme algo.

—¿Una especie de talibán católico? —inquirió Estelle.

Pero Judith tenía el miedo metido en el cuerpo y no estaba para bromas. Bajo el moreno que había cogido en los últimos días, se había puesto pálida. Insistió en que el hombre se había mostrado de lo más hostil.

—¡Me amenazó!

—Y ¿qué dijo exactamente? —quiso saber Caroline, tratando de poner orden en el caótico relato de Judith.

—¿Qué iba a decir? —terció Estelle—. Con los talibanes siempre gira todo en torno a lo mismo: el pecado y el castigo.

Judith miró a Estelle con pánico en los ojos.

—Oye, que soy yo —aseguró Estelle, guiñándole un ojo.

Eva no entendía nada.

—Judith parece aún más trastornada que en casa —le susurró a Caroline. Pero esta no contestó, pues un peregrino francés bien entrenado le acababa de dar un codazo en el estómago y había decidido que no estaba hecha para esa clase de lucha por el espacio vital. Se abrió paso a duras penas a través del barullo y esperó pacientemente en un rincón a que se disolviera el caos.

«*Les hommes à gauche, les femmes à droite*. Los hombres a la izquierda, las mujeres a la derecha», repitió Jacques. Estelle y Kiki desaparecieron, aliviadas, por la derecha, y Max, después de poner cara de pena a Kiki, por la izquierda.

—¡Tendríais que haberlo visto, entre las velas! Como una aparición —seguía Judith, que estaba cada vez más exaltada y no podía entender que nadie la tomara en serio.

Eva tenía una explicación para el curioso fenómeno.

—Es el camino, Judith. Esto es lo que hace el camino —afirmó entusiasmada, y sus pensamientos volaron de nuevo hacia su salvador–. Andar es tan monótono que las percepciones se intensifican automáticamente. Hasta los encuentros más normales adquieren tintes mágicos –musitó, y miró con fijeza a Jacques. Habían estado todo el día juntos, cocinando, riendo y flirteando. Y ella había disfrutado de sus miradas indiscretas, de su forma de apoyar la mano en la suya mientras le hablaba. Jacques no se molestaba en disimular que Eva le atraía.

Ni siquiera Frido había irrumpido con tanto ímpetu en su vida, pensó Eva. Frido no era un hombre de *sprint* ni de arrebatos. En el colegio lo echaron del equipo de fútbol porque era tan lento que perdía todos los balones. Frido no estaba hecho para la velocidad, pero, si se le daba la oportunidad, podía ser tenaz y persistente. Frido no era ni rápido ni amigo de obrar con precipitación. De hecho, la primera vez que le pidió que se casara con él lo hizo con tanto cuidado que ella ni se enteró. Pese a todo se casó con él. Y aún hoy lamentaba que su abuela Lore no hubiera conocido a Frido. Le habría caído bien. Lo que no le habría hecho tanta gracia es que ella estuviera en Francia y no pensara en absoluto en Frido, sino tan solo en el hombre del pasillo que dividía a la multitud como en otro tiempo Moisés hiciera con las aguas.

Eva trató de imaginar qué clase de vida llevaría Jacques fuera del trabajo. ¿Sería un santo caído del cielo? ¿O tendría una vida real? Tal vez viviera con sus padres, pacifistas de izquierdas de pelo gris y encorvados por la edad que se fumaban un porro a escondidas de vez en cuando. ¿O tendría familia? ¿Mujer e hijos que ese día, por casualidad, habían ido a casa de los abuelos? Eva no había hecho preguntas y Jacques no había contado nada. Habían pasado el día juntos; sin pasado y sin futuro. Aunque Jacques parecía verlo de otro modo.

–¿Por qué no te quedas a descansar unos días con nosotros? –le preguntó a Eva cuando por fin le llegó el turno–. Podrías enseñarme a hacer platos de tu país.

–Ternera asada del Rin –propuso ella.

—¿Difícil?

—Lento.

—¡Perfecto! —exclamó Jacques con una gran sonrisa.

Su interés la halagaba. Y, sin embargo, una aventura en vacaciones era lo último que pretendía. Sabía dónde estaba su sitio. Con Frido, con sus hijos, con sus amigas. Se habría marchado cuando él volviera al día siguiente, a mediodía, de su visita diaria al mercado.

—He venido con mis amigas y me iré con ellas. Ahora sé que lo conseguiré. San Jacques me ha salvado.

Eva le dirigió una tímida sonrisa. Para ella aquello era casi como una fogosa declaración de amor. Pero no todos los amores tenían que vivirse. También se podían atesorar en el corazón. Donde no le hicieran daño a nadie.

Como si intuyese que la despedida podía llegar más deprisa de lo que esperaba, Jacques sacó una vieja postal del albergue de la Paix en los años del movimiento pacifista. Al dorso le había apuntado a Eva la receta tradicional del *cassoulet*.

—A la Académie le encantaría que te llevaras la receta a casa.

Un escalofrío le recorrió la espalda al oír su voz. Con manos temblorosas Eva abrió la cartera para guardar la postal. En los compartimentos transparentes se veían las fotografías de su familia. Jacques la cogió de las manos, la atrajo hacia sí y le plantó un beso en los labios.

— *Bon voyage,* Eva.

—Gracias por todo —susurró ella antes de desaparecer apresuradamente dentro de la habitación.

Eva estaba satisfecha con el día que había vivido. Y con la receta, que se encontraba a buen recaudo en su cartera. Le serviría de recuerdo y también de advertencia para el futuro. Aún sentía el beso en los labios. Y ahora se daba cuenta de a qué sabía el *cassoulet*. Sabía a un nuevo comienzo.

Jacques se quedó en el pasillo y siguió a Eva con la mirada, ensimismado. Cuando se volvió, se dio cuenta de que había olvidado a un último peregrino: Caroline, que hacía como si mirara absorta las reproducciones de arte baratas de la pared.

—Yo no he visto nada —aseguró—. Se me debe de haber metido algo en los ojos y en los oídos.

Jacques únicamente se rio. Lanzó una mirada a la habitación de la derecha, y luego señaló estoicamente a la izquierda, hacia la puerta por donde hacía un momento había desaparecido Max. Así que, por desgracia para Caroline, en ese albergue no había habitaciones individuales.

43

La cama era incómoda; el espacio, más que limitado, y la compañía, masculina. Caroline tendría que pasar la noche, junto con Max, en el dormitorio de los hombres. En la evolución del individuo primitivo al moderno es posible que dormir en grupo fuera más la regla que la excepción. Pero aunque ir de peregrinación se entendiera como una vuelta a formas de vida sencillas, lo que esa noche se le venía encima suponía todo un desafío para ella. Al ver piernas masculinas peludas, brazos flácidos y vientres prominentes, Caroline lamentó de veras haberse callado educadamente cuando se repartieron las camas.

Trató de quitarse la ropa de la forma más discreta posible, pero cuando vio cómo abrían los ojos sus compañeros de cuarto, decidió rápidamente que pasaría la noche vestida. Sin duda, ello no empeoraría mucho la experiencia olfativa inherente a ese viaje.

Antes de que todos se entregaran al sueño, se apagó la luz común, lo que desencadenó furiosas protestas de más de uno e hizo que se encendiera de nuevo la iluminación del techo. La luz se hizo tres veces antes de que por fin llegara la calma. Y cuando Caroline se disponía a dormir, bien tapada bajo la manta de lana y las sábanas, empezó a resonar un monótono murmullo de oraciones. ¿Qué tendría esa gente en la conciencia para que los rosarios que rezaban en la iglesia no bastaran para librarla de sus culpas? Aunque, bien mirado, el suave runrún tenía algo de tranquilizador. El cansancio se dejó sentir. La satisfacción de exigirse algo físicamente y conocer los propios límites despejaba la cabeza. Una inesperada sensación de felicidad se extendió gratamente por todo su cuerpo.

Hasta que unos minutos más tarde se desató el infierno. Algunas personas casi no roncan, otras roncan siempre, otras cuando están resfriadas o han bebido demasiado, pero lo que estaba claro era que la especie humana que solía embarcarse en una peregrinación roncaba, y de manera ensordecedora. Y para acabarlo de arreglar, el de la cama contigua a la de Caroline, la dieciséis, tosía al mismo tiempo para expulsar de sus maltratados pulmones el alquitrán de un sinfín de cigarrillos. Aquello era insoportable.

Lo curioso es que Caroline parecía ser la única a la que molestaba esa competición por establecer nuevos récords de decibelios. Si hay estudios que demuestran que las mujeres duermen mejor cuando no tienen a un hombre al lado, la práctica demostraba, en cambio, que en el caso de los hombres al parecer era al contrario. Los señores peregrinos dormían, y Caroline sufría. ¿Por qué no se le habría ocurrido traer tapones para los oídos? Claro que estaban en su lista. Y claro que se lo planteó, pero al final decidió tontamente que, en un recorrido secundario y poco popular del Camino de Santiago, no los necesitaría. Nunca pensó que acabaría en un dormitorio atestado de gente.

Enervada, se tapó la cabeza con la almohada. Intentaba dormirse a toda costa cuando notó que alguien se sentaba en su camastro.

Después de que la agredieran con el cuchillo, Caroline fue a clases de defensa personal; junto con su hija Josephine, a la que obligó por decreto materno. Sin que ninguna de las dos lo esperara, el curso pasó a ser un episodio memorable en su relación: entre codazos, rodillazos y violentas patadas al empeine, la espinilla, la rodilla, el muslo y los genitales, a madre e hija les quedó mucho tiempo para hablar y reír. Tendría que haberle preguntado a Fien hacía mucho si quería volver a apuntarse. Pero ahora era demasiado tarde. No había manera de defenderse sin correr riesgos. Caroline trataba de recordar dónde había metido la navaja cuando una voz femenina le susurró algo.

—Tengo que enseñarte una cosa.

El agresor nocturno era Estelle. Y la luz del pasillo que entraba en el dormitorio por la rendija de la puerta le bastó para ver que tenía algo en la mano: el diario de Arne.

44

—Esto que has hecho es robar —se indignó Caroline.

Estelle no lo veía así.

—Legítima defensa. Como mucho.

Las dos mujeres se encontraban en las duchas comunitarias, al extremo del pasillo, el único lugar del albergue donde se podía hablar sin ser molestado. Eso suponiendo que a uno no le molestaran la luz parpadeante del fluorescente, los azulejos anaranjados y una ducha que goteaba y decía a gritos que allí se imponía una reforma a fondo.

—No pienso participar en esta confabulación —decidió Caroline.

Sus palabras resonaron en el cuarto de baño, de techos altos y paredes alicatadas. Si alguien cantaba allí en voz alta se oiría en la casa entera. Ello demostraba una vez más que Caroline no tenía una voz adecuada para musitar, susurrar, cuchichear o murmurar. Cuando decía algo, lo decía de modo que su auditorio habitual de jubilados duros de oído, que nunca dejaban escapar un juicio por asesinato a puerta abierta, no se perdiera nada.

—Somos amigas, no podemos comportarnos así entre nosotras —objetó.

—Escucha primero y ya verás —exigió Estelle con energía.

—¡Ya lo has leído! —exclamó Caroline, indignada.

Estelle no se dejó intimidar por esos reproches. Sin inmutarse, abrió el diario por una página concreta y leyó en voz alta:

—«Hay quien cree que los peregrinos solo beben agua y comen pan, pero cuando, tras un largo trayecto a pie por un camino polvoriento, voy a Jerôme, ya no quiero sufrir más. Lo que quiero es disfrutar de las exquisiteces que me depara este país por el que avanzo metro a metro. Y el lugar ideal para hacerlo es, sin duda, Jerôme.»

—Arne en estado puro —opinó Caroline—. Un poco exagerado, ampuloso y florido. Es decir, Arne.

—Pues eso precisamente no es —anunció Estelle en tono triunfal. Y saboreó el efecto de su primicia.

Caroline se sentía como en un concurso de la tele en el que no solo había que dar las respuestas, sino también buscar las preguntas. Hacía rato que había olvidado que no quería saber nada de ese diario con el que se habían hecho a escondidas.

—¿Qué insinúas con eso? ¿De qué estás hablando, Estelle?

Caroline no pudo evitar emplear el tono seco y cortante con que se dirigía a los testigos en sus interrogatorios. Y eso que no se trataba de ningún delito, sino de su amiga Judith y de su difunto marido.

Estelle demostró que en Francia no había perdido su habilidad para realizar una brillante puesta en escena. Con una calma deliberada y mucha ceremonia, se sacó unos papeles del bolsillo de los pantalones.

—¿Recuerdas las críticas de los restaurantes?

—¿Los cangrejos de río marinados en salsa de vermú? Claro. Me has puesto de los nervios con eso un montón de veces.

Estelle se picó.

—Somos un grupo, ¿sabes? Todo el mundo puede expresar sus ideas. Y resulta que a mí me importa que mi cuerpo, que con tanto esfuerzo, tiempo y dinero…

—Dime lo que pasa —la interrumpió bruscamente Caroline.

Estelle cogió aire.

—El texto, esas frases ampulosas… —De nuevo introdujo una pausa dramática.

178

—¡Estelle!

—Arne ha copiado —dejó caer la bomba a su amiga.

—¿Cómo que ha copiado?

—Ese párrafo del diario es idéntico a una de las críticas de restauración que saqué de internet.

Nerviosa, Estelle dio unos golpecitos con el dedo en un lugar concreto de la página.

—Lee tú misma.

Caroline cogió la hoja.

—«Lo que quiero es disfrutar de las exquisiteces que me depara este país por el que avanzo metro a metro. Y el lugar ideal para hacerlo es, sin duda, Jerôme».

Arne ni siquiera se había preocupado de cambiar el nombre.

Estelle leyó ahora a coro con Caroline:

—«Aquí, en Francia, vivir con Dios y como Dios alcanza un nuevo sentido. Cuando las hierbas aromáticas del paisaje se alían con el delicado aceite de oliva, uno comprende que este es un reino de placeres humildes».

Estelle paró en seco.

—He encontrado otros fragmentos —prosiguió—. La historia de los monjes que lo recibieron con los brazos abiertos está copiada de arriba abajo. Arne Nowak escribió el diario a base de recortes.

Caroline se había quedado sin habla. El eterno goteo de la ducha era el único sonido que se oía en la habitación. El frío que irradiaban los azulejos le subía por la espalda. Tendría que haberse puesto una chaqueta, pero no estaba preparada ni para la ducha ni para el frío ni para lo que le comunicaba Estelle. ¿Precisamente Arne, que era capaz de leer novelas enteras en las nubes, había plasmado las palabras de otros en su diario?

—Así que Arne se inventó el camino —concluyó Caroline, perpleja.

—Ojalá fuera tan sencillo… —suspiró Estelle, y sacó un papel garabateado de una solapa oculta en la tapa del diario.

—«Querido Arne, irán a recogerte a las 17:00 desde Angles (Samu). D.» —leyó Caroline descifrando los garabatos.

—Angles está un poco antes de Lourdes. —Estelle lo había confirmado—. A dos días a pie de aquí.

—Lo que significa que Arne estuvo aquí, en la región.

—Y a pesar de todo miente en el diario —dedujo Estelle.

¿Tenía algún sentido aquello? ¿Qué razones podía tener Arne para mentir sobre ese viaje? ¿Qué enigma se ocultaba tras la misteriosa nota?

—Irán a recogerte a las 17:00 desde Angles (Samu). Samu, Samu… —musitó Caroline unas cuantas veces—. De qué me suena eso. Samu…

El nombre despertaba en ella un vago recuerdo; era como cuando se tenía algo en la punta de la lengua y no había manera de que saliese. Estelle, que había ido un paso más allá en sus reflexiones, formuló con toda claridad lo que había que hacer.

—Tenemos que encontrar a ese Samu en Angles. ¡Y a D.! Son testigos importantes.

Caroline era consciente de que habían cruzado una frontera invisible. De la vaga sensación en el estómago habían pasado a tener pruebas palpables. ¿Pero qué se ocultaba tras ellas? ¿Qué verdad trataba de encubrir Arne? A saber qué desencadenarían con semejante proceder imprudente. La imagen que tenía del marido de su amiga se resquebrajaba. Si llegaba a derrumbarse del todo, ¿qué parte de la vida de Judith se llevaría consigo?

Estelle suspiró.

—Ahora entiendo qué le ves a tu profesión.

Sonaba entusiasmada. Y Caroline sabía muy bien cómo acababan las cosas cuando Estelle se entusiasmaba con algo. No tardaría ni un segundo en anunciarlo todo a los cuatro vientos.

—¡Ni una palabra a Judith! —le ordenó.

Estelle levantó los dedos teatralmente para jurar.

—Soy una tumba.

Y añadió después de una pausa significativa:

—Al menos puedo intentarlo.

45

—Estoy segura de que puse el diario debajo de la almohada. Como todas las noches. Y esta mañana estaba debajo de la cama —comentó Judith perpleja cuando entró a desayunar en el comedor del albergue de la Paix.

Estelle no dijo nada. Sabía de sobra por qué estaba así Judith. Sacar el diario de debajo de la almohada había sido un juego de niños, pero ponerlo en su sitio resultó ser una tarea complicada. Cuando abrió la puerta del dormitorio, Judith se despertó, y como solución de emergencia para escapar al desastre, Estelle le metió el libro deprisa y corriendo bajo la cama.

Con el firme propósito de permanecer despierta y devolver el libro a su sitio más tarde, Estelle se quedó dormida. Hasta que Judith la despertó bruscamente por la mañana.

—Creo que aquí hay fantasmas —cuchicheó.

El peregrino diabólico la había dejado tan tocada que no se le pasó por la cabeza que el misterioso desplazamiento del diario pudiera tener una explicación de lo más terrenal. Estaba convencida de que había algo siniestro en el molino de aceite y la ermita.

Estelle calló mientras Judith recogía sus cosas a toda prisa. Calló durante el desayuno cuando Max le preguntó a Caroline dónde había estado tanto rato por la noche. Y calló cuando Judith las obligó a salir de allí enseguida. Guardar silencio se le daba bien.

Pero estaba decidida a poner fin cuanto antes a tan insólito comportamiento. La misión de Estelle era sencilla: tenía que solucionar ese asunto lo más rápido posible. A ella no le gustaba andarse por las ramas.

Siguiendo el lema «los últimos serán los primeros», en las etapas que faltaban para llegar a Angles el orden de marcha experimentó un cambio radical: una Estelle muy motivada iba en cabeza. Aunque eso significaba que era la primera que tenía que vérselas con las ovejas, cabras, vacas y perros vagabundos que se interponían en su camino. Después de echar por primera vez del camino a una cabra que se llevó un susto de muerte, se sintió como una Indiana Jones que, en su búsqueda de la verdad, se veía obligada a vivir peligrosas aventuras. Habría sido para morirse de risa, de no haberse tratado de Judith. Junto a Estelle, Eva marcaba el paso con renovado brío y nuevos conocimientos.

—¿Sabes?, lo bueno de andar es que por primera vez desde hace años vuelvo a tener conciencia de mí misma —le confió a su amiga.

Estelle asintió.

—Si tener conciencia de uno mismo se traduce en agujetas, también yo voy por el buen camino.

Estelle se volvió, buscó la mirada de Caroline, que caminaba detrás con Kiki, y le guiñó un ojo. Quería que Caroline supiese que podía confiar en ella. «Haz el bien y encárgate de que se sepa», le llamaban a eso en los círculos de beneficencia de Colonia. ¿Qué sentido tenía sacrificarse si nadie se enteraba?

46

–¿Qué le pasa a Estelle? –preguntó Kiki, que enseguida se había dado cuenta de que ocurría algo raro.

Caroline escurrió el bulto.

–Probablemente le pase algo en el ojo.

–Igual que a mí –comentó Kiki con fingida desesperación–. Cada vez que me doy la vuelta, veo a Max Thalberg.

Cada cual cargaba con su lastre, y el de Kiki se llamaba Max e iba por su cuenta. Max no la presionaba, no exigía nada.

–Solo quiero que sepas que estoy aquí, a tu lado –fue su lapidaria excusa.

–¿No te das cuenta de que pones nerviosas a mis amigas? ¡Estás molestando! –le espetó Kiki, indignada.

–No es verdad –contestó él.

Kiki sabía que tenía razón. Max se había convertido con toda naturalidad en un miembro más del grupo. Y en un importante interlocutor para Judith. En el fondo Kiki admiraba la paciencia con que escuchaba las historias de su amiga. Su curiosidad parecía auténtica. Aunque Kiki suponía que de paso se enteraba de un montón de detalles de su propio pasado.

–¿Hasta cuándo vas a seguir haciendo como si no estuviera? Tienes que hablar con él –la apremió Caroline.

Kiki trataba a Max como si no existiera, y él lo soportaba con una sonrisa estoica y un buen humor a prueba de bombas. Esa situación la superaba. Kiki estaba tan ocupada en ignorar a Max que era incapaz de pensar con claridad. Hacía días que no conseguía trazar ni una sola línea.

Y eso que las perspectivas iniciales no podían ser mejores: ese viaje le ofrecía una oportunidad única para volver a las raíces de su profesión. ¡Cuántos artistas habían dado la talla en el sur de Francia! Cézanne, Gauguin y Van Gogh le habían enseñado a captar los colores luminosos del sur. Poder trabajar ahí era un regalo.

«¡Eso, tú regálate el oído! Pero el hecho es que no estás consiguiendo nada», berreó una voz histérica en su interior. No haces tu trabajo. Igual que en el estudio. En Colonia podrías haber acabado hace tiempo, y en cambio ni siquiera has empezado a trabajar en el expediente de los accesorios del hogar.

Es verdad, reconoció Kiki con franqueza. Discutir con la voz interior no era lo suyo. ¿Para qué darle vueltas al asunto cuando las dos sabían desde el principio que tenía razón? Aunque había una diferencia sustancial entre ambas: la voz solo contaba los fracasos. Y Kiki, las posibilidades. Todos los estudios compran el mismo expediente. Los diseñadores se lo aprenden de memoria, y todos aparecen con los mismos diseños.

«¡Estás buscando pretextos, Kiki; como siempre!», siguió reprochándole la voz. «Estás dejando pasar tu última oportunidad. No pensarás en serio que en siete días vas a conseguir lo que otros…»

—Cuatro días. Aún me quedan cuatro días —interrumpió Kiki a su voz.

«Has desaprovechado el tiempo que has pasado en Colonia con Max, lo estás desaprovechando aquí, y ahora ya es tarde para arreglarlo.»

El terrorista interior se superaba a sí mismo mostrándole imágenes cada vez más terribles. Suerte que Kiki no podía verlo. Posiblemente tuviese los ojos muy abiertos por el pánico, agitara los brazos como un loco y sufriese arritmias.

«Al final te quedarás sin nada: sin carrera, sin pareja y sin un céntimo. Esta era tu última oportunidad.»

—Cierra el pico de una vez —le paró los pies Kiki a su censor interno—. Tu estúpido parloteo no nos lleva a ninguna parte.

—Si no he dicho nada —se defendió Max, sorprendido.

Kiki estaba tan sumida en esa conversación consigo misma que no se había dado cuenta de que Max iba a su lado.

Estelle, que tenía un talento especial para aparecer en el lugar y el momento adecuados, los interrumpió:

—No te preocupes, Kiki. En esta región es normal oír voces. Normalmente susurran cosas como: «Yo soy la Inmaculada Concepción».

Caroline cogió del brazo a Estelle y tiró de ella.

—Kiki y Max saben arreglárselas solos, no necesitan una moderadora —la riñó, y dirigió una mirada convencida a Kiki que decía: Vamos, este es el momento. Hazlo de una vez.

Tenía que hablar con Max. Podía y debía hacerlo. Ya mismo. Pero ¿cómo? ¿Cómo explicarle de una vez por todas que no tenían futuro? Ella tenía el mejor trabajo del mundo, estaba a punto de dar un paso decisivo en su carrera, y no podía permitirse ningún error. Ni a ningún Max.

—¿Cómo se puede ser tan cabezota? —le soltó.

—No soy cabezota —replicó él con toda calma—. Solo sé lo que me conviene. Al contrario que tú.

Kiki cogió aire.

—A los veintitrés años yo tenía tres amantes por semana. A los veintitrés años no se sabe nada.

Max veía la situación desde otro punto de vista.

—Por eso he esperado a que fueras adulta.

¿Cómo? Max no solo era cabezota. Era un caradura.

—Yo no te quiero —contraatacó Kiki.

Ni siquiera ese desaire le hizo perder la calma. Se limitó a esbozar una sonrisilla cínica. Ella se vio obligada a añadir:

—¿Me has entendido? No te quiero.

—Te mientes a ti misma, Kiki. Nos mientes a los dos.

No sirvió de nada. Kiki lo dejó plantado y aceleró el paso para unirse a Caroline y Estelle, que la miraron con cara interrogante.

—Lo mío no son las explicaciones. Prefiero salir corriendo —afirmó.

Tenía cosas más importantes que hacer que centrarse en Max.

Cuando pararon a descansar, sacó con mucha ceremonia su bloc de dibujo de la mochila y se puso a trabajar. Ya se había dejado distraer bastante por Max. Ahora tenía que volver a lo suyo. Y el orden del día incluía un único punto: jarrones. Ya mismo.

Hizo unos esbozos en el papel enérgicamente y se llevó una gran sorpresa. Todo lo que había visto en los últimos días conformó una imagen: las líneas y los colores fluyeron y compusieron como por arte de magia un motivo afiligranado que se adaptaba a la perfección a la forma. Durante días Kiki se había dedicado a ver, oír, oler y sentir. Y ahora el diseño surgía con facilidad sobre el papel. Era uno de esos momentos mágicos en que parecía que otra persona dirigiera el lápiz. Algunos compañeros lo habrían llamado «inspiración divina», pero a ella eso no le decía nada. A las ideas había que instigarlas. A menudo hacía falta pasar cientos de horas monótonas e improductivas en el estudio para que surgiera de la nada una imagen interna. Un diseño que ya solo había que dibujar. Eso no era ningún milagro, era trabajo duro.

Se oyeron risas y Kiki levantó la mirada. La realidad se había interpuesto una vez más entre ella y su cuaderno. En forma de Max.

47

Caroline rio. Resultaba extraño ver cómo Kiki se ponía en evidencia. Caroline se había dado cuenta desde hacía días, todas las amigas lo veían: Kiki estaba enamorada. Y se pasaba el santo día negándolo. Se preguntaba cuándo se daría cuenta.

Caroline se inclinó hacia atrás, divertida. El grupo se había parado a descansar en las toscas piedras del cauce erosionado de un río que había abierto un profundo surco en el paisaje. Era un momento perfecto. Los problemas iniciales habían quedado atrás, y Angles aún estaba lejos. Caroline procuraba disfrutar el momento. Como hacía Max.

Con el torso desnudo y los pantalones arremangados, Max estaba en la orilla del río tallando lanzas e iniciando a Eva, Judith y Estelle en el arte de la pesca.

—Por el movimiento del agua se puede deducir que ahí hay una trucha. Hay que calcular el tamaño y luego apuntar un poco por delante del pez —explicó.

Max no se esforzaba especialmente en caer bien y ser aceptado. Solo hacía lo que le divertía, pero su entusiasmo era contagioso. Y de ese modo se granjeaba la atención de las mujeres, incluida Kiki, que, parapetada detrás de sus papeles, no lo perdía de vista ni un segundo. Incluso Estelle caminaba por una zona poco profunda, lanza en ristre, para averiguar si podría sobrevivir en la naturaleza con sus propios recursos.

—¿Dónde has aprendido a hacer eso? —preguntó impresionada.

—En ningún sitio. Lo he sacado todo de los libros. De Karl May.

—¿Karl May? ¡Pero si ese no vivió ni una sola aventura! —comentó Estelle en voz bien alta, para que la oyera también Caroline—. Todo lo que se lee en sus libros es pura invención —siguió pinchando.

Caroline se quedó sin aliento. Para Estelle los secretos eran bienes de consumo. Podía contar con los dedos de una mano los segundos que faltaban para que Judith se enterara de que Estelle había estado metiendo las narices en el diario a sus espaldas. Gracias a Dios, en ese momento Max tiró la lanza. Salpicó agua, y bajo la superficie se produjo todo un espectáculo: un pez atravesado por la estaca se debatía entre la vida y la muerte.

—¡Le he dado! ¡Le he dado! —aulló Max, y en el jaleo que se formó, el delator comentario de Estelle quedó olvidado—. Nunca había pescado un pez. Ni uno solo —se maravilló Max.

—Son los típicos peces perezosos —bromeó Estelle—, empiezan el día con su santa pachorra y luego a descansar un rato. No me extraña que sea fácil atraparlos.

—O puede que Karl May se documentara bien —exclamó Judith entusiasmada.

Caroline aguzó el oído. ¿Se olía algo Judith? ¿Sabía más de lo que aparentaba? Desechó con decisión las dudas que la corroían y se dijo: disfruta el momento, vive el presente mientras puedas. Angles quedaba lejos, y el principio del verano era agradable.

Poco después tres peces ensartados en sendos palos se asaban en un pequeño fuego que hicieron con ramas secas entre las piedras. También entre los peregrinos la parrilla parecía ser cosa de hombres. Incluso Eva, que cada verano organizaba una gran barbacoa, se abandonó a la ociosidad. Había ayudado a limpiar el pescado y a rellenarlo con las hierbas aromáticas que habían cogido en el borde del camino. Que otros se encargaran del resto. Satisfecha, se desperezó al sol y se desentendió de la cocina.

—La comida sabe mucho mejor cuando una se deja sorprender —suspiró, y cerró los ojos. Con cada día que pasaba, cada vez se le daba mejor resistirse a su impulso de ser la primera en echar una mano siempre que había algo que hacer.

Caroline disfrutó del gusto acre del pescado, del pan recién hecho y de aquel estado de gracia. El tiempo había dejado de avanzar a un ritmo frenético, y en la mansedumbre del momento los problemas no parecían tan importantes. Tal vez pudieran dejar correr las cosas. Llegar a Lourdes, dejar la vela de Arne en la gruta y olvidarlo todo. ¿A quién le interesaba saber por qué D. consideraba necesario comunicarle a Arne que Samu iría a buscarlo? ¿A quién le interesaba lo que habían hecho juntos Samu y Arne? Arne había muerto, y ellas habían ido a Francia para poner punto final a ese capítulo. Lo único que tenía que hacer era mantener la boca cerrada y olvidarse del papel y las preguntas. La idea se fue tan deprisa como había venido. En ese preciso instante Estelle se volvió hacia Caroline y le dirigió otra de sus miradas misteriosas. Ella le respondió con un gesto que amenazaba con una decapitación inmediata.

El sonido estridente de un móvil le recordó de pronto que el tiempo no se había detenido. Todos los problemas que habían dejado dc lado por unos momentos seguían existiendo. Esa vez fue el teléfono de Max el portador de malas noticias.

48

–¿No quieres ver de quién es el mensaje? –preguntó Kiki.

–Será mi padre –fue la parca respuesta.

A Max le parecía mucho más importante servirle el pescado a Kiki haciendo una reverencia perfecta. Sin embargo, ella tenía la sensación de que en Colonia se estaba cociendo algo.

–Puede que sea importante.

En lugar de responder, Max le puso el móvil en la mano.

–Si mi padre te parece tan importante…

Aquello la cogió desprevenida.

–Léelo –insistió Max–. No tengo secretos contigo.

La pantalla indicaba que tenía un *sms* de Thalberg. Kiki no solía fisgar en los teléfonos ajenos, pero posiblemente ese mensaje afectara también a su futuro. Tenía que saber si Thalberg estaba informado, de manera que abrió el *sms* y vio confirmados sus peores temores: «¡HAZ EL FAVOR DE LLAMAR, MAX! TU MADRE ESTÁ MUERTA DE PREOCUPACIÓN», se leía escrito en mayúsculas.

–¿Aún no has llamado a Colonia?

Él sacudió la cabeza y siguió comiendo como si tal cosa.

–Tu padre me echará la culpa de que te hayas ido sin avisar –siguió Kiki.

–¿Por qué siempre andas a vueltas con mi padre?

—Tienes que contestarle.

—Si te parece tan importante, escríbele tú misma —propuso él.

—¿Qué pasará si tu padre se entera de lo nuestro? Ni se molestará en mirar mis diseños —estalló Kiki—. Y estaré en boca de todo el estudio.

Lo dijo a voz en grito, y las mujeres de los martes miraban de reojo lo que ocurría entre ambos. ¿Acabaría en una pelea? Sin embargo, Max encajó los reproches de Kiki con estoicismo.

—Me da igual lo que digan los demás —afirmó, encogiéndose de hombros.

Ella se dio por vencida. Para Max era fácil hablar. Con veintitrés años a Kiki también le daba lo mismo lo que pensaban de ella los demás. Con veinte años uno tenía el mundo a sus pies; con treinta aún había una salida, pero con cuarenta las cosas cambiaban. Sobre todo si no se podía contar con la tranquilidad de una herencia familiar. Los pensamientos de Max seguían otro derrotero.

—La tarde en la barca. La noche en la tienda de campaña... Kiki, no mentías cuando dijiste que no querías imaginarte la vida sin mí. Que estábamos hechos el uno para el otro.

—Yo no puedo envejecer contigo. ¡Ya soy vieja! —exclamó ella en un arranque de desesperación.

—Qué importa una pequeña diferencia de edad —opuso Max.

Ni siquiera era una pregunta. Para Max era una afirmación objetiva, y no tenía más que añadir. Dio media vuelta y la dejó plantada. Kiki se enfadó. Todo lo que decía parecía resbalarle. Si Max no quería entender, tendría que tomar ella la iniciativa.

Se habían puesto en marcha hacía un buen rato, y atravesaban un bosquecillo, Kiki aún rumiaba cuál sería la mejor forma de apaciguar a Thalberg. Al cabo de tres kilómetros y medio había llegado a la conclusión de que lo mejor era apelar al trabajo. A Thalberg solo se le podía impresionar con unas ideas innovadoras. Setecientos metros más allá consiguió superar su parquedad expresiva y escribir más de ocho palabras en la pantalla.

«Estoy en Francia. Lo necesito para pensar en un par de proyectos. No sabía que estabais preocupados. Lo siento. Max.»

—Si así te quedas más tranquila —respondió Max escuetamente cuando le enseñó el *sms*.

—El que se tiene que quedar más tranquilo es tu padre —lo corrigió ella.

Al enviar el mensaje, sintió que se quitaba un gran peso de encima. Thalberg por fin sabía dónde estaba su hijo. Y a ella ni la nombraba.

Al cabo de un rato se le ocurrió que tendría que haberle pedido consejo a Caroline. Su amiga habría podido prevenirla. Del efecto bumerán de las mentiras. Y de que casi todos los mentirosos cometen un error básico: solo piensan en el pequeño instante de alivio, no en lo que vendrá después. No tienen ningún plan a largo plazo.

Y ya se había demostrado que Kiki era un caso perdido jugando al ajedrez. ¿Cómo iba a desarrollar estrategias para todas esas piezas que pululaban por el tablero? Solo cuando había perdido la mitad con una apertura alocada, conseguía formarse una visión de conjunto. Pero la mayoría de las veces ya se encontraba a tres movimientos del jaque mate. La estrategia no era lo suyo. Ella prefería actuar, dejarse sorprender por las consecuencias. Que en esa ocasión tardaron veinte minutos exactos en llegar, en forma de un nuevo *sms*. Otra vez en mayúsculas. «EL HOTEL QUIERE REMODELAR HABITACIONES EL AÑO QUE VIENE. ¿A QUIÉN LE DOY EL PROYECTO?» Por lo visto Thalberg tenía un móvil nuevo y no sabía poner las minúsculas.

«Un aparato para el que hace falta leer las instrucciones de uso no está suficientemente madurado», le gustaba proclamar. Él predicaba la sencillez. Y eso que las soluciones sencillas no siempre eran las mejores, como acababa de comprobarse.

—Mi padre tiene tendencia a acaparar a la gente —comentó Max—. La única forma de escapar de él es quitarse de en medio de vez en cuando.

Y dejó muy claro que eso precisamente era lo que había hecho y que era cosa de Kiki responder también a ese mensaje. Kiki seguía como antes. Peor aún. Estaba un paso más cerca del abismo.

49

Eva no entendía a qué estaba jugando su amiga. Hacía horas que Kiki intercambiaba mensajes con su jefe con una identidad falsa.

—Max desistirá cuando se dé cuenta de que lo nuestro no tiene futuro —se justificó—. Él volverá a la universidad y yo a mi puesto de trabajo, y será como si no hubiera pasado nada. Hasta entonces, mantendré a Thalberg de buen humor.

Eva suspiró. Se había propuesto decir algo en favor de Max.

—¿Es que quieres acabar como yo? Mi vida no es más que un montón de ojalá hubiera hecho esto o aquello.

—Pues como la mía —aseguró Kiki sin dejar de escribir en el teléfono—. Ojalá hubiera pasado de Max.

No era eso lo que Eva quería decir.

—Mis ojalás se refieren a cosas que NO he hecho: ir a París a pesar de Frido, ejercer la medicina, involucrar a Frido en las tareas de la casa, reclamar una habitación para mí, dejar en paz la nevera…

—¿Por qué no pruebas con Max? —intervino Caroline. ¿De verdad Kiki no se daba cuenta de que Max era especial? Era un hombre divertido, simpático y *sexy*. No podía seguir viendo cómo su amiga se mentía a sí misma. ¿Qué más quería?

—Caroline tiene razón —la apoyó Eva.

—Puede que ahora la cosa salga rodada, pero ¿qué pasará cuando tenga sesenta años? —Kiki se aferraba a su postura.

Desde atrás, Estelle se metió en la conversación.

—Un marido joven ahorra un montón de dinero en médicos.

Todas intentaban convencerla.

—Imagínate que ya supieras quién estará a tu lado a los sesenta, porque tu vida es previsible —advirtió Eva, y se contuvo para no añadir: como la mía. De todos modos Kiki lo entendió.

—Tal vez te haga falta un amante, Eva —propuso.

Eva se defendió.

—Quiero a Frido. Él es la mejor decisión que he tomado en mi vida. Se trata de lo que yo he hecho con lo que tengo. No me hace falta un amante, pero tal vez debiera retomar el francés. O hacer otra cosa. Solo para mí.

Hacía mucho que las amigas no le oían decir algo así, que pensara en ella. Lo decía tímidamente aún, vacilante, pero lo decía al fin y al cabo. Sin duda tenía que ver con el camino, que con cada kilómetro que quedaba atrás se le hacía más fácil. Con cada paso que daba se sacudía parte de su sentimiento de culpabilidad. ¿Que Anna iba mal peinada? Bueno, ¿y qué? ¿Que Lene se olvidaba de estudiar matemáticas y David no encontraba los calcetines de tenis en el último momento? ¿Acaso no eran bastante mayores para organizarse ellos solos? Frido júnior también podía ir de vez en cuando a catequesis sin que ella le hiciera de chófer. Para algo tenía una bicicleta. ¿Y Frido? Podía aprender. Como había hecho ella. Lo único para lo que no tenía solución era para Regine. Al recordar a su madre, se le hizo un nudo en la garganta.

Menos mal que aún me quedan algunos kilómetros, se dijo. Solo acababa de empezar a hacer balance de su vida.

—Andando se tiene mucho tiempo para pensar —razonó Eva tímidamente.

—A mí me lo vas a decir —comentó Caroline.

Habían llegado a su destino. La abollada señal que podía verse a la entrada de la localidad indicaba claramente dónde se encontraban: Angles.

50

Caroline tragó saliva. La sensación de ligereza que experimentara a orillas del río se había esfumado sin dejar rastro. En armonía con sus malos presentimientos, el pueblo las recibió con un silencio seco. Se había levantado un viento fuerte que hacía que un postigo solitario se estrellara desacompasadamente contra una ventana, se enredaba en una cortina de cuentas que espantaba las moscas con su suave murmullo y sacudía un tendedero de cuyas cuerdas se balanceaba una hilera de calcetines. Al lado se secaban unas guindillas. Un jarrón de plástico con flores frescas cayó al suelo. Por todas partes se veían señales de vida, pero en la calle no había ni un alma ni una sola ventana iluminada. Las animadas conversaciones que habían mantenido por el camino cesaron. En las estrechas callejuelas se oía el eco de sus pasos.

La única luz que había en la calle la proyectaban los intermitentes de un coche blanco. Encendidos. Apagados. Encendidos. Apagados. Aquella luz difícilmente disculpaba que el coche estuviera aparcado en mitad del camino. Al pasar junto a él, Caroline reparó en una estrella azul que destacaba en el lateral del vehículo. Debajo de la estrella había cuatro letras: S.A.M.U.

De repente cayó. ¿Cómo no se había dado cuenta en el acto? Service d'Aide Médicale d'Urgence. SAMU. El servicio médico de urgencia.

—No me extraña que me sonara tanto —le susurró a Estelle. Seguramente se tropezara con las siglas en alguno de los textos que había traducido en el curso de francés.

A Estelle y Caroline les bastó una mirada para entenderse: ya sabían qué y a quién tenían que buscar.

Judith se paró de repente. Como todos los demás. Prestaron atención a las callejuelas del pueblo. Con el viento, de lejos, llegaban unos sonidos peculiares. Primero notas aisladas, después una melodía extrañamente turbadora. Era una música a contratiempo, preñada de malos augurios, con un fondo de pasos pesados. Debían de ser muchas las personas que se acercaban marchando al unísono con una inquietante lentitud. Las mujeres de los martes siguieron andando de mala gana. Cada vez estaban más cerca de la música. Finalmente, ante sus ojos apareció una multitud. Todo el pueblo tomaba parte en la procesión. Insólita la música, arcaico el ritual. Al compás de una desazonadora melodía interpretada con instrumentos de viento, unas tétricas figuras masculinas llevaban por el pueblo una talla de la Virgen con un extraño balanceo.

La mirada de Caroline escrutó el gentío y finalmente encontró lo que buscaba: entre turistas quemados por el sol y vestidos con ropa chillona, peregrinos y lugareños, distinguió a un hombre fuerte y rechoncho que lucía un uniforme blanco de personal sanitario. Tenía que ser él. Samu. De Angles.

—Ya sabes lo que pasará si me dirijo a él en francés —le advirtió Estelle.

¿Había vuelta atrás? Caroline solo dudó un segundo. Quizá ese hombre supiese cuál era la clave del secreto de Arne, se dijo, quizá esa fuera la única oportunidad de obtener respuestas.

—Mira eso —exclamó Estelle al tiempo que tiraba con nerviosismo de la manga de Judith y señalaba vagamente un grupo de curiosos.

Judith no entendía nada. ¿Qué había de particular en eso?

—Ese hombre lleva una camiseta de Tommy Hilfiger —observó Estelle para salir del apuro. No era cierto, pero así, a bote pronto, no se le había ocurrido nada mejor.

Judith estaba tan ocupada burlándose de la superficialidad de Estelle que no se dio cuenta de que Caroline ya no estaba a su lado. Se había ido. Dando gracias a Estelle para sí.

—*Excusez-moi, monsieur* —interpeló Caroline prudentemente al hombre.

Visto de cerca, con su pelo castaño y revuelto, parecía cuadrado. Caroline le sacaba más de una cabeza, pero era fuerza en estado puro. A Caroline le recordó al matón de un establecimiento de dudosa fama que había cerca de la estación, aficionado a la música rap y a las peleas, y que ante el tribunal abusaba de la palabra «respeto». El fortachón no parecía dispuesto a darse por aludido, de manera que ella le dio unos golpecitos en la espalda con cuidado.

—*Excusez-moi…*

No pudo decir más, porque en ese momento la Virgen pasó balanceándose ante ellos. El hombre bajó la mirada humildemente y Caroline lo imitó. No quería arriesgarse a enfadar a alguien que ya de entrada daba la impresión de ser irascible y colérico. Sin embargo, su escaso conocimiento de los rituales católicos resultó ser una clara desventaja, ya que, cuando volvió a alzar la mirada, se había quedado sola en la calle. Todos los demás se habían unido a la comitiva y seguían a la Virgen. La multitud se había tragado al hombre.

51

—Ahí está Caroline —comentó Judith, desconcertada.

A pesar de los incesantes esfuerzos de Estelle para distraerla, había descubierto a Caroline en la procesión. Entrecerró los ojos: intentaba buscar una explicación al extraño comportamiento de su amiga, que se abría paso entre los fieles en dirección a la cabecera de la comitiva. A Judith aquello le parecía más que sospechoso.

—¿Adónde quiere ir? ¿Qué es lo que busca?

—Puede que se haya convertido al catolicismo de repente —aventuró Kiki.

Ahora todos ellos miraban a Caroline, que en ese momento se inclinaba para hablar con un hombre vestido de enfermero.

—Puede que no se encuentre bien. Antes me dijo que tenía el estómago revuelto —le quitó importancia Eva.

Judith no parecía muy convencida, y Estelle se puso nerviosa. Tenía que encontrar una explicación de inmediato. Una que sonara lógica. Inocente. ¿Cómo demonios podía llevarse de allí a Judith antes de que descubriera lo que estaba haciendo Caroline en realidad? Mentir se le daba fatal. Ya estaba a punto de rendirse, cuando el cielo le envió una ayuda inesperada. En la procesión vio a dos señoras entradas en años que parecían gemelas. Y a su alrededor un montón de caras conocidas.

—¡Los franceses! —gritó alborozada—. ¿No son esos los franceses del albergue de Jacques?

Judith volvió la cabeza y el pánico asomó a sus ojos.

—Espero que el loco no esté entre ellos —apuntó Estelle con toda premeditación.

También los franceses las reconocieron. Estaba claro que las noches compartidas en un dormitorio contribuían a la unión de las personas. Las saludaron alegremente, como si aquello no fuera una procesión mariana, sino el desfile de las delegaciones en los Juegos Olímpicos. Judith no fue la única que se incomodó: Max se temía lo peor.

—Espero, por nuestro bien, que duerman en otro sitio. No soportaría otra noche de ronquidos —protestó este, y eso le dio a Estelle la idea que necesitaba para quitar de en medio a Judith.

—Deberíamos ponernos a buscar ya mismo un sitio para dormir. Cuando acabe la procesión, no encontraremos nada —opinó—. No quiero acabar con los franceses y sobre unas esteras en el polideportivo del pueblo.

Judith asintió con nerviosismo.

—Vayamos a un buen hotel. Uno donde podamos estar seguros de que no habrá grupos de peregrinos.

—¡Al más caro! —exclamó Estelle exultante.

Entusiasmada, sacó sus papeles. Mencionaban un hotel-restaurante. Si las habitaciones estaban a la altura de la carta, ese sería su día de suerte. Dio las gracias en silencio a los franceses por su multitudinaria aparición repentina.

—No te preocupes por el dinero —le susurró a Kiki.

No sería la primera vez que sacaba a su amiga de un serio apuro. En una ocasión, en la puerta de Le Jardin, tuvo que rescatarla de una taxista que parecía una luchadora de sumo y que se mostraba inmune al encanto de Kiki.

—Habría jurado que tenía otro billete —se lamentó Kiki—. Se niega a llevarme a casa por doce euros cuarenta.

Estelle le pagó el taxi y la cuenta en el restaurante de Luc, a veces también le pagaba el alquiler. Y ahora el hotel.

—Te lo devolveré —le prometió Kiki.

—A plazos, como siempre —asintió Estelle. Sabía que no tenía sentido intentar regalarle nada a Kiki. Era demasiado orgullosa.

Estelle dio la orden de marcha y Judith la siguió, no sin antes volver la cabeza. No eran los franceses los que le interesaban, sino Caroline, que en ese momento conversaba animadamente con un enfermero francés.

52

—El hombre de las camisas de franela, el vaquero. ¡Arne!

Caroline asintió. El hombre tardó un buen rato en averiguar de quién le hablaba Caroline. Conocía a Arne. Lo conocía bien, incluso.

—Lo recogí en la ambulancia y lo llevé a Toulouse —confirmó—. Desde allí lo trasladaron al hospital de Colonia.

Caroline no acababa de entenderlo.

—¿Cayó enfermo cuando hacía el camino?

El hombre la miró como si le faltara un tornillo.

—¿Arne? ¿Peregrino? Qué tontería. Estaba de vacaciones donde Dominique. Como siempre.

Fue claro y conciso, como si fuera algo de dominio público. La frase resonó en la cabeza de Caroline. Como siempre. Dominique. De vacaciones. Como siempre. Dominique. Trató de ensamblar esas palabras de manera que encajaran en lo que sabía sobre su difunto amigo, pero lo único que le salió fue una pregunta tonta:

—¿Arne venía aquí a menudo?

Al hombre no le apetecía seguir hablando con una mujer tan pesada.

—Estoy obligado a guardar secreto profesional —adujo para despacharla, y volvió a unirse a la sarta de plegarias universales.

Sainte Marie, priez pour nous,
Sainte Mère de Dieu, priez pour nous
Sainte Mère toujours, priez pour nous...

Secreto profesional. Caroline ya había oído eso antes. Le daba la impresión de que hacía una eternidad. Pero esta vez no iba a darse por vencida.

—Tiene que ayudarme. Tiene que ayudar a nuestra amiga. Es importante —insistió.

Esa fue la gota que colmó el vaso. Al hombre le molestó profundamente que lo interrumpiera cuando decía sus oraciones. Caroline había conseguido despertar su predisposición a la ira.

—¿Qué se cree usted que es esto? —le espetó furioso—. ¿Un desfile de Disneylandia que montamos para los turistas alemanes? Se planta aquí y se pone a hacer preguntas. ¿Quién es usted? ¿Un miembro de la Policía secreta?

A su alrededor la gente empezaba a fijarse en ellos. Caroline prefirió guardar silencio. Si decía algo en ese momento, posiblemente salieran a relucir las cuentas pendientes de la Segunda Guerra Mundial. Pero el hombre ya se había calentado y era imparable.

—¿Qué os habéis creído, vosotros, los alemanes? ¿Que todo os pertenece? ¿Que podéis hacer lo que os dé la gana?

La gente lo instó a que se calmara, y se levantó un revuelo. Unos cuantos vecinos se inmiscuyeron y comenzaron a hablar con él gesticulando como locos. Caroline se disponía mentalmente a batirse en retirada cuando el cascarrabias hizo algo inesperado.

—Pregúntele a Dominique —le soltó en tono imperioso. Y después de garrapatear algo en un papel, se lo plantó a Caroline en la mano y desapareció definitivamente en la procesión.

Sainte Marie, priez pour nous,
Sainte Mère de Dieu, priez pour nous
Sainte Mère toujours, priez pour nous...

Caroline se quedó de piedra. No tenía ninguna respuesta, tan solo la dirección de Dominique. No había que hacer preguntas si uno no quería oír las respuestas. ¿Cuánta verdad querría oír Judith?

Estrujó el papel con decisión, lo lanzó a una papelera y se marchó. Pero después de dar cinco pasos volvió atrás. Sacó de la basura el papel, muerta de asco, y lo estiró. Las manos le temblaban. En ese preciso instante tuvo una extraña sensación. Un calor repentino le subió por la columna y la obligó literalmente a volverse. La procesión había dado la vuelta a la plaza del pueblo y venía de frente hacia ella. Envuelta en luz, la talla dorada parecía suspendida sobre las cabezas de los fieles. La Virgen irradiaba una magia misteriosa, y durante una fracción de segundo se sintió unida a ella. En ese instante único e inexplicable, lo que tenía delante había dejado de ser una estatua de madera. Caroline habría jurado que María la miraba directamente a los ojos.

Cerró los ojos, nerviosa, y se sacudió aquella extraña sensación. La falta de sueño podía provocar alucinaciones. Sin duda el sobreesfuerzo físico y mental también.

Horas más tarde Caroline descansaba en una cómoda cama que se merecía cada una de las cinco estrellas que tenía el hotel. Habían disfrutado de una comida excelente —no había ninguna palabra mejor para describir el menú de seis platos—, habían bebido mucho, y ahora no podía dormirse. Tendida en la cama junto a la ventana, contemplaba la noche oscura y sin estrellas, confiando en que se hiciera un milagro. Y el milagro se obró. Pero no fue el que esperaban. Ni Judith ni, sobre todo, ella.

53

Caroline no era la única que confiaba en una salvación milagrosa.

—Sueño con que me despierto y los duendecillos han venido a casa y han hecho todo el trabajo por mí —confesó Frido cuando Eva hizo su llamada de todas las noches.

No hizo falta que le diera detalles. El cansancio de la voz de Frido le permitía intuir el estado en que se encontraba su cocina. Que era el estado en que se encuentran las cocinas cuando no hay duendecillos que valgan: el cubo de la basura hasta los topes, el lavavajillas lleno, con la pastilla de detergente puesta, pero sin que nadie se hubiera acordado de ponerlo en marcha. Y con mucha suerte, los calcetines de tenis estarían en la caja de botellas para reciclar.

Frido era un hombre sensato. Sabía perfectamente quién se había ocupado de hacer las tareas hasta entonces. Lo único que lo había cogido por sorpresa es que hubiera tantas.

—¿Tú cómo te las arreglas? —preguntó, alicaído.

—No me las arreglo —admitió Eva—. Solo hago el paripé.

—Y esas reuniones interminables —se quejó Frido—. Cuando uno va justo de tiempo, se da cuenta de la cantidad de monstruos que se sientan a la mesa en una reunión de la junta. Los hay para todos los gustos: los cotorros, los preguntones, los mudos y los egocéntricos. Y los que tienen que tomar las decisiones no dicen nada.

—Habría que contratar a más madres —propuso Eva. Cuando en casa había niños que esperaban una comida caliente, un beso de buenas noches o un hombro en el que apoyarse, no se perdía el tiempo con repeticiones interminables, numeritos para quedar bien y decisiones aplazadas. Pero probablemente eso no se hubiera comentado nunca entre la directiva. Frido se limitó a suspirar.

—Tengo ganas de que vuelvas a casa —reconoció abatido.

Eva calló. Algo había cambiado. Solo se había embarcado en esa aventura porque quería ayudar a Judith, y porque sus amigas de los martes creían que era buena idea, pero ahora caminaba porque le hacía bien. No se atrevió a hablarle de eso al atribulado Frido. De los momentos en los que ya no pensaba en nada, sino que solo sentía los cambios del terreno bajo sus pies, aspiraba el olor de la retama y el enebro, se fijaba en las caprichosas sombras y observaba el juego de las nubes y los colores. Se notaban las subidas y bajadas del camino, los desniveles, por mínimos que fuesen.

—Buenas noches, Frido —se limitó a decir.

No se atrevía a admitir lo mucho que se alegraba de tener por delante dos días más de viaje. La verdad era que no le interesaba saber si en Colonia la cocina estaba recogida o no. Se encontraba en un punto mágico del recorrido: se había ido de casa, había dejado atrás su vida cotidiana; pero aún no había llegado a ningún sitio. Sencillamente estaba en marcha, abierta a lo que le deparara el camino.

54

El tiempo se puso en contra de ellas. Después de que el azar les regalara unos asientos libres en un autobús y un viaje gratuito entre Montcaup y Saint-Bertrand-de-Comminges, se hicieron las remolonas y aflojaron el ritmo.

«Dan mal tiempo», les anunció el conductor del autobús.

Pero ellas, satisfechas por haber acortado considerablemente las dos largas etapas que les quedaban, se habían entretenido demasiado en la famosa catedral. En lugar de ponerse en marcha enseguida, se detuvieron a admirar las soberbias tallas y el imponente coro.

Cuando por fin arrancaron, ya era demasiado tarde. El cielo estaba cubierto de nubarrones, y el espectáculo era impresionante. Al fondo se distinguían las estribaciones pirenaicas, que cada día estaban un poco más cerca. Se desató la tormenta y empezó a llover.

Judith y Max iban en cabeza y detrás, el resto del grupo.

—¿Qué? ¿Habéis descubierto algo?

Eva se acercó intrigada a Estelle y Caroline, y Kiki la siguió. Caroline se volvió, horrorizada, hacia Estelle, que hizo un gesto de disculpa.

—Yo no quería, pero se me escapó.

Era evidente que había sido un error que esa noche las tres durmieran juntas.

—¡Suéltalo de una vez! ¿Qué pasa con el diario? ¿Qué te contó ese hombre? —la apremió Estelle, que se había pasado la tarde entera intentando abordarla.

Judith, que empezaba a desconfiar, no se había separado de Caroline durante la cena. Ella, que normalmente era la primera en irse a la cama, incluso había pedido postre. Y después había insistido en compartir habitación con Caroline. Al ver la vela, la foto y el vaso de vino que, como cada noche, Judith colocaba en un altar improvisado, el impulso de Caroline de contárselo todo se desvaneció de golpe.

Antes Caroline se habría lanzado como una fiera a investigar el asunto, y antes quería decir solo diez días antes. En Colonia la gente comía *fast food,* era esclava de internet y de la velocidad de los correos electrónicos y, como mucho, se echaba una siestecita cuando el estrés se hacía insoportable. Haciendo el camino, en cambio, Caroline tenía tiempo para reaccionar. Las prisas no existían cuando se iba a pie. Dominique no vivía muy lejos de Angles, pero entre el albergue y Dominique había que salvar dos largas subidas. No se podía hacer en un día. Y Caroline agradecía aquel plazo de gracia. Aún tenía que asimilar la información que había obtenido el día anterior.

—Por lo visto, Arne solía venir aquí de vacaciones. A casa de alguien que se llama Dominique —explicó Caroline. Procuró que el tono fuera lo más neutro posible, pero de todos modos la noticia cayó como una bomba. Estelle se lanzó a hacer conjeturas en el acto.

—Puede que Arne tuviera otra familia, hijos, una doble vida desconocida.

—Dominique también puede ser un nombre de hombre —la previno Caroline.

Eva asintió nerviosa. No quería creer que Arne hubiera engañado a Judith.

—Puede que no sea nada. Un malentendido.

Caroline no paraba de dirigirse reproches.

—Lo peor es que fui yo la que animó a Judith a venir aquí.

—¿Quién se iba a imaginar algo así? Arne adoraba a Judith —objetó Eva.

—Y a pesar de todo mintió —constató Estelle.

Sin embargo, fue Kiki quien planteó la cuestión decisiva.

—Y ahora ¿qué hacemos? ¿Se lo decimos a Judith?

Como si hubiera oído pronunciar su nombre, Judith volvió la cabeza. Un sexto sentido le decía que las conversaciones que se mantenían a sus espaldas le concernían. Las cuatro mujeres, que hacía un momento hablaban acaloradamente, enmudecieron.

55

—¿De qué hablarán todo el rato? —se extrañó Judith. Hacía días que tenía la sensación de que estaban pasando cosas raras.

—No tengo ni idea —contestó Max—. A mí no me cuentan sus secretos.

—A mí tampoco —se quejó Judith.

Cada día que pasaba notaba más raras a sus amigas. Tenía la sensación de que siempre la estaban observando y juzgando. Sabía que en el fondo esperaban que superara el duelo de una vez y volviera a ser la de antes. En ese sentido había sido una suerte que Max se hubiera unido a ellas. Judith se sentía atraída por el joven, pero no como una mujer se siente atraída por un hombre. Nunca se le había pasado por la cabeza que pudiera enamorarse de un hombre más joven. Era algo distinto: Max era el único que la trataba con normalidad. Judith se volvió de nuevo, escamada, y las cuatro amigas esbozaron al mismo tiempo una sonrisita forzada. Aquello no podía ser más extraño.

Una violenta ráfaga de viento le cortó la respiración. Judith se había pasado la etapa entera mirando al cielo con cara de preocupación. Con las primeras gotas se desvanecieron las esperanzas de que las nubes pasaran de largo. Al cabo de unos minutos, el chaparrón se convirtió en una lluvia torrencial. Los Pirineos desaparecieron en medio de densas nubes. Los rayos atravesaron el cielo, y comenzaron a formarse arroyuelos que arrancaron plantas a su paso e hicieron intransitable el camino en unos minutos. Apenas se veía nada a diez metros.

Se refugiaron provisionalmente en un cobertizo de tablones, igual que millones de moscas que huían de la lluvia. Ni siquiera el caro chocolate Valrhona y los plátanos que Max sacó como por arte de magia del bolso consiguieron mejorar el ambiente en el grupo. En campo abierto, la tormenta adquiría el carácter de una incontrolable fuerza de la naturaleza. El viento sacudía la madera medio podrida y la lluvia repicaba con intensidad contra un tejado lleno de goteras. Olía a heno húmedo en descomposición.

—Ya solo con el olor me va a dar la alergia —se quejó Estelle mientras espantaba moscas a diestro y siniestro.

Al cabo de un cuarto de hora los rayos habían pasado de largo, pero seguía lloviendo.

—No tiene sentido esperar —decidió Caroline—. Si nos quedamos, se va a hacer de noche.

La idea de coger la carretera para llegar hasta el siguiente pueblo resultó ser un grave error. La visibilidad era pésima; y la carretera, estrecha. Cada vez que un camión pasaba a su lado, peligrosamente cerca, tocando la bocina, las mujeres acababan empapadas. Aquello no tenía sentido. Se vieron obligadas a conformarse con el camino secundario, aunque fuera mucho más largo.

Subieron como pudieron el sendero embarrado. En aquel cenagal avanzaban despacio. Judith no paraba de resbalar. Nunca antes se habían sentido los seis tan apegados a la tierra ni habían mirado al cielo con tanta impaciencia. La salvación solo podía venir de allí. La lluvia acortaba el horizonte, y ni siquiera se vislumbraba el objetivo del día. Judith echaba pestes para sí. Por más que se dijera que la lluvia traía consigo una purificación externa que iba de la mano de la interna, en ese momento el romanticismo y el éxtasis religioso del camino le interesaban tan poco como los cuchicheos y los secretos. Lo único que importaba era dejar atrás esa etapa.

Las conchas de Santiago, que indicaban el camino, estaban muy espaciadas, y era difícil orientarse con toda esa agua. Un agua que les corría por las manos, se les metía por el cuello del chubasquero y les entraba en los zapatos. Debajo de los chubasqueros, que habían sacado a toda prisa de las mochilas, estaban recocidos.

—Hay que tener cuidado, el plástico hace que se acumule el calor, y nos puede dar algo —advirtió Eva, refrescando sus conocimientos médicos.

Judith lloraba de puro agotamiento. «Hay que hacer el camino con todos los sentidos», decía Arne en su diario. Ese día su compañero de viaje era el sinsentido.

56

Las campanas del convento repicaban, y a lo lejos se oía el rumor de los cantos de los monjes, que rezaban por la salvación de los huéspedes que la lluvia había empujado hasta allí. Normalmente no alojaban a turistas ni a peregrinos, pero el abad hizo una excepción con los seis caminantes muertos de frío que se presentaron por la tarde, tiritando, en el portón de Saint Martin.

El grupo disfrutó de un té caliente con bizcocho, mientras los zapatos se secaban en la cocina junto a una crepitante estufa revestida de cerámica, y una ducha caliente acabó con el barro de las cansadas extremidades de los peregrinos. Kiki fue de las últimas en meterse en la ducha. No le importó que allí solo hubiera cubículos separados precariamente por tabiques que no llegaban al suelo. Ni que alguien abriera el grifo de al lado. Hasta que le llegó un olor peculiar del compartimento contiguo. Un gel de baño intenso que conocía muy bien. Una mirada furtiva por debajo del tabique le demostró que la nariz no la había engañado: en la cabina de al lado la espuma corría por unos grandes pies masculinos. No había duda, Max se estaba duchando junto a ella. Por mucho que canturreara haciéndose el tonto, se había metido allí adrede.

Kiki se envolvió a toda prisa en la toalla y se fue, pero la habitación que compartía con Judith estaba cerrada. No le quedó más remedio que ir con sus amigas, que lavaban la ropa en una tina de metal en el patio del monasterio.

—Judith está en la capilla —informó Caroline, que estaba esperando a Kiki para comentar lo que había que comentar—. Tenemos que decirle lo que hemos descubierto. Si no, se interpondrá para siempre entre nosotras —continuó con voz firme.

La propuesta no fue muy bien recibida. Eva, sobre todo, se puso furiosa.

—¿Se puede saber por qué os pusisteis a fisgonear?

A Kiki tampoco le hacía mucha gracia el plan. Las explicaciones estaban sobrevaloradas. «Cariño, tenemos que hablar.» ¿Cuántas relaciones se habían ido al traste por culpa de las batallas verbales que habían seguido a aquella frase tan infausta? Antes de hablar, era preciso calcular el riesgo que había de herir al otro. Y la posibilidad de que con ello fuera a cambiar algo. En el caso de Arne, ¿qué podía cambiar para bien el hecho de dar explicaciones?

—Judith quiere a su Arne. ¿Es necesario que ensuciemos su memoria? No hace falta saberlo todo —objetó Kiki.

Caroline se mantuvo en sus trece.

—Estoy segura de que Judith se huele algo. Ha estado rara desde que empezó el viaje.

Estelle coincidía con ella.

—Que se lo diga Caroline —decidió, antes de que a alguien se le ocurriera que podía ocuparse ella de asumir un papel tan ingrato.

—Decirle ¿qué? —se burló Eva—. Ni siquiera sabemos qué hay de raro en los viajes de Arne.

—Pero sí sabemos lo que hacen los hombres en su tiempo libre —la aleccionó Estelle.

—¿Qué, lavando los trapos sucios en familia?

Las cuatro mujeres se quedaron heladas. Enfrascadas en la discusión, no se habían dado cuenta de que Judith se había acercado por detrás. La conversación terminó abruptamente. Pero Judith no necesitaba oír más.

—No soy ciega, sorda ni tonta, ¿sabéis? Las miradas, los cuchicheos, los guiños de Estelle… ¿os importaría decirme qué pasa?

Silencio. Prolongado. Eva no creía que tuviera que ser ella la que tomara la iniciativa, Estelle hacía como si en realidad fuera de Marte, y Kiki acababa de descubrir que el fondo de su mochila era impermeable, lo que por desgracia no podía decirse de la parte superior. Sus elaborados diseños estaban en un charco de agua de lluvia, y ella comprendió que también su futuro se había ido a pique. Cada uno de los trazos que con tanto esfuerzo y reflexión había trasladado al papel habían perecido en la inundación. La idea era solo un ligero recuerdo que vagaba por el espacio. Sabía que sería incapaz de repetir semejante filigrana.

Una mirada a Judith le bastó para comprender que no era el momento más adecuado para lamentarse. Había cosas peores que anunciar. Y, como de costumbre, fue Caroline la que se encargó de hacerlo.

57

¿Por dónde empezar? De la Facultad de Derecho la gente no salía preparada para enfrentarse a los gajes del oficio: dar malas noticias. En la Edad Media los mensajeros que no tenían nada bueno que comunicar a menudo acababan decapitados, y Caroline tenía todo un arsenal de malas noticias para Judith en la recámara. Empezando por el robo del diario, pasando por el abuso de confianza y terminando por las curiosas maniobras de Arne.

El camino más benigno para llegar a la cima de una montaña es el que asciende serpenteando, y lo mismo ocurre con las noticias desagradables, pensó Caroline. La abogada decidió acometer la verdad acercándose a ella con cautela.

—Se trata del diario, de lo que escribió Arne. —Hizo una pausa. Eso lo había aprendido de Philipp, que en su consulta tenía que comunicar malas noticias cada semana. Las pausas daban al interlocutor tiempo para asimilar un poco las cosas y formular preguntas. Judith, por lo visto, no tenía ni idea de esas teorías. Antes de que Caroline saliera de la primera curva cerrada del sinuoso camino, le llovieron los reproches de su amiga.

—Has estado husmeando en mis cosas, ¿no?

—Primero escucha, por favor...

Pero a Judith no le hacía falta oír nada más. Ya se había hecho una idea del asunto.

—El diario no fue a parar debajo de mi cama por arte de magia. Y tampoco fue un peregrino el que me espiaba. Fuiste tú. Lo cogiste a escondidas.

—Fui yo —confesó Estelle—. Caroline no tuvo nada que ver.

—Fue un error —admitió Caroline sin tapujos.

—¿Cómo se os ocurre revolver en mis cosas? ¿Qué os importa a vosotras el diario de Arne?

Judith tenía razón. Habían metido la pata, y si querían que su amistad tuviera futuro, debían hacer algo. Había que poner fin a las mentiras. Las mentiras eran bumeranes que volvían y golpeaban a los que las habían puesto en circulación para evitar males mayores. Unas veces el bumerán volvía enseguida, y otras tardaba más. En una ocasión Caroline defendió a un hombre que fue víctima de sus mentiras al cabo de décadas. Un *cold case team* reabrió el caso del asesinato de una niña de trece años. Treinta años después. Para entonces, el hijo de los vecinos, sospechoso en su día, era un ciudadano íntegro, un padre de familia ejemplar y un honrado funcionario. Había pasado media vida cuando lo llevaron de nuevo a los tribunales. Y sin querer acabó siendo el mejor testigo de la acusación, pues ya no se acordaba de las mentiras que les había soltado hacía tantos años a las autoridades. La gente seguía acordándose de la verdad incluso al cabo de décadas, pero el hombre hacía tiempo que había olvidado sus propias mentiras. Cuando el bumerán lo alcanzó, lo cogió desprevenido. Caroline no quería que le pasara algo parecido. No con sus amigas de los martes.

Caroline tragó saliva. Y siguió hablando. Porque tenía que hacerlo. Había que ponerlo todo sobre el tapete.

—Por lo visto Arne no hizo el Camino de Santiago. Su diario es un *collage* de información sacada de internet.

Judith rio sarcásticamente.

—A ti Arne nunca te cayó bien. Porque no encajaba en tu visión racional del mundo.

Caroline procuró mantener la calma y ver el ataque como lo que era: un burdo intento de echarle las culpas a otro. Un intento de negar lo que su amiga tenía que barruntarse desde la primera vez que se perdieron, en el macizo de la Clape.

—Tenemos un testigo, Judith. Arne venía aquí de vacaciones. Con regularidad. A casa de alguien que se llama Dominique.

Judith entrecerró los ojos.

—¡Sigue!

—Es lo único que sabemos —reconoció Caroline—. Tenemos la dirección de Dominique. Nada más.

Ya lo había soltado. Caroline observaba a Judith con atención: ¿cómo se lo tomaría? Mientras, las otras tres mujeres sometían sus pies a una minuciosa inspección. Pasado el susto inicial, Judith estalló en carcajadas. Reía a mandíbula batiente. Como liberada. Algo absolutamente fuera de lugar.

—Comprendo que hace falta tiempo para asimilarlo —dijo con cautela Caroline.

Judith seguía riendo. Ninguna de las amigas entendía a qué venía un comportamiento tan extraño. Estelle se llevó el índice a la sien: Judith había perdido la cabeza definitivamente.

—Si en estas circunstancias quisieras interrumpir el viaje, lo entendería. Todas lo entenderíamos —añadió Caroline.

Judith dejó de reír de repente, sus ojos eran dos dardos envenenados dirigidos a Caroline. La menuda criatura necesitada de protección se transformó de pronto en una persona que irradiaba fuerza y rebosaba rabia.

—Caroline la perfecta. Siempre con un comentario inteligente a punto. Tu suficiencia me da asco.

Las amigas de los martes se quedaron heladas. Caroline, sin embargo, no perdió el aplomo.

—Si quieres cabrearte conmigo, perfecto. No tengo ningún problema.

Su intento de evitar que la discusión fuera a más fracasó debido a la agresividad de Judith.

—Tú y tus aires de superioridad de mierda —le espetó a Caroline—. A ti qué te importan los secretos de Arne. Más te valdría ocuparte de tu propio matrimonio.

Silencio. Repentino. Espanto. Una vez lanzada, la frase resonó en el patio. Hasta la propia Judith se quedó horrorizada con lo que acababa de decir.

Caroline sintió que la inseguridad crecía en su interior. Desde que habló por teléfono con Philipp no había podido dejar de pensar en lo extraño de su comportamiento. No había hablado de ello con ninguna de sus amigas. Le costaba hablar de sus sentimientos, y no era dada a airear sus preocupaciones. Prefería solucionar sus problemas por sí misma. Movió los hombros en círculo: el movimiento era bueno para controlar la adrenalina e impedir que le temblara la voz, un truco que había aprendido cuando se abría paso en la profesión. Tenía colegas que apostaban por los betabloqueantes, pero ella los probó una vez en un pleito y perdió el caso. Las pastillas no acabaron solo con la tensión nerviosa, sino también con su capacidad de centrarse en lo esencial. Ella necesitaba la tensión para funcionar. Pero no esa tensión. No en su vida privada.

—¿Qué has querido decir con eso? ¿De qué estás hablando, Judith? —preguntó cuando estuvo un poco más calmada.

Judith retrocedió, los párpados trémulos. Después recogió su ropa sucia a toda prisa y contestó:

—Perdona. No lo decía en serio. Lo he dicho sin pensar. Perdona, estoy un poco…

Judith intentó quitarle hierro al desafortunado comentario, se enredó y se fue sin terminar la frase.

—Lo sabía. El camino saca lo peor de las personas —comentó Estelle con sequedad.

58

—¡Quiero estar sola! —gritó Judith.

Kiki empezaba a ponerse nerviosa. No podía entrar en su habitación, y estaba tiritando de frío en un imponente corredor del monasterio sustentado en arcos de medio punto. Por las numerosas ventanas entraban los últimos rayos de sol. Kiki estaba helada. El edificio no tenía ninguna clase de aislamiento, y el frío sempiterno del sótano subía directamente a la planta baja. Para entrar en calor se puso a dar saltitos, descalza y envuelta aún en la toalla.

Un poco más allá, Max la miraba con aire burlón, apoyado en la pared fría.

—Tengo una habitación con dos cómodas camas y dos mantas.

Kiki evitó mirarlo y llamó a la puerta con energía. El día había sido un auténtico desastre, y no se veía capaz de enfrentarse a más problemas.

—Judith, abre —suplicó.

Max había decidido no dejarla escapar esta vez.

—¿Para ti la edad es lo único que cuenta? —preguntó, retomando así el motivo de su disputa.

Kiki se puso a aporrear la puerta con la palma de la mano. Los monjes, que iban de camino a la última misa del día, volvieron la cabeza. Una mujer vestida únicamente con una toalla y un hombre mucho más joven que le hacía la corte: algo así no se veía todos los días en sus sagradas galerías. Los religiosos aflojaron exageradamente el paso por el corredor.

Max probó una vez más.

—A la hora de elegir pareja no es bueno fijarse en una característica en concreto. Si uno busca un ángel y solo se fija en las alas, puede llevarse a casa una gallina para hacer caldo.

Kiki soltó una risita. La imagen le hizo gracia.

—No es que tenga nada contra el caldo de gallina —continuó él—. Con un poco de verdura está para chuparse los dedos.

Kiki cedió. Comprendió que no tenía sentido esperar en el corredor a que Judith se tranquilizara, ya que acabaría muriendo de frío.

—Acepto tu oferta. Pero no significa nada. No creas que he cambiado de opinión —advirtió.

Max levantó tres dedos en señal de juramento.

—No te tocaré, lo prometo por lo más sagrado.

El pícaro brillo en sus ojos dejaba traslucir que eso no era decir mucho. Kiki echó a andar hacia él, y a medio camino se pisó la toalla, que cayó al suelo. Max la cogió y se la echó solícitamente por los hombros. Estaba cerca. Muy cerca. Peligrosamente cerca.

—Los ángeles no tienen sexo —graznó ella—, por eso hay tanta paz en el cielo.

Max, de todos modos, no tenía ningún interés por los ángeles.

—¿Quién quiere ir al cielo? Ahí solo va la gente aburrida.

Le apartó un mechón de pelo de la cara. Sus dedos le acariciaron las mejillas, rozaron sus labios. A Kiki, que tiritaba, le flaquearon las piernas. Entre la lluvia, los diseños echados a perder y la pelea de sus amigas, estaba que no podía más.

A lo largo de los quince años que hacía que se conocían, había habido malentendidos, discusiones y riñas, pero nada comparable a lo que estaban viviendo en ese viaje. Sus amigas de los martes siempre habían sido su tabla de salvación. Y ahora todo hacía aguas. No solo sus diseños.

Agotada, apoyó la cabeza en el pecho de Max. Su mano le acarició la nuca. Olía a ese gel de baño intenso, a verano, a fresas, olía a Max: familiar y extraño al mismo tiempo, cálido y seductor. Kiki se rindió. Durante cientos de kilómetros había huido de ese amor imposible. Durante días había ido andando delante o detrás de él, sin ser ella misma. Le dolía el cuello de tanto mirar a un lado. Rodeó a Max con sus brazos, y la toalla cayó de nuevo al suelo. Estaba medio desnuda en el corredor de un monasterio, pero a su alrededor el mundo había dejado de existir.

59

«Cuando tengo preguntas que hacerme sobre mi vida, me doy cita.» ¿Cuánto tiempo hacía que Caroline no gastaba bromas de ese tipo? Y ahora se encontraba justamente en esa situación.

Caroline se había quedado en el patio. Rodeada de muros milenarios, se sentía como fuera del tiempo. De vez en cuando llegaba hasta ella un sonido de campanas y oraciones. Una cogulla se deslizaba por el claustro. Unas gallinas asustadas picoteaban en la hierba y un gato estaba tumbado perezosamente en un banco. Un panorama idílico que nada tenía que ver con la agitación que reinaba en su interior. Caroline estaba sola, una erosionada imagen en piedra de la Virgen como único testigo de su confusión.

«Más te valdría ocuparte de tu propio matrimonio.» La frase se coló en todos los rincones de su cerebro. Repasó mentalmente las anomalías de los últimos días: la despedida nerviosa y fría, los días que no había conseguido hablar con Philipp, la extraña conversación telefónica, el silencio. Mientras tanto le daba vueltas en la mano a un papel que había sacado de la cartera: la tarjeta de visita de su compañero. No había vuelto a verlo desde la última vez, en los tribunales, cuando tuvo la insolencia de proponerle un cambio. De vez en cuando le llegaba un *sms* en el que le decía que su oferta seguía en pie.

«Estoy bien como estoy», le había dicho hacía tan solo unas semanas.

«Su marido tiene su consulta, los congresos, el deporte… ¿Y usted? —replicó él—. Eso no puede ser todo.»

Hace tiempo que su marido vive su propia vida, ¿era eso lo que había querido decirle en realidad su colega? ¿Había visto el abogado, igual que Judith, algo que todo el mundo veía? Siempre y cuando tuviera el valor de cuestionárselo, desde luego. ¿Por ese deje de compasión en su voz? Ella había percibido ese tonillo irritante, pero no quiso prestarle atención.

Vanidad, reconoció ahora. Le resultó halagador que alguien le hiciera la corte abiertamente. El flirteo le divirtió, y desechó con ligereza la retranca que escondían sus preguntas. Pasó por alto todas las señales de alarma. No era fácil engañar a Caroline. Solo ella misma podía hacerlo.

Se quedó mirando la tarjeta de visita como si la solución a sus problemas residiera en aquel número de teléfono. Levantó la vista y le pareció que la imagen de la Virgen asentía de un modo casi imperceptible, y decidió que tanto daba que ello se debiera a algo tan banal como un reflejo de la luz o que fuesen puras imaginaciones suyas. La mujer de piedra tenía razón. Con gesto decidido sacó el teléfono y se arriesgó a dar un paso poco convencional. Marcó el número de su colega Paul Gassner.

—Lo sabía —afirmó entusiasmado el abogado al otro lado de la línea—. Sabía que me llamaría.

Ni siquiera le extrañó que se pusiera en contacto con él después de semanas de indecisión. A diferencia de la propia Caroline: ¿cómo se le ocurría confiarse a un extraño? ¿A alguien a quien solo conocía de pasada, del trabajo? Aún podía recular. Hacer como si llamara para darle una negativa. No sonaría raro. Sin embargo, ¿era eso lo que quería? ¿Mirar a otro lado?

—No se trata de su oferta —reconoció—. Se trata de mí.

Paul Gassner repuso con cautela:

—¿Está usted segura de que puedo ayudarla a ese respecto?

—Por lo visto sabe usted más de mi vida que yo misma.

Caroline se esforzó en no mirar a la Virgen. No le hacía falta ver una señal divina para saber que hacerse preguntas y hacérselas a los demás era buena idea. No quería ser como esas esposas con las que tantas veces se había tropezado en los juicios: incautas, ciegas, sordas, mudas, y alérgicas a la verdad. Había conocido a mujeres que, a pesar de que sus maridos acababan de confesar sus crímenes, querían seguir creyendo en su inocencia, porque de lo contrario tendrían que poner en tela de juicio su historia personal. Ella no quería ser así. Decidió tantearlo para ver qué podía averiguar.

—Puso tanto énfasis en lo de mi marido. En lo de los congresos y el deporte. ¿Qué quería decir exactamente con eso?

60

Eva daba vueltas en la cama, incapaz de conciliar el sueño. Lo había probado todo: tomar leche caliente, contar ovejas, tararear el cántico de la abuela Lore, hacer sentadillas. Pero nada, no había manera de sacudirse el mal sabor de boca que le había dejado la pelea. Confiaba en que al día siguiente se aclarara todo. Solo hacía falta que Judith y Caroline hablaran.

Eva entendía a Judith. El abuso de confianza de Caroline y Estelle pesaba más que lo que el difunto Arne hubiera podido hacer o dejar de hacer en un momento dado. No era de extrañar que Judith saliera con esas acusaciones tontas; era como el animal que al verse acorralado la emprende a mordiscos a diestro y siniestro. De ahí el ataque gratuito con la alusión al matrimonio de Caroline. El dudoso comentario que le había lanzado a Caroline no podía ser otra cosa. Para Eva, Philipp y Caroline eran la pareja ideal. Llevaban juntos más de dos décadas, se trataban con respeto y podían contar anécdotas sin interrumpirse el uno al otro y chafarlas. Solo lo había dicho para hacerle daño, seguro. Mañana se aclarará todo, se dijo a sí misma. Pero seguía sin poder dormir.

Enervada, encendió la luz. La celda no podía ser más austera. Paredes blancas y despejadas, una pesada puerta de madera y una ventana demasiado alta para poder ver el jardín del convento. La única distracción que se le ofrecía era un montón de ejemplares de la cristiana *Revista de Lourdes*. «La revista para los peregrinos del tercer milenio» se ocupaba de un único tema: el Lourdes histórico en la época de las apariciones, las visiones de Bernadette, las curaciones milagrosas y las oleadas de peregrinos. Cada dos páginas aparecía la imagen de la Virgen con su velo blanco, el cinturón azul y las rosas doradas en los pies. «Penitencia, penitencia, penitencia –pidió María–. Rezad a Dios por los pecadores.»

Eva no tenía la menor duda de que la historia había sido así. ¿Por qué iba a mentir la muchacha? ¿Quién iba a soplarle la enrevesada frase de la decimosexta aparición: «Que soy era Immaculada Councepciou»? Eso no podía ser invención de la hija analfabeta de un molinero. El agua de Lourdes había curado a mucha gente. En cuerpo y alma. Y Eva esperaba que la magia del lugar se dejara sentir también en ellas.

Medio dormida, unas palabras resonaban en su cabeza: «Penitencia, penitencia, penitencia». Pero ¿quién era aquí el pecador? ¿Quién el culpable? ¿Quién la víctima? ¿De qué iba aquello en realidad?

«Ten cuidado con lo que lees antes de dormirte», le decía siempre la abuela Lore. La historia de Bernadette, constató Eva, no era lo más apropiado para tener dulces sueños.

Oyó un ruido. ¿Había echado la llave de la puerta? Seguramente no. En casa era Frido el que se encargaba de eso. Por regla general ella ya estaba en la cama cuando Frido se tomaba la última copa de vino en el salón.

Levantó la cabeza. Era complicado orientarse. No había luna, ni farolas ni casas vecinas que iluminaran la austera habitación. En Colonia nunca corrían las cortinas. Los espacios oscuros como ese le recordaban a una cripta. Le provocaban pesadillas.

No, Eva no se engañaba. Se acercaban unos pasos. Unos pasos cautelosos. Los pasos de alguien que no quería ser visto ni oído. El picaporte se movió lentamente hacia abajo, y en el marco de la puerta apareció una misteriosa dama vestida de blanco con un velo también blanco. Un cinturón ceñía el vaporoso vestido.

—Soy yo —susurró la Virgen, si bien más que la Inmaculada Concepción parecía Judith, que iba envuelta en una sábana blanca y se había echado una manta por encima, a pesar de lo cual temblaba como un azogado.

—Creí que eras una aparición —se enfadó Eva—. No me vuelvas a hacer algo así.

—Quiero saber dónde estuvo Arne en realidad —dijo Judith con una voz sorprendentemente firme—. ¿Me acompañas? ¿A ver a Dominique?

—¿Ahora? ¿En plena noche? —contestó Eva, estupefacta.

—Son cuatro kilómetros. Si salimos ahora, llegaremos a la hora del desayuno. No puedo esperar más.

Había algo que a Eva no acababa de gustarle en el cambio de tono de Judith. Primero esa risa inexplicable cuando Caroline le comunicó que había algo que no cuadraba en el diario, y ahora aquella extraña determinación.

—Tú eres la única que ha estado siempre de mi lado. Sola no me atrevo a ir —añadió Judith para aplacar el mar de dudas en que nadaba su amiga y convencerla.

Finalmente Eva se levantó de la cama. Era ingenuo pensar que la tormenta que se había desencadenado entre las amigas amainaría por sí sola. Y de todos modos no podía dormir. Había llegado el momento de aclarar las cosas.

61

−Ahí fuera hay alguien.

Unas celdas más allá Kiki se levantó de la cama y aguzó el oído en la oscuridad. En el corredor se oyeron el crujido de una puerta, unas voces apagadas y luego pasos. Kiki se asustó.

−Aquí hay fantasmas. En serio.

−Sigue durmiendo.

Max tiró de ella y la tumbó de nuevo en el estrecho camastro. Desde luego, esa no era una cama de matrimonio.

−¿Por qué no soy como tú? −se preguntó Kiki−. Tú nunca tienes miedo.

Max gruñó, medio dormido:

−Claro que tengo miedo. De los perros, de los exámenes en Londres, de la gente de la empresa que cree que tengo que saberlo todo, de que se me caiga el pelo; soy un saco de miedos.

Kiki se apretó contra él.

−Puede que no sea mala idea que compartamos los miedos.

Max se despertó de golpe. Comprendía muy bien lo que Kiki había querido decir en realidad.

−¿Quieres que vivamos juntos?

−Te vas a arrepentir −lo amenazó ella−. Ronco cuando bebo vino tinto, nunca encuentro la pareja de los calcetines, trabajo quince horas al día aunque soy más pobre que una rata, soy…

Max interrumpió la nerviosa avalancha de palabras con un beso.

–Un simple sí también me habría valido.

–Eres imposible –replicó Kiki.

Él la miró con una sonrisa radiante, que Kiki intuyó, más que vio.

–Por eso te enamoraste de mí.

–No. Fue por el jazz sueco. Cuando pusiste el CD en el estudio. La melodía me emocionó.

–¿Sabías que el compositor también escribió la música de las películas de Pipi Calzaslargas?

Curioso. Eso sí que no pegaba nada. Tal vez por eso se hubiera enamorado de Max. Porque las contradicciones también pueden formar un todo. Se había enamorado porque Max era distinto. Porque tenía algo irresistible. Porque le gustaba la misma música que a ella, porque estaba ahí para ella, porque ella quería estar ahí para él. Kiki deslizó los dedos por su cuerpo. Era como un gato: musculoso, la piel muy caliente, muy suave. Él la abrazó apasionadamente. No quería una parte de ella. La quería al completo.

«Habéis armado tanto ruido –diría Estelle cuando desayunaban en el refectorio– que hasta los monjes de al lado tuvieron que fumarse un cigarrillo.»

Y Kiki se echaría a reír ruidosamente.

Su alegre voz resonó en el espacio abovedado.

–A mí qué me importa lo que piensen los demás de nosotros.

62

«Nos vemos en el puente», escribió Eva en el papel que le metió a Caroline por debajo de la puerta de su habitación. Cuando el pesado portón de madera se cerraba tras ellas, la aguja del reloj del campanario marcaba las 5:23. Eva y Judith apretaron el paso.

Caminaban sumidas en sus pensamientos, en medio de un paisaje fantasmal. Jirones de niebla se cernían sobre una piscifactoría, y los campos y los árboles tenían un tono verde azulado irreal. Amanecía. Un tractor abría surcos bajo la luz del alba, seguido de unos pájaros madrugadores que confiaban en llevarse unos gusanos. Cuando los primeros rayos del sol rozaron la copa de los cipreses, el monasterio ya quedaba muy atrás.

Eva había alcanzado el estado por el que suspiraban tantos peregrinos. Sus pies se movían solos y se adaptaban automáticamente a las características del terreno. Aunque lo de no pensar en nada seguía siendo un deseo irrealizable. ¿Qué les esperaba en casa de Dominique? En ese momento, Eva no estaba en condiciones de llevar a la práctica lo que tanto le gustaba inculcar en sus hijos: «Ocúpate solo de los problemas que tienes, y no de los que podrías tener».

Pero ¿qué pasaba con los problemas que llegaban del pasado?

–¿Estás segura de que quieres hacer esto? –le preguntó a Judith.

Ya se encontraban ante el portón de la casa de Dominique. Eva se esperaba cualquier cosa: una casita particular o un piso en una moderna urbanización, pero no aquella construcción gigantesca que daba la impresión de haber sido reformada recientemente. La fachada, de la época de la Revolución industrial, lucía en todo su esplendor. Solo la gran puerta de hierro fundido estaba cubierta de una herrumbre que le proporcionaba un aire pintoresco.

Judith no dudó ni un segundo y pulsó el timbre con decisión.

–Si Arne me engañó… –No consiguió acabar la frase–. Quiero saber la verdad, Eva –añadió a duras penas.

–Arne está muerto. ¿Qué cambiará eso? –dijo Eva en un último intento por convencerla.

–Todo. Todo. Todo –aseguró Judith. Su voz sonaba casi animada, pero Eva no tuvo tiempo de extrañarse de la peculiar respuesta, pues en ese momento la puerta principal de la casa se abrió.

Una señora de andares enérgicos, vestida con una bata de un blanco resplandeciente que le llegaba por debajo de las rodillas, se acercó por el camino de grava. En el cabello, engominado y peinado hacia atrás en un recogido tirante, llevaba una cofia de enfermera.

La mujer, que transmitía eficiencia por cada fibra de su cuerpo, las recibió con un torrente incomprensible de palabras en francés. Tenía una voz grave y bronca, que dejaba traslucir una vida agitada cuando se despojaba del pulcro uniforme. Eva y Judith no se enteraron de nada. Lo único que percibieron con claridad fue el signo de interrogación al final de la frase.

–¿Dominique? –balbució Judith.

La mujer levantó las cejas con aire severo.

–*Vous êtes Dominique,* es usted Dominique –constató Judith, esta vez con voz firme.

La mujer estalló en carcajadas. La idea de Judith debía de parecerle tan absurda que no podía parar de reír. Cuando por fin lo consiguió, les indicó con un gesto que la siguieran por el patio.

Eva vio los autobuses de minusválidos en el aparcamiento, todos con matrícula alemana. Y en el cobertizo, unas cuantas sillas de ruedas. ¿Se suponía que Arne había pasado sus vacaciones en ese sitio? El Arne que ella conocía padecía una severa alergia a los hospitales y hacía todo lo que estaba en su mano para que no se le notara la enfermedad. Pero ¿acaso conocía ella a Arne? ¿Y conocía a su amiga?

63

Judith tragó saliva. En los pasillos del edificio, de techos altos, flotaba un olor a desinfectante, orina y café recién hecho. Con cada paso que daban, las botas de Judith y Eva arrancaban un quejido al suelo sucio de linóleo marrón. ¿Qué sitio era ese?, ¿un hotel?, ¿un sanatorio?, ¿una especie de cuarta planta?

–Nos consideramos como una prolongación del albergue para enfermos de Lourdes –explicó la diligente enfermera, que para entonces ya sabía que Eva y Judith eran alemanas. Su alemán resultaba bastante más comprensible que su francés. Sabedora de que en cualquier momento la necesitarían con urgencia en otro sitio, la mujer hablaba a toda velocidad mientras avanzaban por el pasillo–. Nos ocupamos de peregrinos que se quieren quedar unos días más en la zona. Para muchos enfermos este viaje son las únicas vacaciones que podrán permitirse en su vida.

Contra las paredes había sillas de ruedas plegadas, sobre ellas las sempiternas fotos de grupo de los enfermos que acudían a Lourdes, siempre con la misma composición: en la primera fila posaban los que iban en silla de ruedas; detrás, aquellos que podían caminar, y en la tercera fila, de pie sobre un banco, los acompañantes con el uniforme de diferentes organizaciones de ayuda. Al fondo, la basílica de Nuestra Señora del Rosario. Y entonces llegó la conmoción: entre las fotos de grupo había un retrato de Arne, que sonreía a Judith y Eva mientras posaba, orgulloso y feliz. De la mochila que llevaba al hombro como si tal cosa colgaba una concha de Santiago. No se habían equivocado de sitio. La enfermera que no era Dominique abrió con un movimiento enérgico las puertas del comedor.

Judith y Eva echaron un vistazo, impresionadas. En mesas redondas para ocho comensales desayunaban sobre todo ancianos y enfermos. La mayoría necesitaba ayuda, que le era prestada por toda una brigada de portadoras de cofia. Para algunos parecía que ese sería no solo su único viaje, sino también el último. A Eva le afectó de tal modo lo que estaba viendo que ni siquiera se preguntó qué pintaba allí Arne. Los rostros hablaban de enfermedad, vejez y muerte. Conmovidas, Judith y Eva miraron a las personas sentadas a las mesas: una mujer pálida, con los ojos hundidos en las cuencas, que dependía de una botella de oxígeno en todo momento; un anciano con la cara surcada de arrugas que agarraba sus muletas sentado en la silla de ruedas; una mujer cuyas espasmódicas extremidades tenían vida propia, y entre ellos un matrimonio de pelo gris que daba de comer con aire fatigado a su hija discapacitada, una muchacha pecosa con trenzas y unos ojos vivarachos que estaba completamente inerte en su silla de ruedas pintada de colorines. Unas letras alegres destacaban en el respaldo: «Celine». Eva se figuró que tendría una parálisis muscular progresiva. Ningún milagro en el mundo podría curar esas enfermedades.

—No vienen a Lourdes esperando curarse —explicó la mujer de la cofia, como si les hubiera leído el pensamiento—. Vienen porque esto les consuela. Porque se sienten menos solos.

La mujer corría de un lado a otro por la sala: había que poner y quitar mesas, cortar pan, lavar platos, limpiar una barbilla, liberar sillas de ruedas bloqueadas…

Ya empezaban a pensar que se había olvidado de ellas cuando por fin llegaron las palabras liberadoras:

—Ese es Dominique —dijo señalando hacia donde servían la comida.

Judith se quedó con la boca abierta, los ojos clavados en Dominique. Eva siguió su mirada y se llevó la misma sorpresa.

Dominique era un hombre alto de unos setenta años. Un tipo fuerte como un roble, de cabello corto, cano e hirsuto, rasgos angulosos y movimientos llenos de energía. Primero el hombre felicitó en persona, con un trozo de tarta donde había una única vela encendida y una atronadora canción de cumpleaños, a una de las comensales, que cumplía noventa y un años, una anciana encorvada de mirada pícara que lo miró emocionada desde su silla de ruedas, y solo después se acercó a atender a sus inesperadas visitantes.

—Judith Funke —se presentó Judith, y le tendió la mano, desconcertada. Claramente no esperaba encontrarse a ese hombre.

La mano quedó suspendida en el aire; Dominique no se la estrechó. La sonrisa amable que lucía hacía solo un momento se esfumó.

—Se ha equivocado de dirección —le espetó con aspereza.

—Se trata de mi marido, de Arne. Usted lo conoce —farfulló Judith, nerviosa—. Hemos visto su foto en el pasillo. Su diario nos ha traído hasta aquí.

Era evidente que Dominique sabía muy bien de quién estaba hablando. Tan evidente como que no tenía el menor interés en compartir lo que sabía con Judith.

—Lo siento —repuso, dando por terminada la conversación—, tengo que ocuparme de los peregrinos que acaban de llegar.

Y acto seguido agarró una silla de ruedas y dirigió a toda velocidad a su sorprendido ocupante, que hasta ese momento se las arreglaba perfectamente solo, hacia un sitio que había quedado libre en una mesa. El hombre de la silla de ruedas quiso rebelarse: ya había desayunado, pero Dominique le lanzó una mirada tan sombría que decidió espontáneamente que era hora de desayunar por segunda vez.

El inesperado y grosero desaire dejó de piedra a Judith, de modo que fue Eva la que echó a correr, en ayuda de su amiga, detrás de Dominique.

—Judith ya ha descubierto que hay algo que no encaja en el diario de su marido. Quiere saber la verdad.

—Su amiga nunca se interesó antes por lo que Arne hacía o dejaba de hacer.

Dominique era un hombre que tenía las cosas claras, muy distinto del prototipo de buen samaritano que cabía esperar encontrarse en semejante institución. A Eva le molestó su rudeza. ¿Qué se había creído ese tipo? Tomó partido resueltamente por su amiga, que seguía la conversación con un pánico creciente.

—¿A qué ha venido eso? Usted no conoce a Judith.

—Arne era mi amigo —saltó Dominique.

La voz se le quebró, y tuvo que hacer un esfuerzo para continuar.

—Quería que me acompañara a Santiago de Compostela, pero no, tenía que volver con esta mujer. —Y señaló a Judith como si quisiera atravesarla con el dedo.

—Quiero irme de aquí, Eva. Vamos —suplicó Judith.

Pero Eva insistió. No pensaba darse por satisfecha con esas vagas insinuaciones.

—¿Qué ha querido decir con eso? ¿De qué demonios está hablando?

—De que Arne era tonto. Se lo perdonaba todo a su mujer. Incluso el amante.

—Menuda bobada. Judith, dile que no es verdad —pidió Eva a su amiga.

En lugar de responder, Judith salió corriendo y se chocó con una ayudante que llevaba una bandeja. Las tazas se estrellaron contra el suelo, los huevos se rompieron y un montón de cruasanes aterrizó en un charco de té. Judith ni siquiera se detuvo: detrás de ella, el diluvio; delante, la catástrofe. Y es que Dominique no era más que el principio.

—Ella creía que Arne no se daba cuenta cuando telefoneaba por la noche a escondidas, cuando se arreglaba para sus citas románticas. Un día la siguió hasta el hotel donde se veía con su amante.

—¿Sabía quién era el hombre?

—Naturalmente. Era su propio médico de cabecera.

Eva se echó a reír. Con una risa desconcertada, incrédula. Aquello no podía ser cierto. A la fuerza tenía que ser un malentendido. ¿Qué otra cosa iba a ser?

—A Arne lo trataba Philipp, el marido de una amiga —adujo como si ese fuera un argumento decisivo.

—Philipp. Exacto. Así se llamaba el hombre —repuso Dominique.

Eva notaba la sangre agolpándose en sus sienes. Las palabras resonaban en su cabeza como martillazos. ¿Judith y Philipp? ¿Una relación? ¿A espaldas de Arne? ¿A espaldas de Caroline? ¿A espaldas de todos? No creía que Judith fuera capaz de algo así. Nadie lo creía. Se sentía como el que se mete en el cine y se da cuenta de que se ha equivocado de película. Eva no podía dejar de sacudir la cabeza. Eso no era la solución a sus problemas. Eso era un cataclismo.

—Arne lo aceptó —contó Dominique con tristeza—. Tenía tanto miedo de perderla que perdió su dignidad y se perdió a sí mismo. Mucho antes de desaparecer definitivamente.

Dominique ya no parecía enfadado, sino dolido y vulnerable.

—Hicimos juntos el camino —continuó—. Nos conocimos poco después de salir de Colonia. Dos majaderos que buscaban conchas de Santiago entre el Rin y el Mosela. No cruzamos ni una palabra hasta que, al cabo de unos días, nos dimos cuenta de que llevábamos el mismo ritmo.

Eva asintió. Entendió en el acto que un ritmo común creaba un vínculo especial entre dos personas.

—Entonces el diario no era una invención, ¿no? —comentó, tratando de hallar una solución para la catástrofe.

—Arne quería demostrarle a Judith que seguía siendo el hombre fuerte del que se había enamorado —respondió Dominique—.

Al principio sí que hizo el camino, pero después solo fingió que continuaba, como si no pasara nada. Como si tuvieran un futuro por delante. Lo cierto es que ya estaba demasiado enfermo. Después de ir a Santiago de Compostela yo empecé a trabajar aquí, y Arne venía a verme en vacaciones para descansar. Hasta que ni siquiera pudo hacer eso. La última vez que estuvo aquí no aguantó hasta el final.

Eva iba comprendiendo poco a poco. Completó la narración con voz apagada.

—Fue el último viaje que hizo —dijo—. La ambulancia vino a buscarlo. El Samu. A las cinco de la tarde.

—Seis semanas después, Arne murió —asintió Dominique.

—¿Se lo comunicó Judith?

—Me enteré por casualidad. Uno de nuestros peregrinos tenía un periódico de Colonia.

Por un momento reinó el silencio, un silencio absoluto. Eva se derrumbó. Fue Dominique quien verbalizó sus pensamientos:

—Sí, Judith engañó a todo el mundo. Incluida usted.

64

¿Dónde demonios estaba Eva? ¿De qué estarían hablando los dos tanto tiempo? Nerviosa, Judith caminaba arriba y abajo ante la puerta, la grava crujía bajo sus pies inquietos. Dominique debía de ser el exbanquero belga del que Arne le habló muy al principio de su relación. Arne nunca había contado gran cosa del Camino de Santiago.

«No hay nada más aburrido que otros te cuenten sus vacaciones», solía decir. De pequeño, Arne odiaba las sesiones de diapositivas en casa de sus numerosas tías, que por aquel entonces aún tenían a sus maridos a su lado.

«¿A ti no te ha pasado nunca? –le había preguntado a Judith–. Esas frases manidas con las que te explican cada diapositiva. Lo divertido, aunque no se ve bien en la foto, está ahí, al fondo a la izquierda, detrás del árbol, ahí está la tía Frieda con un monito en brazos.»

Arne odiaba esas sesiones. Curiosamente, en las diapositivas nunca se veía lo que en realidad se quería enseñar. Y nunca se sentía nada al verlas. Aparte del paso del tiempo, que avanzaba despacio mientras llovían prolijas explicaciones sobre amistades casuales, excursiones en autobús y la abundante flora y fauna que había alrededor de la piscina del hotel.

«Cuando se viaja a otro país, lo que hay que hacer es sentirlo y no congelarlo en diapositivas», insistía Arne. Por eso escribía el diario, pero no llevaba cámara. Ahora Judith lo lamentaba. Si hubiera sabido que Dominique era un amigo peregrino, no le habría pedido a Eva que la acompañara.

Aunque también podía ser que Dominique no supiera nada. O al menos nada concreto, nada que pudiera ser su perdición.

«Podemos estar juntos sin hablar», fue lo que le dijo Arne de Dominique. Tal vez hubiesen estado más tiempo callados que hablando. Por otra parte, ¿quién decía que Arne sabía lo de Philipp? Quizá solo se oliera algo, algo que tuviera fácil arreglo.

La puerta se abrió de golpe y Judith se ocultó detrás de una buganvilla violeta. Desde aquel seguro escondite vio que Eva salía acompañada de Dominique. Al despedirse él le cogió ambas manos y le habló en tono tranquilizador. Judith oyó el timbre sonoro de su voz, pero no entendió ni una palabra. Era como si Dominique quisiera consolarla. Su amiga se mordía los labios en silencio, sin parar de asentir.

Por fin Eva se separó de Dominique. Y echó a andar. Directamente hacia ella. Judith no tuvo que preguntar nada: la mirada fulminante que le dirigió Eva dejaba bien claro que lo sabía todo.

—Una relación. Con el marido de tu mejor amiga. Durante meses. ¿Cómo pudiste hacerlo? —le soltó Eva indignada.

Judith ni siquiera podía tomarse a mal que Eva se escandalizara; también ella lo estuvo. Después del primer beso que se dieron. Luego intentó evitar a Philipp durante casi cuatro semanas. Hasta que Arne le pidió que lo acompañara a la revisión.

«Estoy preocupado por ti», le dijo Philipp en un momento en que se quedaron solos. Una frase corta y sencilla. Que le hizo bien. Porque en casa todo giraba en torno a la enfermedad de Arne. Porque tenía miedo. Porque esa frase inocente le hizo creer que tenía un futuro. Sola. Incluso sin Arne.

—Philipp me escuchaba. Siempre que lo necesitaba. Y en un momento dado la cosa fue a mayores.

—¡Habrías preferido que Arne tuviera una amante! Eso te habría hecho sentir menos culpable —espetó Eva, furiosa.

—¿Qué podía hacer? Pasó. Y no podía contarle a nadie la verdad. Arne estaba muy enfermo.

—Te defendí, Judith —contestó Eva sacudiendo la cabeza—. Te consolé y te escuché cuando hablabas de Arne y de tu duelo. Dominique tiene razón: nos has tomado a todas por tontas. Sobre todo a Caroline.

—Esa es la culpa con la que cargo, Eva. La culpa que trato de expiar en este viaje.

—No se puede expiar algo así, Judith. No cuando la amiga a la que has engañado te acompaña.

Judith se vino abajo.

—Sabía que me condenaríais si llegaba a saberse. Tenía miedo de quedarme sola.

Eva no daba crédito.

—¿Alguna vez piensas en algo que no sea en ti misma y en tus propios sentimientos?

Echó a andar, indignada, pero enseguida se detuvo, se volvió y salió disparada hacia Judith, que se tapó la cara con los brazos para protegerse. Eva estaba tan enfadada que la creía capaz de cualquier cosa. Incluso de pegarle.

—¿Lo de Philipp sigue? —quiso saber.

—Philipp quería empezar una nueva vida conmigo, pero desde que Arne murió ya no puedo seguir engañándolo. Tal vez Arne fuera el amor de mi vida. Y no supe valorarlo. —De nuevo las lágrimas corrieron por sus mejillas.

—Se lo dirás a Caroline —sentenció Eva fríamente.

Atemorizada, Judith abrió mucho los ojos. Solo pudo balbucir:

—Podríamos guardar el secreto. Aquello terminó.

Pero Eva no estaba dispuesta a aceptar componendas.

—Ya estoy harta de que te compadezcas. Hablarás con Caroline. Si no se lo dices antes de llegar a Lourdes, yo me encargaré de hacerlo.

65

El sol era abrasador. En el horizonte descollaban los picos de más de tres mil metros sobre las estribaciones de la cordillera. La pendiente no era muy fuerte, pero en muchos tramos el camino discurría a pleno sol, y allí donde los bosques daban sombra se disfrutaba del dudoso placer de toparse con piaras de cerdos de pata negra que, como en la Edad Media, hozaban en los matorrales en busca de alimento. Un olor a tierra, cálido y especiado, se mezclaba con el aroma de los pinos y de la hierba recién segada.

Aunque la etapa entre Sarlabous y Bagnères-de-Bigorre, la novena, no ofrecía especiales dificultades, los kilómetros que tenían que recorrer suponían un desafío. Aquello no era nada en comparación con la tarea a la que debía enfrentarse Judith.

—Caroline no está muy habladora —advirtió Estelle cuando las dos se unieron de nuevo al grupo en el imponente puente de piedra que tendía su elevado arco sobre el río. Y añadió irónicamente al ver el serio semblante de Judith y Eva—: Al contrario que vosotras dos.

—No preguntes. Dentro de nada lo sabrás —contestó Eva.

Por el camino Judith no perdía de vista a Caroline. Se devanaba los sesos pensando en la forma más adecuada de contarle la verdad.

Caroline, he cometido una estupidez. Un pequeño error.

Pero, bien mirado, ¿no debería ser cosa de Philipp decirle la verdad? Era él quien estaba casado con Caroline, no ella. Además, ¿por qué le había dedicado tanto tiempo? Todo el mundo sabe que las mujeres que se encuentran en situaciones vitales difíciles son muy sensibles a cualquier atención, por pequeña que sea. Todas las mujeres se enamoran de su médico, su psiquiatra o su peluquero, y no está bien aprovecharse de ello. Eso era justo lo que había pasado. Philipp se había aprovechado de su estado de debilidad y la había bombardeado con llamadas telefónicas.

«¿Cómo te encuentras?»

«¿Puedo hacer algo por ti?»

«¿Necesitas alguna cosa?»

¿Acaso se le podía echar en cara que la enfermedad de Arne la superase?

Una mirada de reojo le hizo ver que había alguien que hacía algo más que echárselo en cara.

—Va en serio, Judith —le recordó Eva innecesariamente. Ya solo el brillo de sus ojos dejaba claro que el ultimátum no era un farol.

¿Por qué tenía que pasar por todo eso sola? Qué típico: cuando las cosas se ponían feas, los hombres se escabullían. A Judith se le hizo un nudo en la garganta. No podría hacerlo. Ella no era tan fuerte como Caroline.

Miró alrededor en busca de ayuda. Necesitaba apoyo. Necesitaba a alguien con quien hablar. Alguien que la entendiera. ¿Estelle? Descartada. Judith temía su lengua viperina. ¿Kiki? Era la que más experiencia tenía en catástrofes amorosas. ¿Cómo había acabado lo de la mujer que hizo añicos las copas que se trajo de México? Kiki tenía que saber por fuerza cómo se manejaban esas situaciones.

Tímidamente se acercó a su amiga, y después de algunos titubeos, se decidió a entrar en materia:

—Kiki, ¿cómo acabó la historia esa del casado? Después de que la mujer lo descubriera.

A su amiga no le dio tiempo a reaccionar a aquella extraña pregunta: la entrada de un *sms* la distrajo.

—Un momento —se disculpó, y empezó a teclear otra vez en el móvil de Max.

—¿Sigues escribiéndote con Thalberg? —se sorprendió Judith.

—A Kiki se le dan muy bien los asuntos de empresa —terció Max.

Ella soltó una risita.

—De esta manera puedo intervenir en la empresa.

—Y además, se ha convertido en el paño de lágrimas de mi madre —añadió Max.

Judith dirigió una mirada compasiva a Kiki.

—Mentir no es bueno —la avisó en voz baja—. Antes o después se acaba sabiendo todo, y a ver cómo te las apañas luego para salir del enredo.

Kiki terminó de mandar mensajes.

—¿Qué querías saber de México? —preguntó. Max había rodeado a Kiki con el brazo y también parecía intrigado.

—Olvídalo —respondió Judith sacudiendo la cabeza. Caroline, que iba delante, hizo un alto: se le había clavado una piedra en la gruesa suela de sus botas. El momento fatal había llegado. El momento de las confesiones.

Se suponía que el miedo era útil, ya que disuadía a la gente de subirse al pretil de un puente, rascarle la cabeza al perro de pelea del bar de la esquina o probar toda la gama de drogas para abrir la mente, en ese momento Judith lo sentía como algo negro y pegajoso que le revolvía el estómago. Había tenido una aventura con Philipp. ¿Cómo se podía contar algo así? Decir que no quería hacerle daño a Caroline. Aquella desagradable sensación en el estómago empezaba a ser insoportable. Tal vez fuera a ponerse mala, pensó. Si estuviera enferma, Eva no le podría exigir que le dijera la verdad a Caroline.

Caroline golpeó furiosamente la bota contra una base de hormigón que servía de anclaje a una cruz. Lo puso todo perdido de barro, pero la piedra no salió.

—Caroline ha descubierto que Philipp tiene una aventura —susurró Estelle, que se había acercado a Judith sigilosamente—. Será mejor que la dejes en paz.

—¡No! —exclamó Judith.

Estelle asintió. Incluso tenía más detalles.

—Ha revisado todas las citas de Philipp. Se veía regularmente con otra.

¿Con otra? ¿Sabría ya quién era la otra? Caroline se sacó la navaja de la mochila. La abrió y la hoja brilló al sol. Motivo suficiente para que Judith optara por la seguridad frente a la incertidumbre y se alejara. Lejos, bien lejos de Caroline. ¿Quién sabía lo que su amiga, que estaba fuera de sí, era capaz de hacer? Cabía la posibilidad de que alguien que se las veía con tantos asesinatos y homicidios cometiera alguna estupidez.

Judith salió corriendo, pero no llegó muy lejos, porque una mano se posó en su hombro y frenó su carrera. Se quedó petrificada.

—Tengo que darte las gracias, Judith —oyó decir a Caroline detrás.

¡Socorro!, ese tono. ¿Por qué hablaba Caroline con tanta amabilidad? ¿Dónde había dejado la navaja? Judith contaba con que la atacara de un momento a otro, pero Caroline siguió hablando en ese tono desconcertante:

—De no ser por ti seguiría creyendo que estoy felizmente casada.

Judith lanzó un ay. Esa amabilidad extraordinaria, repentina, le parecía inquietante. No pudo evitar acordarse del gato del vecino, que un domingo por la mañana le dejó en el balcón un ratón medio muerto. En lugar de mostrarse indulgente y acabar de una vez por todas con el animal, el gato estuvo minutos jugando con el pobre bicho. Dejaba escapar al animal herido solo para volver a atraparlo con sus garras. Un juego cruel que acabó perdiendo el ratón. Así se sentía ella ahora: como un roedor poco antes de su ejecución.

—Lo siento, de veras —balbució.

—¿Cómo lo supiste? —preguntó Caroline.

—¿Que Philipp se había enamorado…?

Ahora que lo pensaba, ¿cómo empezó todo? Un día Philipp la llevó a casa en coche desde el hospital. Porque Arne tenía que pasar allí la noche, porque Judith no tenía carné de conducir, porque ya era muy tarde. La idea de entrar en un piso desierto le daba tanto miedo que lo invitó a tomar una copa en el bar de la esquina. Allí empezó todo. Cuando él la miró a los ojos. Durante demasiado tiempo para poder quitarle importancia después. Fue esa mirada. Dos horas más tarde volvió a casa ebria. Sin haber probado ni una gota de alcohol.

—Los viste juntos, ¿no? —Caroline le recordó la pregunta.

¿Que si los había visto juntos? ¿De qué hablaba Caroline? Judith tardó unos segundos en despedirse mentalmente del bar de la esquina.

—No tienes que decir nada, si no quieres —la tranquilizó su amiga.

Judith comprendió lo que significaban las preguntas de Caroline.

—¿No sabes con quién está liado Philipp? —preguntó, sorprendida, para asegurarse.

Caroline sacudió la cabeza.

Desde lejos Eva observaba con atención lo que pasaba.

Tienes que decírselo, se ordenó Judith a sí misma. Ahora. Tienes que hacerlo.

—Tal vez sea alguien a quien conoces. Alguien próximo a ti. Alguien de quien no te lo esperarías —tanteó Judith, acercándose cautelosamente a la verdad.

—Me enteraré esta noche —respondió sin más Caroline.

—¿Ah, sí? —se lamentó Judith.

—He enviado a alguien a su nido de amor.

—¿A qué nido de amor?

Caroline carraspeó.

—Lo del curso para médicos de familia era un cuento. Mientras nosotras hacemos el camino, Philipp pasa unos días románticos con su amiguita.

—¿Philipp tiene una amante? —exclamó Judith horrorizada.

Ahora fue Caroline quien miró a su amiga estupefacta. Judith ni siquiera se dio cuenta de que acababa de cometer un grave error de táctica.

—¿Mientras nosotras hacemos el camino, él se ve con otra? —repitió Judith, sin dar crédito. La indignación que se le acumulaba en el vientre como una bola de ira ciega era absolutamente sincera—. Ese cerdo infiel —concluyó convencida.

—Desde hace meses. Es una paciente. Yo tampoco me lo quería creer —reconoció Caroline.

—Yo lo mato —soltó Judith.

A Caroline la conmovió la reacción de su amiga.

—Muy amable por tu parte. Pero de eso ya me encargo yo.

—Lo haremos entre las dos.

Caroline la miró enternecida.

—Te lo agradezco, Judith. Me alegro de que seas mi amiga.

Judith sintió una arrolladora oleada de simpatía hacia Caroline. Ya había olvidado lo que en realidad pretendía decir.

—Las dos hemos perdido a nuestra pareja. Eso une —observó, afectada, mientras cogía a Caroline del brazo. Y creía todas y cada una de las palabras que decía.

66

Caroline estaba sentada, rumiando sus penas, en la silla de plástico de un pequeño chiringuito de Bonnemazon, uno de esos pueblecitos minúsculos a los que las conducía el camino. Apenas tenía habitantes, pero sí una oficina de información turística y, con suerte, un bar. Aún tenían que recorrer unos cuantos kilómetros hasta el final de etapa, en Bagnères-de-Bigorre. Y desde allí quedaban treinta kilómetros largos hasta Lourdes.

Aunque el sol de la tarde iluminaba la plaza, Caroline estaba helada. A su alrededor, un grupo de hombres con el torso desnudo, pantorrillas musculosas y chillonas mallas de ciclista que no ocultaban ni un detalle de sus atributos masculinos, charlaba animadamente. Un grupo de corredores italianos intercambiaba las camisetas sudadas con un equipo holandés, como si acabaran de disputar un partido de fútbol. Los peregrinos de la edad moderna parecían estar más interesados en el deporte que en la religión. Del barullo de animadas voces Caroline pudo entresacar que algunos ciclistas tenían intención de ir a Finisterre. Hasta el fin del mundo, el auténtico punto final del Camino de Santiago, sesenta kilómetros más allá de Santiago de Compostela.

Caroline iba un poco por delante de esos peregrinos en bicicleta. Ella ya había llegado al fin de su mundo. Y se devanaba los sesos pensando cuándo y dónde se le había ido su vida de las manos. Philipp y ella se habían apartado de su camino en común. Habían dejado de verse.

Ni siquiera se le pasó por la cabeza llamar a Vincent y Josephine. No acostumbraba a comentar sus problemas personales con sus hijos. Estaba orgullosa de que los dos fueran tan independientes. Eso era, en el fondo, lo que también quería para sí. Ser fuerte.

—¿Qué he hecho mal? —le preguntó a Estelle cuando esta llegó de la tasca con dos copas de vino tinto.

—Nada. Absolutamente nada —le aseguró su amiga—. Eres una madre fantástica, una abogada fabulosa, estás estupenda para tu edad y eres una buena amiga. Resumiendo, que no hay quien te aguante.

—Lo digo en serio, Estelle.

—Yo también —replicó esta con su habitual tono seco—. ¿No podrías al menos llegar tarde, emborracharte o hacer el ridículo de vez en cuando? Siempre lo haces todo bien. No me extraña que tu marido se haya buscado una paciente desvalida que lo admire.

—Yo no soy así. No soy perfecta —se defendió Caroline. Pero Estelle no estaba convencida.

—¿Hay algo que no sepas hacer? —preguntó recelosa.

Caroline no se lo tuvo que pensar mucho.

—Cantar —afirmó.

—En ese caso deberías cantar a grito pelado de vez en cuando. No estaría mal. O eso creo yo —opinó Estelle.

Caroline le plantó un beso en la mejilla. Como Estelle no había otra. Tenía una lengua afilada y le gustaba burlarse de la gente, pero también era una amiga inteligente y leal.

¿Cantar? La curiosa propuesta no se le iba de la cabeza. Entendía por dónde iba Estelle. Se trataba de atreverse a mostrar las propias debilidades. Algo que no es que fuera muy valorado en su profesión.

Ningún cliente quería oír: «Lo siento, pero no sé qué hacer en este caso», y tampoco a los jueces les sentaba muy bien que un abogado admitiera que no tenía ni idea de cómo se había llegado a cometer el delito que se estaba juzgando. A ella le pagaban para que supiera lo que había que hacer en situaciones complicadas. Las dudas eran un placer privado.

«No hace falta que tenga una gran opinión de sí misma para pisar fuerte en los tribunales. Lo único que hace falta es que practique esta actitud, y la seguridad en sí misma vendrá sola», le aconsejó su antiguo profesor de Derecho penal. Tal vez ese duro caparazón de autocontrol continuo hubiese acabado sofocando su yo personal.

Deberías cantar más, concluyó Caroline cuando, como cada tarde, tendía la ropa recién lavada, en esa ocasión en el establo de la granja donde los habían acogido para pasar la noche. Con voz temblorosa, probó con los Poppys. Las vacas dejaron de rumiar y la miraron con cara bobalicona. Después de unas notas inseguras, Caroline abandonó, desanimada. ¿Sabría cantar la amante de Philipp? Trató de imaginar cómo sería la mujer con la que se había liado su marido. El abogado la había descrito como menuda y frágil, algo aniñada. ¿Era eso lo que había atraído a Philipp?¿El hecho de poder ejercer el papel de protector?

Tanto daba. Ahora se trataba de cantar. Caroline se retiró al cobertizo de al lado, donde nadie pudiera oírla. Ni siquiera una vaca.

Caroline no fue la única que esa tarde prefirió aislarse del grupo. Una acalorada voz de mujer llegó hasta ella del exterior. Por una rendija en la madera, vio en el prado que se extendía detrás del cobertizo, muy lejos de la casa principal, una figura que caminaba arriba y abajo mientras hablaba por teléfono y gesticulaba como una loca. El viento se llevaba sus palabras.

Caroline se escabulló por la puerta lateral y avanzó despacio, pegada a la madera, hasta llegar al extremo del cobertizo. Doblando la esquina, a solo unos metros de ella, Judith mantenía una conversación telefónica. A voz en grito. Y ahora sí que oía Caroline cada una de las palabras que decía.

—Eres un cerdo, Philipp —exclamó Judith, con la voz más estridente y sofocada que de costumbre—. Todas esas cosas que me decías al oído. Querías empezar una nueva vida conmigo. No, Philipp, escucha tú. Caroline se merece algo mejor que tú. Cualquier mujer se merece algo mejor que tú. Qué idiota fui. Pensar que estuve a punto de dejar a Arne para irme a vivir contigo. Philipp, que te den. No vuelvas a llamarme nunca.

Judith colgó, respiró hondo y volvió a la casa principal. En la esquina, donde hacía un instante acechara Caroline, no había nadie.

67

Judith procuraba no levantar la vista del desayuno. Rehuía la mirada de Eva. En la mesa reinaba el silencio. Kiki y Max intentaban hacer algo con los trozos de papel que habían rescatado del agua, cuando una voz cantarina les hizo perder la concentración.

—Buenos días a todos. ¿Habéis dormido bien?

Caroline entró en el pequeño comedor. Parecía encontrarse de un humor excelente. A juzgar por su aspecto nadie habría dicho que había pasado una noche tan mala. Su primer impulso después del descubrimiento del día anterior fue hacer la mochila y desaparecer. En esta ocasión no había ningún cerdo llamado *Rosa* que se interpusiera en su camino y le impidiera marcharse. Así y todo Caroline no llegó mucho más lejos que Eva.

Cuando se disponía a abandonar la granja desierta, a disgusto con la ropa húmeda que había tenido que ponerse, vio que estaba oscureciendo. Un sendero pedregoso iba directo al bosque, y ante ella se extendía un vasto paisaje accidentado. No se veía ni una casa ni un pueblo al que dirigirse. ¿Adónde iba a ir a esas horas? No tenía ningún sentido salir corriendo. Recorrería el camino hasta el final, se dijo. El de Lourdes y el que tenía por delante con Judith. Además, ¿qué iba a hacer en casa? Si es que aún tenía una casa, un hogar…

Se pasó media noche intentando imaginar qué le habría contado Philipp a Judith. ¿Cómo se daban largas a una amante?

«No puedo abandonar a Caroline, es demasiado frágil y se hundiría», no, ese probablemente no fuera un buen argumento. Pero el arsenal de técnicas dilatorias ofrecía más variantes. Frases como: «No quiero a mi mujer. Desde hace ya tiempo». «Caroline no me comprende.» «Vivimos como si fuéramos hermanos.»

La idea de que Philipp le hubiera contado su vida sexual a Judith le produjo un malestar casi físico. Al contrario que muchos matrimonios que aspiraban a celebrar las bodas de plata, ellos sí tenían vida sexual. Dijera lo que dijese Philipp. Tal vez ya no fuera tan excitante como al principio, cuando se lo montaban en la mesa de la cocina, en la playa o en el ascensor, pero existía.

Solo sigo con Caroline porque…

Sus hijos eran mayores, no podían servir de excusa para no querer separarse. ¿Por qué seguían juntos? ¿Qué les unía, aparte de veinticinco años de pasado, un libro de familia, una hipoteca común y una nevera que llenaban por turnos y vaciaban juntos? Caroline no tenía ninguna respuesta. Ni siquiera sabía cómo abordar el asunto con Judith.

Ocupó su puesto en la mesa del desayuno.

—A saber lo que nos espera hoy —exclamó alegremente—. Dicen que el apóstol Santiago hace salir a la luz todos los secretos.

Judith se revolvió en su silla, incómoda. El tono de Caroline no auguraba nada bueno. Volvió la mirada hacia Eva y vio que sacudía la cabeza.

—¿Algún problema, Judith? —preguntó, melosa, Caroline.

—La mantequilla. ¿Dónde está la mantequilla? —respondió ella, tratando de refugiarse en la normalidad.

—¿Dónde va a estar? ¿En el cine?

Caroline señaló las porciones individuales que Judith tenía justo delante.

La conversación se extinguió. Incluso Kiki y Max, que desde la estancia en el monasterio se ocupaban sobre todo de sí mismos, comprendieron que algo iba mal.

—¿Vosotras sabíais que Judith está liada con mi marido? —preguntó Caroline como si tal cosa, y le dio un mordisco entusiasta a su panecillo—. Por lo visto Philipp posee todo un harén.

A las mujeres de los martes les bastó ver la mirada baja y las mejillas encendidas de Judith para saber que Caroline decía la verdad.

—¿Alguien más que se haya acostado con mi marido? —preguntó interesada.

Estelle levantó la mano.

—Solo era una broma —exclamó al ver que Caroline la miraba horrorizada—. ¿Tengo yo pinta de tener una aventura? Jamás lo haría. No antes de operarme la tripa. —Nadie se rio. El remedio mágico de Estelle para suavizar las tensiones fracasó.

Kiki se levantó tan de repente que la silla cayó al suelo. Se puso a gesticular, trató de decir algo, y al final se dio por vencida y se fue del comedor con Max. Había momentos demasiado personales para participar en ellos como un observador involuntario. Aquello era un polvorín.

—Intenté hablar contigo —afirmó Judith tímidamente.

Caroline hizo como si no la hubiera oído. Como si Judith no existiera. No tenía ganas de escuchar por qué no era culpa suya que fuera culpa suya. Estaba harta de sus lágrimas, de sus gestos de desamparo y de sus ojos de Bambi.

—Me muero de ganas por saber qué nos deparará hoy el camino —anunció alegremente, y luego mordió el panecillo, agarró la mochila y salió del comedor.

—La religión no es buena consejera —proclamó Estelle a modo de conclusión—. Ama a tu prójimo, dice la Biblia. Pero olvidaron mencionar que, si lo haces, es mejor que no te pillen.

68

–Puedo explicarlo todo.

Judith trotaba sin resuello en pos de Caroline, que se detuvo y le dirigió una sonrisa radiante.

–Alguien dijo que los problemas hay que hablarlos. –Hizo una pausa efectista, y a continuación añadió–: Ese alguien debía de ser un completo idiota.

Y siguió adelante.

Judith corrió tras ella, la mochila dando botes en su espalda.

–Siento que estés tan enfadada conmigo.

–No quiero oírlo, Judith.

Caroline hizo a un lado unas ramas que se interponían en su camino y las soltó adrede. Una rama le dio a Judith en la cara, y se le saltaron las lágrimas. Caroline aceleró el paso sin piedad, su amiga la seguía pisándole los talones.

–Esto es infantil, Caroline. ¿No podríamos hablar de esto como dos personas adultas?

Caroline se tapó los oídos. Lástima que en Francia no tuvieran pan sueco. A veces, cuando cenaba en casa con Vincent y Josephine, comía un pedazo cuando no podía más: el ruido que hacía el pan al masticarlo acallaba las peleas nocturnas entre dos niños cansados.

—¡Mamaaaá! Vincent me ha dado una patada en la espinilla.

—Porque Fien me ha cogido patatas fritas del plato.

—Vincent tenía muchas más.

—Es mentira. Fien siempre dice mentiras.

—Y tú siempre quieres mandar. Pero eres demasiado tonto.

—Mamaaaá.

Sus dos hijos no paraban de lanzarse acusaciones falsas, y ella tenía que señalar al culpable. Pero hacer el papel de juez no era su fuerte, y en esas situaciones sentía que se le agotaba la paciencia. Entonces lo único que la aplacaba era agarrarse a algo; por ejemplo, a un paquete de pan sueco. Y leía en el envoltorio que ese pan era más rico que el blanco en vitaminas, minerales y fibra, así como en fitonutrientes, y desde el punto de vista nutritivo también superaba a otros tipos de pan integral, pero, sin embargo, olvidaba mencionar su principal atractivo: ese agradable ruido que lo acallaba todo.

No, ella no era perfecta. Nunca lo había sido. Solo era un poco más perfeccionista que sus amigas. Y un poco menos comunicativa con respecto a esos momentos de la vida en los que tenía que darse al pan sueco.

Y ahora había decidido que quería ser infantil. De hecho le habría gustado darle a Judith una patada en la espinilla. Pero no le haría ese favor. Ya se imaginaba cómo acabaría la cosa. Judith se echaría a llorar, se haría la víctima, y al final le tocaría a ella consolarla, porque una mujer adulta no puede darle una patada a nadie sin recibir su merecido.

Caroline no sentía el menor deseo de entender a Judith. Tenía el pulso, la respiración y el corazón acelerados, las piernas ágiles y los sentimientos fuera de control. No le veía nada bueno a su amiga. Judith era una mentirosa compulsiva. Siempre lo había sido. Había engañado a Kai, había engañado a Arne, había pisoteado la amistad del grupo, y al mismo tiempo conseguía dárselas de víctima desamparada. Se regía por la ley del mínimo esfuerzo, y cogía lo que quería sin miramientos, de tapadillo. Aplazaba los problemas hasta que otro se los resolvía. No, Caroline no quería ser razonable. Lamentaba cada segundo que había empleado en apoyarla. Ya estaba harta del terror que ejercen los débiles, un arma que Judith dominaba a la perfección.

Las ganas de salir corriendo eran superiores a cualquier otra cosa. El sudor le corría por la cara y la espalda, pero Caroline siguió avanzando a toda marcha bajo un sol abrasador, entre espinos, ortigas y matorrales. Hasta que el flato la obligó a parar. Mientras pugnaba por recuperar el aliento y la compostura, Judith, que le había dado alcance, le cogió tímidamente la mochila, que había dejado en el suelo. ¿De verdad creía que podía apaciguarla liberándola de la carga? Judith no era amable, quería parecer amable. Caroline tiró de las correas, y durante un instante las dos forcejearon para hacerse con la mochila; hasta que Judith la soltó de pronto y Caroline perdió el equilibrio, intentó no caerse, tropezó con una piedra y se dio de costado contra el suelo pedregoso. Se levantó como pudo y reanudó la marcha.

La rodilla le ardía. Le gustó que al dolor moral se uniera ese dolor físico. Había algo de cierto en ese dicho tonto que afirmaba que lo único que servía de algo contra la resaca era un buen dolor de muelas.

—Estás sangrando, Caroline —exclamó Judith.

La sangre, que brotaba sin parar, le tiñó de oscuro los pantalones desde la rodilla hasta el empeine. Pero Caroline no quería admitir ninguna debilidad. No ante Judith. Hasta que no pudo más. Agotada, se dejó caer en la cuneta. Un segundo después Eva se le acercó y apartó a Judith con decisión.

—Yo me ocupo —dijo.

—Solo quiero ayudar —replicó Judith.

Eva reaccionó indignada.

—Déjala en paz.

—Tú dijiste que tenía que decirle la verdad —se lamentó Judith, como si Eva fuera la responsable de que Caroline se hubiera enfadado con ella.

—Sí, lo dije. Pero lo que haga ella luego con eso es solo cosa suya, no tuya.

—Quiero disculparme.

—Caroline no quiere aceptar tus disculpas.

La aludida se alegró de que Eva hablara por ella, pues ya no controlaba sus sentimientos. Cuando en la granja oyó la voz de Judith, fue como si el suelo cediera bajo sus pies, como si se abriera. La Caroline que pronunciaba frases como: «Estoy bien como estoy» había abandonado su cuerpo y miraba con cara de pena a la pobre criatura que tenía delante. Había llegado a un punto de inflexión en su vida. Pasara lo que pasara, en adelante siempre abría un «antes de Lourdes» y un «después de Lourdes».

El escozor del desinfectante la distrajo de aquellos negros pensamientos. Eva le curó la herida lo mejor que pudo. Dolía. Pero Caroline no quería llorar. No por Philipp. No por Judith. No por la desintegración de su grupo de amigas.

Judith, que se mordía un labio sin saber qué hacer, esperando ver una señal de reconciliación, comprendió finalmente que nadie la quería ni la necesitaba allí y, ofendida, siguió adelante.

69

–No hay nada que hacer –se lamentó Kiki.

No se refería a sus amigas de los martes, sino a sus diseños: los intentos de pegar y recomponer lo que había hecho habían fracasado.

Era la noche previa a la última etapa, lo que tendría que haber sido un supuesto momento de unión. Pero el ambiente estaba cargado debido a la catástrofe que les había sobrevenido. Ante el alojamiento, Judith echaba al fuego el diario de Arne, en silencio. Página tras página. Los ojos le escocían por el humo. Estelle y Eva, con sendas copas de vino en la mano, la miraban sin decir nada. ¿Qué le podían decir?

Kiki y Max, abrazados, se preocupaban sobre todo por sus propios problemas.

–En realidad es una suerte que se te hayan estropeado los diseños –la consoló Max.

Ella no lo veía así.

–Pues yo diría que es un desastre. No me saldrán tan bien como la primera vez.

Ejecutó unos movimientos en el aire con la mano, como si sostuviera un lápiz imaginario, y enseguida la dejó caer, desanimada. Su carrera volvía a encontrarse en un bache.

–El cerebro es increíble. Olvida todo lo que no es importante –la aconsejó Max.

—El mío también se olvida de lo importante.

Max se sacó un bloc del bolso.

—Dibuja lo que recuerdes. Ese será el hilo conductor del proyecto.

—El hilo conductor eran los detalles.

—Las cosas tienen que ser simples —opinó Max, y sonó como su padre.

Kiki cogió el lápiz sin ninguna confianza. Las ideas eran criaturas huidizas. Si no se fijaban enseguida, se esfumaban y buscaban un hogar nuevo. Sabía que no conseguiría llevar por segunda vez el proyecto al papel. La silueta apareció sin dificultad, pero ¿y la filigrana? Allí donde hacía unos días un intrincado motivo cubría la forma corrían ahora unas líneas enérgicas y fluidas. Max asintió satisfecho. Aquello tenía otro aspecto. Era sencillo. Algo para lo que no hacían falta instrucciones de uso. Algo que podía convencer a Thalberg. Kiki empezaba a disfrutar con el experimento. Hasta que apareció Caroline y se puso a escupir veneno.

—Esto parece un entierro. ¿Es que se ha muerto alguien? Ah, sí, Arne. Por eso formamos parte de este cortejo fúnebre. Para conmemorar el perfecto amor de Judith y Arne.

Kiki se estremeció. Así no había manera de trabajar. Era insoportable. A Kiki y a Max les bastó una mirada para entenderse. Las explicaciones estaban de más: era evidente que ellos sobraban allí. Y además tenían trabajo. Si Kiki quería aprovechar su oportunidad, tenía que acabar el proyecto ese mismo día.

70

Caroline siguió a Kiki y a Max con la mirada. Desde la noche del monasterio estaban literalmente pegados el uno al otro, como si tuvieran que asegurarse con ese contacto permanente de que aquello era real.

—Mariposas en el estómago, citas a escondidas, besos robados... Debe de ser bonito el amor —exclamó Caroline con mordacidad.

Un pequeño demonio se había apoderado de su persona y no podía dejar de envenenar la atmósfera con comentarios odiosos. Si seguía así, pronto sería un caso para los seminarios de control de la ira a los que solían condenar a sus clientes. Ya se veía sentada entre un grupo de conocidos criminales lanzando un ovillo de lana de participante en participante para conocer sus nombres y sentirse conectada, aceptada y comprendida. Solo que esos psicodramas eran más para Judith.

—¿Habrá seminarios donde se pueda trabajar el mal sabor de boca por haber acabado con el matrimonio de una amiga? ¿Un seminario para adúlteras?

Sabía que estaba siendo mezquina, poco objetiva y ofensiva. Ya estaba oyendo la voz suave del terapeuta, animándola a enfrentarse a sus emociones. «Y tú, Caroline, tal vez quieras explicarnos qué sientes cuando estás sentada junto al fuego con tu amiga Judith.» Tenía clara la respuesta: «Sienta bien desahogarse y soltar la rabia».

Judith, que ya no podía más, pasó al contraataque.

—Lo de Philipp me sabe muy mal, de verdad, pero yo no he sido la única que ha mentido.

—¡Ah, claro! Philipp también. Es cierto —comentó Caroline fríamente. El demonio seguía vivito y coleando.

—¿Me quieres decir que no te habías dado cuenta de que tu matrimonio está en crisis? —continuó Judith.

—No es de extrañar, si mi amiga se acuesta con mi marido.

Aquello degeneró en un rápido intercambio de golpes en el que ninguna de las dos se guardó nada. No quedaba ni rastro de la menuda y vulnerable Judith, necesitada de consuelo. Las dos acabarían en el seminario.

—Te engañabas a ti misma, Caroline.

—Vosotros me habéis engañado. Tú y Philipp.

—Y las otras mujeres de Philipp.

—Ellas no eran mis amigas.

—Cometí un error, pero solo se puede entrar en una casa si la puerta está abierta.

Estelle, que había asistido callada a la escena, puso pies en polvorosa. Incluso para ella aquello era demasiado.

—Os las arreglaréis solas. No necesitáis mis comentarios en directo —se adelantó a la réplica de Caroline.

—No hay nada que arreglar —dijo Caroline.

—Me gustaría que supieras cómo llegamos a eso —le pidió Judith, lo que solo contribuyó a enfurecer aún más a Caroline.

—Ahórrame los detalles. ¿O es que quieres que hablemos de las posturas que hacéis en la cama?

Judith no podía con la fuerza verbal de su oponente. Dijera lo que dijese, Caroline siempre encontraría una respuesta. Sabía que nunca podría ganar ese juicio, de modo que lanzó el resto del diario al fuego y siguió el ejemplo de Estelle. No tenía sentido continuar con aquello.

Eva, que hasta ese momento no había dicho nada, se quedó con Caroline. Sencillamente le cogió la mano. Un simple gesto que le hizo comprender que no necesitaba ningún seminario para controlar la ira ni a ningún terapeuta sabelotodo. Caroline tenía a sus amigas. O al menos a una.

—No tiene sentido pretender que otro te haga feliz —empezó Eva con tino. No juzgaba, no condenaba. Hablaba de sí misma. Y de las cosas que le habían ocurrido en esos nueve días que llevaban caminando juntas—. Ya me gustaría a mí hacer responsable a Frido de haberme convertido en un ama de casa aburrida. Pero no puedo. Me lo he buscado yo misma. Día tras día. Siempre se lo busca uno mismo.

Caroline sabía que Eva tenía razón. La apacible convivencia con Philipp era tan cómoda que no había sentido la necesidad de plantearse nada. Su vida matrimonial se había convertido en algo familiar, natural, algo que no requería ningún esfuerzo. Y justo por eso se había ido a pique. Ese abandono sin darse cuenta había acabado en desamor.

¿Se interesaba ella por lo que aprendía y vivía Philipp en los cursos? ¿Se había preguntado en los últimos meses qué le pasaba a su marido? Debía de sentirse enjaulado, aburrido, tocando fondo. Y ella no había visto nada. Porque ya no veía a Philipp.

—Tal vez Judith tenga razón —admitió Caroline—. Mi matrimonio no iba bien. Solo nos escudábamos en una cotidianidad que funcionaba.

—¿Estás bien? —preguntó Eva preocupada.

Caroline sacudió la cabeza.

—Me duele todo. Por dentro y por fuera —admitió, y miró a otro lado.

No quería que nadie viera que tenía lágrimas en los ojos. Ni siquiera Eva.

71

Las cumbres de los Pirineos eran de un blanco reluciente. Por la noche había nevado en la montaña, y el viento llevaba un aire frío a los valles. El patrón se compadecía de esas mujeres que pretendían pasar el día fuera con semejante frío. Para un francés meridional, los trece grados que había al pie de los Pirineos eran como la llegada de una ola de aire polar. Él no saldría de casa ni a tiros. Caroline, sin embargo, disfrutaba del cambio de temperatura. Ese frío repentino le parecía muy apropiado para la última etapa.

Avanzaba por el camino sin decir palabra, cojeando. En el borde se veían las primeras señales: Lourdes estaba a doce kilómetros, luego a siete, finalmente a tres. Le dolía todo el cuerpo. Al final se quitó la mochila y se dirigió a Judith.

–Puedes llevarla, si quieres.

Judith cargó con el peso adicional como si fuera un castigo merecido.

–He vivido con miedo durante meses. Con miedo y con remordimientos. Lo peor ya ha pasado.

Caroline entendía muy bien cómo se sentía Judith. Buscaba la absolución, su amistad, la garantía de que todo estaba bien. Imploraba el perdón, pero Caroline no podía concedérselo. Se preguntaba si alguna vez la perdonaría. Estaba demasiado cansada, demasiado exhausta para discutir y para perdonar.

—Ya hablaremos en otro momento, Judith. Primero tengo que poner en orden mi vida.

—¿Has hablado con Philipp?

Caroline sacudió la cabeza.

—Hay cosas que no se pueden hablar por teléfono. Sobre todo cuando no se sabe cómo se va a reaccionar.

La rabia incontrolada se había esfumado con los kilómetros, pero tampoco había nada que decir. Judith y Caroline tenían un camino que recorrer. Pero no lo harían juntas.

Eva había insistido en que dieran un rodeo para subir al pico del Jer, una montaña que se encontraba en las proximidades de Lourdes. Bajo la gran cruz de madera que se elevaba en lo alto de la cumbre, de más de mil metros, podrían sentirse una vez más cerca del cielo antes de iniciar la bajada hacia el santuario.

Un viento helado azotaba el mirador. Quizá por eso estuviese tan desolado. Aparte del grupo de amigas, únicamente un matrimonio solitario, al que ya no parecía unir nada salvo el anillo de boda, había emprendido la subida. Los dos bebían de un termo sin pronunciar palabra. El ambiente era deprimente; las vistas, de una belleza incomparable.

Allí arriba no había nada que entorpeciese la visión. Se podía disfrutar de una panorámica de trescientos sesenta grados. En dirección a Tarbes, a Pau, al valle de Argèles Gazost y a las cumbres nevadas de los tresmiles. Por delante, el típico paisaje de la región, con sus colinas cubiertas de vegetación densa y los extensos prados. Lourdes se extendía abajo, a lo lejos. Se distinguían las torres puntiagudas de la basílica de Nuestra Señora del Rosario, y delante, una gran superficie asfaltada que daba una idea de las multitudes que debía de acoger el recinto.

Habría sido el momento de prorrumpir en gritos de júbilo por haber llegado al final del viaje, de levantar el puño y quitarse la camiseta. Habría sido el momento de abrazarse entre risas. Pero nadie estaba de humor para eso.

Max inmortalizó el instante memorable con la cámara de Kiki. Qué diferencia con la foto de grupo que hizo Kiki el primer día con el disparador automático. Ahora Judith y Caroline estaban tan apartadas a derecha e izquierda del marco que casi se salían del encuadre. En el centro, cogidas del brazo, Estelle, Eva y Kiki. Los acontecimientos de los últimos días se reflejaban en las miradas; los rostros estaban marcados por las penalidades del camino; la piel, curtida por el sol; la ropa, llena de polvo. Hacía tiempo que Eva no era la única que llevaba una práctica coleta. Nadie reía.

Caroline se sentía exhausta y vacía. Sabía lo que la esperaba: allí abajo no solo estaba la gruta de Bernadette. En el valle encontraría también teléfonos sin interferencias, hoteles con conexiones rápidas a internet, trenes y autobuses hacia los aeropuertos de Pau y de Lourdes. Una sola noche la separaba de la vuelta a Colonia. Y de Philipp.

Algo parecido le sucedía a Kiki. Max le había dado a entender con claridad que se atendría a su plan: se la presentaría a sus padres. «Ya has visto adónde conducen las mentiras y los secretos», dijo. Y Kiki asintió.

—Aquí arriba hay una cueva que se puede visitar —propuso Eva en un intento de retener al grupo. Fue tal el entusiasmo que dio la impresión de que había recorrido cientos de kilómetros solo para explorar esa cueva.

—Lo hemos conseguido. ¡He sobrevivido! ¡Mi reino por un baño de espuma caliente! —exclamó Estelle como si no la hubiera oído, dando la señal para atacar los últimos metros del camino.

Kiki y Max fueron los primeros en seguirla. Tenían que enviar por fax urgentemente a Thalberg, a Colonia, los diseños de trazos firmes y vigorosos.

—Al menos podríamos beber algo aquí arriba, ¿no? —probó Eva de nuevo.

—Ya lo haremos en Lourdes —le gritó Estelle—. ¿A quién le apetece tomar un tentempié cuando el fin del tormento está a la vista?

De repente Eva notó que una mano se deslizaba en la suya.

—¿Miedo de llegar? —musitó Caroline, que sabía muy bien qué era lo que le preocupaba. Eva asintió, agradecida.

—¿Qué pasará después de que hayamos alcanzado nuestro objetivo? —preguntó.

Caroline se encogió de hombros. Era un alivio que les quedara una última noche. Habían fijado el programa antes de la partida: la procesión nocturna de las antorchas en el santuario de Lourdes pondría el broche de oro al camino. «Debéis venir en procesión», comunicó la Virgen a Bernadette. Y ellas así lo harían.

72

−¿Qué es esto? ¿Una especie de Disneylandia de los católicos?
Estelle estaba estupefacta. La luz azul que emitían los fluorescentes de las tiendas de recuerdos iluminaba la estrecha callejuela. Azul como el cinturón de la Virgen, que esperaba a los compradores en mil versiones distintas. Cada dos locales sonaba una música diferente. Después de días de soledad y silencio, Lourdes causó una gran impresión a las amigas de los martes. Decepcionada, Estelle avanzó por la larga hilera de tiendas llamadas Alliance Catolique, Palais du Rosaire o algo tan prosaico como Grandes Almacenes Alemanes, que pretendían endosar a los peregrinos los mismos artículos religiosos. En la estrecha calle de la Grotte, la Virgen María adoptaba un millar de variantes: aparecía representada en postales, estampitas, medallas y caramelos de menta; se podía encontrar en forma de botella de plástico dentro de una cesta de mimbre o rezando en silencio como figurita de plástico, escayola o madera. Algunas imágenes de la Virgen estaban rodeadas de una tira de lucecitas de colores parpadeantes, otras se hallaban en una gruta de plástico que imitaba el lugar de las apariciones. Para aquellos a los que movían necesidades más profanas, también había bolsas de patatas fritas, chocolates y demás *snacks.*

Ciento cincuenta años atrás las apariciones habían sido todo un espectáculo; ahora eran comercio puro y duro. Quien no tenía bastante con la Virgen podía revolver en las mesas donde se amontonaban los recuerdos con descuento y hacerse con un rosario, un Jesús crucificado o un llavero del papa Benedicto XVI, al que seguía eclipsando su predecesor. Con un elevado sentido del drama religioso, una mendiga se había instalado bajo el retrato en tamaño gigante de Juan Pablo II, con el bastón apoyado en el muro rojo y las manos unidas humildemente en oración.

Max salió de una de las tiendas sacudiendo la cabeza. En la mano llevaba los diseños de Kiki.

–Aquí es más fácil ver un milagro que un fax.

Kiki, que revolvía entre las botellas de plástico transparente con la forma y la imagen de la Virgen, al final se decidió por una botella con Bernadette arrodillada delante de María en cuya parte inferior una inscripción dorada anunciaba: «Que soy era Immaculada Councepciou». Como en todas las botellas restantes, la corona azul de la Virgen se podía desenroscar para llenar a María y Bernadette de agua milagrosa y llevársela a casa. Para los que necesitaban mayores cantidades de agua existían bidones, que a pesar del piadoso texto y el tapón de rosca azul, recordaban bastante a los de gasolina.

–¿La llenamos de agua milagrosa? –preguntó Kiki, indecisa.

–Estás hablando con un ateo. En el avión creo en Dios. Después de aterrizar bastante menos.

De todos modos ella ya había sacado el monedero.

–Aunque no sirva de nada, mal tampoco nos hará.

Max abrazó a Kiki y la besó.

Estelle empezaba a ponerse nerviosa. Se pusiera donde se pusiese, siempre había una silla de ruedas por medio. Multitud de enfermos eran empujados en grupos hacia la gruta de la aparición. A los que no se habían traído su propia silla los llevaban hasta el recinto del santuario en unos vehículos azules tipo *rickshaw*. Si otras ciudades tenían carriles bici, en Lourdes había un carril marcado en rojo para aquel medio de transporte.

—Una casi se siente culpable si no lleva al menos un bastón —protestó Estelle.

Eva distribuyó las velas que había comprado entre las amigas.

—Para la procesión de antorchas de esta noche —explicó.

Estelle declinó el ofrecimiento.

—Me alegro de haber llegado hasta aquí —aseguró—, pero tengo el cupo de rituales católicos cubierto durante los próximos ciento cincuenta años.

Su capacidad de hacer concesiones se había agotado en los kilómetros que había recorrido en el camino. Había llegado a Lourdes; no se le podía pedir más. Y, por otra parte, sospechaba que los que acudían a ese lugar estando sanos lo hacían para ver que otros estaban peor que ellos.

—Ya veré las fotos después —exclamó Estelle, y se alejó en dirección al hotel.

Mientras se despedía de sus amigas con la mano, se dio cuenta de que no era la única que se había separado de la formación. Faltaba Judith, que había desaparecido sin decir palabra.

73

—«La luz de esta vela es símbolo de mis plegarias» –leyó Judith.

La frase estaba grabada en la pared del fondo del lampadario, de acero. A su lado había un segundo soporte con la misma inscripción en inglés. Y luego en francés, en holandés, en italiano. Los lampadarios estaban colocados a ambos lados, formando una senda de acero y luz. Judith vio que muchas de las velas se habían adquirido en la calle de la Grotte. Solo allí se encontraban esas características velas con el pie azul. Otros, en cambio, habían traído hasta Lourdes monstruos de cera que pesaban kilos, en los que se leían piadosas inscripciones; y Judith, la vela de la tumba de Arne.

Por los altavoces ya se escuchaba la voz que convocaba a los peregrinos a la procesión nocturna de antorchas. Un vigilante que se encargaba de organizar la correcta utilización de los lampadarios y el reciclaje de los restos indicó a Judith dónde podía colocar la vela de Arne. Con aire solemne, Judith prendió la mecha en una vela encendida y la hundió con cuidado en la aguja de acero.

Tantas luces. Tantos ruegos. Estaba tranquila. Ya no tenía ningún deseo. Había llegado a Lourdes. Había aguantado hasta el final. Había hecho lo que debía hacer. Y apechugaba con las consecuencias. Como ya le anunciara el siniestro peregrino con el que se topó: «La verdad que uno encuentra en uno mismo no siempre es agradable».

Para entonces ya había comprendido que no era a él a quien temía, sino a sus propios secretos. Se había confesado, pero la redención no llegaba. Su vida tal y como la conocía había sido barrida por un huracán. En el mar de luces en que se encontraba reinaba la calma, como en el ojo del huracán. Cada paso que diera a partir de ese momento la llevaría de vuelta al torbellino.

Judith ya había estado en la gruta, había pasado la mano por aquella piedra legendaria y se había preguntado por qué la Virgen la había llevado a Lourdes. María, que desde su nicho en la pared rocosa miraba a los peregrinos y a los curiosos, no dijo nada, como tampoco había dicho nada a lo largo del camino. También allí le había sido negada la iluminación espiritual del peregrino. Judith no tenía ni idea de adónde la llevaría la peregrinación. Todo parecía posible.

Cuando levantó la cabeza de las velas encendidas, se dio cuenta de que ya no estaba sola. A su lado vio a Celine en su vistosa silla de ruedas. Sus padres colocaron una vela con solemnidad. Las luces amarillas bailoteaban en el rostro de la niña, que se había quedado dormida de agotamiento. Sus trenzas mojadas se movían por debajo de un gorro de lana con pompón. Probablemente viniera de uno de los baños.

«Bebe de la fuente y lávate allí», le oyó decir Bernadette a la Virgen. Antes Judith había visto asombrada el forcejeo de quienes trataban de hacerse con uno de los codiciados sitios en los bancos de madera que garantizaban la entrada a una de las piscinas de agua del manantial, que estaba a doce grados. También allí, como en el resto de Lourdes, las sillas de ruedas, los enfermos y los niños tenían preferencia.

—El verdadero milagro es que no enfermen más personas en Lourdes —había bromeado Estelle unas horas antes—. El agua solo se cambia dos veces al día. La sola idea de meterme en semejante caldo me pone mala.

Cuando Judith vio al matrimonio, comprendió que Estelle se equivocaba. La pareja tenía un aspecto muy distinto del de unos

273

días antes, cuando los vio desayunando en el albergue de Dominique. De su rostro había desaparecido el abatimiento. Se los veía relajados, casi alegres. El estado de salud de la niña no había experimentado ningún cambio, y a pesar de todo había una nueva luz en su mirada.

El matrimonio empujó la silla de ruedas y pasó por delante de Judith sin fijarse en ella ni reconocerla. Nunca sabrían que gracias a la pequeña Celine ahora Judith veía una salida. Ahora sabía lo que debía hacer.

74

El carillón de la torre de la basílica de la Inmaculada Concepción dio la hora. *In nomine Patris, et Filii, et Spiritus Sancti* dejaron oír los altavoces en la vasta plaza, que en la última media hora se había llenado de miles de peregrinos. Kiki y Max, acomodados en una zona elevada, disfrutaban de una buena perspectiva del recinto de la plaza. Entre los turistas y los curiosos se sentían mejor que entre los creyentes, que avanzaban en procesión. Por todas partes había banderas, pancartas, estandartes y letreros de madera y de plástico, algunos iluminados.

Caroline los saludó con la mano. Se había unido a la procesión con Eva y estaba aprisionada entre un grupo de peregrinos italianos de la asociación UNITALSI de Ravena. Los colores desvaídos del vetusto estandarte, que se recortaba contra el cielo nocturno, hablaban de una larga tradición de peregrinaje. Durante la espera entablaron conversación, y Caroline disfrutó escuchando la historia de Giovanni Battista Tomassi, el fundador de la asociación de peregrinos, que viajó a Lourdes en 1903 con una severa artritis en las extremidades y un arma en el bolsillo. El hombre tenía una idea muy clara de lo que sucedería en Lourdes: «O la Virgen me cura o me pego un tiro».

Al final no ocurrió ninguna de las dos cosas, pero Tomassi se quedó tan impresionado con la atmósfera del lugar que en adelante consagró su vida a facilitar el camino a Lourdes a enfermos y necesitados. La organización seguía en pie en la actualidad. Caroline rio al escuchar la historia. El fogoso Tomassi le caía bien.

Igual que Tomassi un siglo antes, Caroline estaba impresionada con la gente y las multitudes allí reunidas. Calculaba que en la plaza habría unas veinte mil personas. Nunca antes había visto a tantos ancianos, enfermos e impedidos, nunca había visto miles de sillas de ruedas en un mismo sitio. Debía de haber cientos de esos *rickshaw* azules y cientos de voluntarios dispuestos a tirar de ellos. Algunos peregrinos estaban tan enfermos que seguían la procesión instalados en camillas, con el suero bamboleándose sobre sus cabezas. Los voluntarios uniformados corrían de un lado a otro para ayudar y parecían saber exactamente cómo había que llenar la plaza para que cupieran todas las sillas de ruedas y los vehículos azules. Los impedidos tenían reservada la cabecera de la procesión. Justo detrás de la imagen iluminada de la Virgen, que guiaba a los fieles.

A Caroline le conmovió el dulce cántico religioso que salía por los altavoces. Cada vez eran más las personas que se unían a la voz aguda y clara que lo entonaba. El contenido canto mariano se transformó en un poderoso coro que seguía un poco por detrás a la voz principal, haciéndola reverberar. En el estribillo las miles de velas encendidas, con la llama protegida por pantallitas de papel azules y blancas, se elevaban hacia el cielo sin estrellas.

«Ave. Ave. Ave. Ave María.»

Caroline se fundió en el mar de luces y en la música, que la envolvía como un cálido manto. No podía negarlo: ella, que nunca quiso hacer el Camino de Santiago y que no quería saber nada del catolicismo, estaba conmovida por el ambiente de esa noche y la magia de la plaza que se extendía ante la gran basílica. Eva había desaparecido en el tumulto, a Kiki y Max como mucho los intuía en la zona elevada, y, sin embargo, todos ellos estaban unidos por la ceremonia religiosa.

Ahí estaba de nuevo la imagen de María, que avanzaba entre la multitud. Y en esa ocasión a Caroline le pareció que la Virgen le sonreía abiertamente. Las lágrimas le rodaron por las mejillas. Se las secó a toda prisa. Hasta que vio que su vecino, un sacerdote negro, alto, vestido con vistosos ornamentos, también lloraba. A Caroline dejó de importarle que alguien viera sus lágrimas. Lloraba y reía a la vez.

No importaba lo que hubiera de cierto en las visiones de Bernadette. No importaba lo que las tiendas de recuerdos que rodeaban el santuario hicieran con Bernadette y María. Lo que estaba viviendo esa noche en la plaza poseía su propia verdad. Aquello no tenía nada que ver con dogmas incomprensibles y curaciones espectaculares, pero sí con los pequeños gestos de humanidad: acompañar a un enfermo, empujar una silla de ruedas, tirar del *rickshaw,* sostener una mano. Tal vez fueran esos los auténticos milagros que uno se llevaba a casa.

75

La despedida de Lourdes llegó más rápido de lo que Caroline deseó mientras vivía aquel momento mágico en la plaza. La llegada al hotel fue caótica. El hotel La Solitude estaba a reventar. A Caroline le dio la sensación de que no debía quedar ni una sola de las trescientas cincuenta y seis habitaciones. Grupos de peregrinos, la mayoría de edad avanzada, se apretujaban en el bar, en la tienda de recuerdos y en la tienda de ropa del vestíbulo y ante los cinco ascensores de alta velocidad. El único lugar tranquilo era la terraza, que compartía espacio con la minúscula piscina en la azotea del hotel. Allí solo había un niño holandés pecoso que, a pesar de lo tarde que era, nadaba alegremente de un lado a otro y se sumergía sin cesar para coger los objetos que su madre le tiraba al agua. ¿Qué se les habría perdido a esos dos en Lourdes? Al cabo de una hora también ellos habían desaparecido.

Abajo, al fondo, el río Gave fulgía. Las fachadas iluminadas de los hoteles y los anuncios de neón de las tiendas se reflejaban en el agua. Un grupo cruzaba el puente despacio en dirección a su alojamiento.

A la última copa de vino en la azotea le siguieron una noche intranquila y un desayuno apresurado por la mañana en medio de cientos de peregrinos. Caroline se sintió aliviada cuando salieron del hotel. En la calle un coche tocó la bocina y una voz conocida gritó:

—¡Sorpresa!

A Eva se le humedecieron los ojos. Frido había ido hasta allí. Con los cuatro chicos. No querían perderse la ocasión de llevar personalmente a casa a Eva. Emocionada, los abrazó a los cinco. Estaba muy contenta de volver a ver a su familia.

—Se los ve sanos, y no parece que hayan pasado hambre —le susurró Caroline.

—Anna está muy alta, parece que ha crecido unos centímetros —observó Eva, conteniendo una lagrimilla.

Detrás del coche de Frido frenó un taxi. Estelle salió del hotel, vestida con traje sastre y zapatos de tacón. ¿De dónde los habría sacado?

—¿Adónde vas? —le preguntó Caroline.

—Al aeropuerto. Tengo reservadas dos semanas en un balneario del sur. Lo necesito para volver a encontrarme a mí misma.

No hubo tiempo para una despedida en toda regla. El hotel carecía de acceso, y la avenida Bernadette Soubirous era tan estrecha que el coche de Frido provocó un atasco. Una furgoneta de reparto comenzó a pitar, algunas personas que iban en sillas de ruedas se quejaron de que no podían pasar y el propietario de la relojería les informó de que estaba totalmente prohibido aparcar ahí. Después de diez días de desaceleración, de pronto reinaba el caos y todo iba demasiado deprisa.

Cuando Kiki y Max salieron del hotel, recién duchados y cogidos del brazo, apenas tuvieron tiempo de decirles adiós con la mano a Eva y Estelle, que ya se alejaban calle abajo.

Caroline miró alrededor.

¿Dónde está Judith?

—Se fue —dijo Kiki—. Ayer.

Caroline se encogió de hombros.

—Tal vez sea mejor así —repuso y, apesadumbrada, se preparó para partir hacia Colonia. Hacia Philipp.

76

Judith entró en el albergue para enfermos con paso vacilante y se dirigió al comedor, donde Dominique preparaba las mesas para la comida. Si le sorprendió verla, no se le notó. A él no le apetecía lo más mínimo ponerse a discutir. Tenía cosas más importantes que hacer.

—Me gustaría hablar con usted —dijo Judith en tono cohibido.

Dominique la atravesó con una mirada penetrante. Bajo sus gruesas cejas no había rastro de perdón ni de indulgencia.

—Tiene usted un talento increíble para aparecer en el momento más inoportuno —gruñó, y continuó con su trabajo como si nada.

Judith no se dejó impresionar. Tenía muchas preguntas. Sobre Arne. Sobre el tiempo que había pasado allí. O quizá solo quisiera convencer a Dominique de que no era mala persona.

—Puedo esperar hasta que le vaya bien —propuso prudentemente—. Tengo tiempo.

En lugar de responder, Dominique le plantó una pila de platos en las manos sin hacer preguntas ni dar explicaciones.

Tras dudar un momento, Judith aceptó el reto. Fue colocando los platos en las mesas, y después puso los cubiertos, las servilletas y los cestos del pan. En el albergue había mucho que hacer, y cualquier ayuda era bienvenida. Ni siquiera miró a Dominique para ver cómo reaccionaba. No buscaba el aplauso de nadie. Esa vez fue Dominique quien se quedó pasmado.

77

Eva pasó un día estupendo con su familia. Para despedirse de la región subieron en tren cremallera hasta el pico del Jer. Para ella era importante que su familia se hiciese una idea, aunque fuera leve, de la belleza del paisaje y del camino que había recorrido. En el mirador tomaron un helado e intercambiaron historias. Eva habló de *Rosa;* de los peregrinos con los que se había tropezado; de la pelea entre Judith y Caroline; de Max y Kiki y del *cassoulet.* Incluso Jacques, el *Easy Rider* cocinero, apareció en su narración. Solo se calló lo del beso. En los últimos días había aprendido que no era necesario saberlo todo ni desde luego contarlo todo. Frido miró a su mujer con curiosidad. Había un brillo en sus ojos, una luz, que hacía tiempo que no veía. Recordó por qué se había enamorado de ella.

Media hora más tarde, Eva estaba sentada en el coche. El paisaje con el que se había encariñado desfilaba a toda velocidad ante ella. Echaba en falta los olores y la sensación que dejaba el aire cálido en la piel. El aire acondicionado anulaba la singularidad del país. Pueblos y campos pasaban como una exhalación por la ventanilla, era imposible retener ningún detalle. Iba cogida de la mano de Frido, que la colmaba de piropos y miradas enamoradas.

—Me alegro mucho de que estés aquí otra vez. Te echaba de menos.

Eva asintió, feliz.

Detrás, todos empezaron a hablar al mismo tiempo.

—¿Sabes que llegué tarde al tenis? —comentó David—. Las otras madres no son como tú. Uno no se puede fiar de ellas.

—Han aplazado el concurso de tartas madre e hija a mañana. Qué bien, ¿no? —interrumpió Anna a su hermano mayor—. Aún tienes que comprar unas cuantas cosas.

Eva se quedó horrorizada. ¿Comprar? ¿Hacer tartas mañana? Le costaba seguir ese ritmo, y confiaba en poder disponer de un poco de tiempo para volver a habituarse a Colonia y a su vida cotidiana. Antes de que pudiera contestar, Lene expresó su protesta en voz alta.

—No puede ser. Mamá tiene que ir a ver a mi tutor. Quiere suspenderme.

Eva miró a Frido.

—Creía que habías ido a hablar con él.

Frido desvió la mirada.

—A ti se te da mucho mejor —la alabó—. A nadie se le dan los profesores como a ti. Y si puedo pedir algo para mañana, tu *crème caramel*...

No llegó a decir nada más, ya que Eva lanzó un chillido:

—¡Alto! Para.

Frido frenó en seco, espantado. Por suerte todos los ocupantes del coche llevaban puesto el cinturón. Se oyeron chirridos de frenos tras ellos y luego un concierto de bocinas.

—¿Es que quieres matarnos? —aulló él después de parar en el arcén—. ¿Te has vuelto loca?

No, Eva no se había vuelto loca. De hecho hacía tiempo que no veía las cosas tan claras.

—Os quiero a todos —aseguró—. A los cinco. Pero esto no puede seguir así. —Y a continuación abrió la puerta del coche y se bajó.

Frido no se lo podía creer.

—¿Se puede saber qué demonios te pasa?

Eva dio la vuelta al coche, abrió el maletero y sacó su mochila, una operación bastante peligrosa en la transitada carretera pirenaica. Frido se dirigió hacia ella, furioso.

—¿Eva? ¿Qué estás haciendo? ¿Adónde quieres ir?

—A Santiago de Compostela —respondió ella como si fuera lo más normal del mundo.

—¿Que quieres qué? —Frido no daba crédito a sus oídos—. ¡Eso es imposible!

Eva lo miró con aire crítico. Como dijera: «Mañana tengo reunión de la junta», cometería un asesinato. Los cuatro niños tenían la cara pegada al cristal de la ventanilla. Frido abrió la boca y la volvió a cerrar. Intuyó que no había argumento en el mundo capaz de convencer a su mujer de que a partir del próximo día volviera a hacer el papel de los duendecillos para su familia. O el de saco de boxeo para su madre, Regine.

—Este es solo el principio del camino —admitió Eva—, pero será mejor que os vayáis acostumbrando a tener en el futuro a una madre independiente.

Se sentía como una alcohólica que, recién salida de rehabilitación, atemorizada, necesitaba imperiosamente mantenerse alejada de cualquier tentación. Todo estaba demasiado reciente. Todo era demasiado nuevo. La nueva Eva todavía era demasiado frágil. Si ahora volvía a casa, dentro de tres días todo seguiría como siempre. El camino había hecho surgir algo en su interior, pero necesitaba más tiempo. Tiempo para ella. Tiempo para reflexionar. Sobre sí misma. Sobre Regine. Sobre todo. Su familia aprendería a vivir con ese vacío. Con el vacío en la vida familiar y en la nevera.

—Te he guardado las espaldas durante quince años. Ahora me toca a mí.

Se plantó, sin saber qué hacer. Pero su marido sabía que tenía razón.

—No era consciente del trabajo que suponía —admitió él—. Cuatro hijos, todos esos compromisos, salir a hacer la compra a diario, cocinar. Tú haces que parezca sencillo, como si las cosas se hicieran solas —se disculpó.

Eva sacudió la cabeza. Las cosas no se hacían solas.

—Yo aprendí a hacerlo. También puedes aprender tú. Y si algo sale mal... tengo un seguro estupendo.

Frido rio. El remedio milagroso de Estelle para quitar hierro a los conflictos había demostrado de nuevo su eficacia.

—No quiero un marido nuevo. Solo un poco de tiempo. Podrías contratar a una canguro...

No pudo seguir, porque David la interrumpió indignado.

—Nos las arreglaremos. Ya no somos niños pequeños.

Los cuatro chicos asintieron enérgicamente, y Eva no acabó de exponer su idea. Sabía que tenían razón. Había llegado el momento de aflojar un poco las riendas.

—Te quiero. Te queremos —la apoyó Frido, y acto seguido le estampó un beso en los labios que hizo que sus cuatro hijos pusieran los ojos en blanco a la vez: era increíble lo cursis que podían ponerse a veces los padres.

—Lo sé —respondió Eva. Pero ahora era ella la que tenía que empezar a quererse de nuevo. Y tenía unos cientos de kilómetros de tiempo para hacerlo.

En el asiento trasero, Anna trazaba en el portátil el camino de las mujeres, que salía en distintas direcciones. Dos flechas, sin embargo, conducían a Colonia. La de Kiki y la de Caroline.

78

Qué raro. ¿El despacho no estaba cerrado? ¿A la hora que era? Caroline giró la llave en la cerradura, extrañada.

Al final había decidido volver a Colonia en tren, con Kiki y Max, porque temía que Philipp, que sabía cuándo aterrizaba su avión, la fuera a buscar al aeropuerto. Ya sacaría el coche del aparcamiento. Ahora era más importante tener un poco de tiempo para pensar. Confiaba en que doce horas en tren le bastaran para tomar una decisión. ¿Qué era lo correcto? ¿Tener una conversación franca con Philipp? ¿Perdonar? ¿Pedir el divorcio sin más?

En el transbordo en Paris-Montparnasse, desde donde tenía que coger el metro hasta Paris-Nord, se quedó sola, pues Kiki convenció a Max de que pasaran una noche en París. Caroline envidiaba su enamoramiento, que no se molestaban lo más mínimo en ocultar. Hacían buena pareja, a pesar de la diferencia de edad; aunque Caroline sospechaba que Kiki también quería quedarse en París para aplazar un día más la confrontación con Thalberg. Max, que en el camino había tenido ocasión de aprender que las mentiras eran bumeranes, había dejado muy claro que quería poner fin a tanto secreto en cuanto llegaran a Colonia.

Desde París, le quedaban cuatro horas para pensar. Cuando el Thalys entró en la estación central de Colonia, ya había decidido imitar a Kiki: pasaría la noche en el despacho y quedaría con Philipp al día siguiente. Después de los dormitorios comunitarios franceses, no le importaba dormir en el sofá.

Entró en el despacho y se detuvo en seco, desconcertada. ¿Qué era eso? ¿Luz? ¿A esas horas? Solo le faltaba toparse con algún compañero cotilla.

Uno de los imponentes sillones giratorios del vestíbulo se movió, y Philipp se levantó despacio.

—Sabía que primero vendrías al bufete —dijo en tono amistoso.

Estaba más delgado, tenía la cara chupada y grandes ojeras. La llamada de Judith lo había alarmado. A Caroline le costó digerir el golpe. No quería saludarlo, no quería hablar con él, no quería nada. Tampoco que la asaltaran de ese modo. Después del camino no podía soportar ninguna otra sorpresa que viniera de Philipp.

—He cometido una auténtica estupidez, y necesito una buena abogada que me ayude a poner mi vida en orden —comenzó diciendo.

Cuánto tiempo debía de haberle costado dar con la manera adecuada de empezar. Sonaba como si hubiera estado ensayando el texto ante el espejo. Con la correspondiente cara de arrepentimiento.

—Pues no seré yo —espetó ella. No le gustaba que Philipp la avasallara de ese modo.

—Se acabó —dijo Philipp en un tono que sugería que estaba orgulloso de ello.

—¿Todo? ¿O solo lo de las amiguitas que yo conozco?

Philipp se dio cuenta de que así no llegaría a ninguna parte.

—¿Qué debo hacer para convencerte de que hablo en serio?

¿De verdad pensaba que había una fórmula fácil para eso? ¿De verdad esperaba una respuesta?

—No se trata solo de ti —reconoció Caroline—. Sino de los dos. El trabajo, los amigos, el deporte, los congresos, las amigas de los martes. Todo era más importante para nosotros que pasar tiempo juntos. Desde hace años vivimos vidas paralelas, Philipp.

Le había costado mucho encarar la verdad. No tenía sentido eludir la responsabilidad. Judith tenía razón cuando decía que había encontrado una puerta abierta.

Philipp vio que sus esperanzas se desvanecían.

—Lo de Judith no significó nada para mí —aseguró con cara de pena—. Supongo que estoy en la crisis de la mediana edad.

Judith había asumido la responsabilidad de sus actos, Caroline estaba tratando de asumir la parte que le correspondía en ese desastre personal, y su marido apelaba a las hormonas, a cuya merced queda sin remedio un hombre cuando ha dejado atrás sus mejores años. Si al menos hubiera sido amor. Algo grande. Un impulso irresistible. Pero Philipp salía con lo de la crisis de la mediana edad. No le gustó cómo hablaba de su amiga. Como si Judith no contara. Caroline, que hasta ese momento había conseguido mantener la compostura, sintió que la rabia amenazaba de nuevo con dominarla.

—Me gustaría que te fueras —dijo secamente.

Philipp no se lo podía creer.

—¿Quieres tirar por la borda veinticinco años de matrimonio?

—Has sido tú quien lo ha hecho, Philipp. Con tus aventuras.

—Eso se terminó, Caroline —prometió él.

Su superioridad moral le revolvía el estómago. Philipp, por lo visto, opinaba que el matrimonio funcionaba como las ofertas del dos por uno: después de tantos años de vida en común, automáticamente le correspondía una segunda oportunidad.

—Necesito tiempo para reflexionar. Y para mis aficiones —repuso frívolamente.

—¿Desde cuándo tienes aficiones, Line?

No, no explotaría. No iba a caer en ese error.

—Desde hoy —anunció, y se sacó el teléfono de la mochila. En el tren, Max le había pasado algunas canciones por *bluetooth*. La música era aún mejor que el pan sueco. Solo tenía que ponerse los auriculares y adiós a todas las desagradables interferencias sonoras. Subió el volumen. Con sus alegres voces juveniles los Poppys acallaron todo lo que Philipp tenía que decir.

Non, non, rien n'a changé.

¿Nada había cambiado? De eso nada. Después de Lourdes no había quedado piedra sobre piedra. Y tendría que enfrentarse a ello. Al día siguiente. O al otro. Pero no ese. Ese día tocaba cantar con los Poppys y afirmar que todo seguía como siempre.

Philipp ya tenía la mano en el picaporte cuando la voz de Caroline resonó en el bufete. Era una voz potente, con un timbre muy particular. Philipp ni siquiera tenía conocimiento de que su mujer sabía cantar. Y en ese momento intuyó que había muchas cosas de ella que no sabía. Caroline bailoteaba y cantaba por el despacho mientras buscaba entre leyes, archivadores y la colección al completo de la *Nueva Revista Semanal Jurídica* el lugar apropiado para su recuerdo más importante: una figurita de madera de la Virgen, de esas que en Lourdes había a patadas a un precio irrisorio. Producidas en serie en Asia. Y, sin embargo, irradiaba un brillo mágico que iluminaba la oscura habitación. No era algo demostrable, pero a Caroline le importaba un pimiento. María ahora formaba parte de su biografía. Y para eso no hacía falta tener fe ni ser católica.

79

−¿Es necesario? –preguntó Kiki en tono lastimero.

Max se limitó a tirar de ella. Kiki conocía lo suficiente a los Thalberg para hacerse una idea de cómo reaccionarían cuando Max la presentara dentro de un momento en medio del campo de golf. En internet había leído que investigadores suecos habían comprobado que los jugadores de golf vivían cinco años más que las personas del mismo sexo y edad que no practicaban dicho deporte. Ella tenía miedo de que solo fuera válido para los jugadores de golf suecos, porque la experiencia que iba a vivir el distinguido matrimonio en el hoyo nueve sin duda no contribuiría a alargarle la vida.

Ya desde lejos reconoció a su jefe. Johannes Thalberg llevaba unos pantalones de cuadros, un chaleco blanco con el escote en «V» ribeteado en azul y unas modernas gafas de marca de montura blanca, y su mujer, que se encontraba a su lado, iba vestida toda de blanco. Kiki solo había visto a la señora Thalberg una vez, cuando fue a buscar unas cosas a su elegante villa de Marienburg, y recordó que también entonces iba vestida con colores claros. Armonizaba de tal modo con los tonos crema del interiorismo que Kiki casi ni la vio.

Kiki estaba tan nerviosa que apenas se enteraba de lo que ocurría a su alrededor, y por eso no se dio cuenta de que Max ya no estaba a su lado. El *greenkeeper,* que desde el episodio del estanque de los patos era un gran admirador de Max, se había acercado a darle un abrazo, y estaba tan contento de volver a verlo que no quería soltarlo.

—Kiki, qué casualidad —exclamó Thalberg, poniendo así de relieve que su proyecto le había entusiasmado, porque el jefe nunca llamaba a sus empleados por el nombre de pila—. Los jarrones. Un diseño magnífico —dijo—. Simple, claro, convincente. Nada que ver con la basura enrevesada que me han entregado sus compañeros.

Ella asintió sin decir nada, buscó la mano de Max y solo encontró el vacío. En ese momento se dio cuenta de que estaba sola con los Thalberg.

—Normalmente este sería un motivo para hacer un brindis —continuó su jefe—. Pero, por desgracia, tenemos compromisos.

Max seguía con el *greenkeeper;* Kiki estaba atrapada.

—Estamos esperando a nuestro hijo y a su nueva novia —explicó la señora Thalberg, que no parecía conceder tanta importancia como su marido a la discreción en los asuntos familiares—. Nuestro Max está irreconocible. Mucho más tratable.

—Incluso muestra interés por la dirección de la empresa —interrumpió Thalberg a su mujer.

Pero no sirvió de gran cosa: la parlanchina señora Thalberg continuó hablando como si nada.

—Por eso mi marido pensó que tenía una relación con alguien de la empresa —contó riendo.

Por fin llegó Max.

—No puedo. No saldrá bien —le susurró Kiki.

Max la rodeó con el brazo y sus padres se quedaron helados.

—Las propuestas de racionalización, las ideas para la nueva línea de productos, los consejos personales: todo es obra de Kiki —explicó con un guiño cómplice dirigido a su madre.

Tal vez no fuera la presentación más diplomática del mundo, pero sí resultó eficaz. Al cabo de unos segundos los padres estaban al corriente de todo.

—Lo mejor —continuó Max sin inmutarse— es que no tenéis que conocer a mi novia. Porque ya la conocéis.

La madre puso fin al momento de suspense. En un alarde de contención le tendió la mano a Kiki.

—Le ruego que nos perdone.

Los padres salieron corriendo del campo de golf, discutiendo acaloradamente, y Kiki los miró con cara de tristeza. Eso era exactamente lo que se temía que fuera a pasar.

Max la miró radiante.

—Creo que les caes bien.

80

–¿**H**oy también para cuatro? –preguntó Tom prudentemente.

–Como en los últimos meses –respondió Caroline.

Era el primer martes de mes, y Caroline todavía estaba sola en la mesa de la chimenea de Le Jardin.

Tom retiró el letrero de reservado y el quinto cubierto, mientras Luc lo miraba con expresión inescrutable. Había tardado unas semanas en atar cabos y hacerse una idea aproximada de lo que había sucedido en el viaje a Francia. Y aún no había conseguido acostumbrarse. Si él notaba tanto ese vacío en la mesa, ¿cómo les afectaría a sus mujeres de los martes?

En el pasillo se alineaban las postales que le habían ido enviando sus mujeres a lo largo de los últimos meses. Había una del macizo de la Clape, firmada por las cinco; junto a ella las de Judith, que desde hacía meses trabajaba de voluntaria en un albergue para enfermos, y Eva había escrito otras tres en el camino a Santiago de Compostela. La última era del cabo Finisterre. «Es costumbre dejar en el acantilado algo de lo que llevas en la mochila, para indicar que el camino ha acabado. Yo he dejado una vieja foto mía», escribía Eva al dorso. Y, en efecto, a Luc le costó reconocer a la Eva arreglada, fresca como una rosa que entraba en el local con brío. Con aquel abrigo moderno y sin su desaliñada coleta habitual parecía diez años más joven.

—Me muero de hambre —le susurró a Luc cuando este la ayudó galantemente a quitarse el abrigo.

—¿No ha comido en casa?

Eva sacudió la cabeza.

—Ni siquiera he cocinado. Se calentarán unas sobras en el microondas.

Había decidido que podía vivir con la amenazadora pérdida de antioxidantes. Más aún: creía que estaba en el buen camino para dar un nuevo paso adelante.

Orgullosa, le enseñó a Caroline el traje nuevo. No había adelgazado ni un gramo, pero ya no ocultaba sus redondeces.

—¿Tienes más compromisos hoy? —preguntó Caroline sorprendida.

—¿Recuerdas a la médico de que te hablé? Con la que hice los últimos ciento veinte kilómetros. En su hospital necesitan a una sustituta para cubrir las vacaciones. Iré mañana. ¿Qué tal me queda? —quiso saber mientras daba una vuelta con garbo para lucir el vestido.

Caroline asintió entusiasmada, y Luc se descubrió levantando el pulgar en señal de aprobación.

—Si necesitas asistenta, avisa. Estoy libre —exclamó una voz desde atrás.

Era Kiki, que acababa de entrar en el restaurante y, como siempre, parecía estar un poco ida.

—¿El bueno de Thalberg aún no se ha calmado? —le preguntó Eva.

Kiki sacudió la cabeza entristecida.

—Hacía años que no tenía tanto tiempo libre.

Luc sabía que, una semana después del legendario encuentro en el campo de golf, Thalberg había despedido a Kiki. En la mesa del grupo de amigas se debatió a fondo la idea de emprender alguna acción legal, pero al final Kiki decidió no hacerlo. No quería contribuir a agudizar los problemas familiares de Max. Confiaba en que la serie de jarrones le facilitara la entrada en una nueva empresa. Y es que los jarrones se habían fabricado. Luc esperaba con impaciencia que le enviasen los veinte que ya había encargado para su local.

—A cambio, se va a vivir con Max. O al menos eso dicen en el club de golf —contó Estelle, que acababa de llegar. Perfecta, como siempre, las manos impecables. Consideraba que se lo debía a su padre, que se había pasado la vida sufriendo por sus manos rudas. Al igual que algunas personas van al cementerio para rendir homenaje a sus seres queridos, Estelle iba a la manicura.

—Estamos comprando muebles —confirmó Kiki—. Max el sillón, y yo el sofá. Por si no sale bien.

Luc sonrió para sí. Después de los Matthieus, los Michaels, los Roberts y demás catástrofes, ese era un gran paso para Kiki. Podría decirse que era todo un éxito.

—¿Y tú? —preguntó Eva mirando a Caroline.

En la mesa de la chimenea se hizo el silencio. Todos los ojos se volvieron hacia la abogada imperturbable, que en los últimos meses ya no parecía tan imperturbable como antes. Luc, que se dirigía a la cocina para servir los entrantes, se detuvo en seco. Aquello le interesaba más que cualquier otra cosa. Había preparado algo especial para sus mujeres. Algo que violaba las reglas no escritas a las que se había atenido durante quince años. Algo que sorprendería a las mujeres de los martes. Aguzó el oído para saber cómo le iban las cosas a Caroline.

—En el piso nuevo aún me falta de todo —informó—. La cocina, estanterías y un montón de cosas más. Pero me las arreglaré. La semana pasada fui a comprar muebles con Fien, y este fin de semana Vincent me llevará el resto de las cajas del traslado.

Las amigas la miraron sin decir nada. Era algo que habían aprendido de ella: quien quería saber algo, tenía que aprender a estar callado.

—Ahora Philipp y yo quedamos a veces. Hablamos mucho —continuó Caroline—. Es duro.

Unas copas de champán se ladearon y derramaron su contenido sobre Caroline. Luc se vino abajo: no era así como había imaginado la puesta en escena de su nueva camarera.

Junto a la mesa de la chimenea, una Judith avergonzada y roja como un tomate le daba vueltas tímidamente a la bandeja.

—Dominique me enseñó a servir, pero allí nunca había champán.

Caroline se la quedó mirando como si acabara de bajar de una nave espacial. Luc se frotaba las manos con nerviosismo. Esperaba conocer bien a sus mujeres y haber interpretado correctamente los fragmentos de conversación que le habían llegado de la mesa de la chimenea. Cuando, dos semanas después de que finalizara el viaje, fueron a comer Eva, Caroline y Kiki, no mencionaron ni una sola vez a Judith, pero, con el paso de los meses el enfado inicial fue perdiendo fuerza. «¿Cómo le irá a Judith?», preguntaban cada vez con más frecuencia. Desde Lourdes, ninguna había tenido contacto con ella. Y cuando el último martes Luc sorprendió a Caroline leyendo a escondidas las postales de Judith, supo que tenía que actuar, e hizo algo que no se había atrevido a hacer en quince años: se inmiscuyó en la vida de las amigas. Le mandó a Judith una postal a Francia, con unas escuetas palabras: «No se olvide de nuevo de que es primer martes de mes». Y a las ocho menos veinte, Judith apareció en Le Jardin, nerviosa e insegura.

Eva fue la primera en romper el silencio que reinaba desde la aparición de Judith.

—¿Llegaste a hablar con Dominique? —preguntó.

Judith sacudió la cabeza.

—La verdad es que no mucho. A mí me bastaba con que me hubiera aceptado como parte del equipo. Eso ya era bastante.

—¿Y aguantaste así cuatro meses? —quiso saber Kiki.

—Lo bueno es que allí no tienes tiempo de darle vueltas a la cabeza. Tendrías que ver a los huéspedes. Por primera vez tenía la sensación de estar haciendo algo útil de verdad.

De nuevo se hizo el silencio. Caroline seguía limpiándose el champán de los pantalones con un paño de cocina, aunque en realidad ya no había nada que limpiar. Judith le lanzó a Luc una mirada insegura, y este le hizo una señal casi imperceptible.

—Cada primer martes de mes pensaba en vosotras. Os he echado de menos —confesó.

Caroline aún sopesaba cómo manejar la situación.

—Me he preguntado muchas veces cómo te iría —le dijo Judith directamente—. No me atrevía a llamarte.

Luc contuvo la respiración. Ahora se veía si había evaluado bien la situación. Caroline se levantó sin decir palabra y acercó la quinta silla de la mesa.

—¿Aún me queréis? —preguntó Judith.

—Sin ti el grupo no está completo —reconoció Caroline.

Emocionada, Judith abrazó a su nueva vieja amiga como si quisiera aplastarla.

Luc estaba radiante de alegría. Con un gesto, indicó a Tom que llenara de nuevo las copas. A continuación Estelle levantó la suya para brindar.

—¡Por las mujeres de los martes!

Las copas tintinaron.

Poco después las voces de las cinco mujeres llenaban la sala, y solo entonces Luc se dio cuenta de hasta qué punto había echado en falta ese barullo que desde hacía quince años le alegraba el local cada primer martes de mes.

—El que es capaz de hacer el Camino de Santiago en grupo puede lograr cualquier cosa que se proponga en la vida —proclamó Eva con cierto dramatismo.

Luc la entendía. Si ese no era el momento de ponerse dramática, ¿cuál iba a ser?

—¿Qué os pasa con el dichoso camino? A mí no me ha aportado nada —se rebeló Estelle.

—Lo que pasa es que no quieres admitirlo —la interrumpió Kiki.

—Bueno, sí, callos en los pies —concedió Estelle—. ¿Cuenta eso como cambio?

—¿Tú crees que habría llegado a decirle lo que opinaba a Frido si hubiera abandonado la primera mañana? —apuntó Eva.

Estelle no estaba convencida.

—Eso no tiene nada que ver con Dios. Fue *Rosa,* la cerda, la que te salvó la vida.

Luc se retiró sonriendo a la cocina, allí donde mejor se sentía. En segundo plano. Pero antes de desaparecer por la puerta batiente, se volvió una vez más para observar a Caroline.

Caroline se inclinó hacia atrás y miró a sus amigas. Cómo charlaban, gesticulaban, discutían, reían, comían y bebían. Nada había cambiado, a pesar de que todo era distinto. Caroline sonrió para sí. En ese momento se sentía satisfecha. Consigo misma y con el mundo. Y con todo lo que la esperaba. Mañana.

Agradecimientos

Gracias a:

Marc Conrad, que acompañó a las mujeres de los martes desde que empezaron su andadura con consejos, hechos y entusiasmo. Sin él la idea que dio lugar a esta historia no se habría materializado.

Kerstin Gleba, por la confianza, la franqueza y la amistad, por nuevas experiencias y nuevos mundos. La casualidad no existe.

Peter Stertz (le debo mucho a su tenacidad) y Michaela Röll.

Marie Amsler y Rudi. Por sus idas y venidas entre Lourdes y Carcasona, la búsqueda común de conchas de Santiago en los Pirineos y por la ayuda de todo tipo en Francia.

El padre Uwe Barzen, del centro de peregrinos alemán de Lourdes, Sophie Loze y los voluntarios de Hospitalité, que compartieron conmigo su visión de Lourdes.

Jörn Klamroth, que hizo posible el rodaje de la película, y Claudia Luzius, que se ocupó del guion.

Heide y Karl-Heinz Peetz, por su continuo apoyo.

Peter Jan Brouwer, Lotte y Sam. Por todo.

ENTREVISTA CON MONIKA PEETZ

—¿Cómo nació la inspiración para escribir *Las cenas de los martes?*

—Todo empezó con un reportaje sobre el Camino de Santiago que había leído en un periódico holandés. La idea de recorrer andando cientos de kilómetros por antiguas vías empapadas de espiritualidad me fascinó enseguida. Creo que en un mundo que ha llegado a ser tan complejo y rápido todos nosotros ansiamos alcanzar algo sencillo y tranquilo. Y rituales que ofrezcan un áncora de estabilidad. Ese artículo se me quedó en la cabeza durante años, hasta que un productor me dio la posibilidad de utilizar aquel punto de partida en concreto para el guion de una película. Y la novela se desarrolló en paralelo.

—¿Para retratar a los personajes se ha inspirado en personas reales?

—A la hora de caracterizar a las cinco mujeres, hice investigaciones más profundas dentro de mi círculo familiar y de mis amistades. Las protagonistas son una mezcla de experiencias vividas, de recuerdos, de cosas escuchadas e inventadas. En cada una de ellas hay también una parte de mí misma. A fin de cuentas solo se puede escribir sobre cosas que uno conoce de primera mano.

–Judith, la protagonista, descubre de repente que una vida entera puede saltar hecha pedazos tan solo por una mentira. ¿Por qué mentimos a las personas a las que queremos? ¿Cree que una mentira que se dice por amor o por miedo es menos grave que otras mentiras?

–El tema de la importancia de la sinceridad en una relación me interesa mucho. Hace un par de años, una amiga mía empezó una nueva historia de amor. Justo la noche en la que había decidido decírselo a su antiguo compañero, él le comunicó que tenía un cáncer incurable. Ese hombre falleció sin saber que su compañera ya tenía una segunda vida. Ella le mintió. Pero quizá para él esa mentira fue lo mejor, en la situación en la cual se encontraba. Esa historia me chocó mucho y confluyó en la novela.

–En la novela, Judith se enfrenta a una grave pérdida, pero lucha con todas sus fuerzas para superarla. ¿Cree que enfrentarse a los problemas y cambiar de vida puede ser terapéutico en la superación del luto?

–El luto y su desarrollo varían de persona a persona. A mí personalmente no me ayuda mucho pensar demasiado. Hace un par de años viví una serie de lutos en un tiempo bastante breve. Me sentía vacía y me echaba a llorar continuamente. Además había aceptado viajar a Israel y a los territorios palestinos como periodista durante dos semanas. Al final ese viaje me salvó. Hablar con las personas de aquellos lugares me ayudó a tomar cierta distancia de mí misma y a relativizar mis problemas. De esa experiencia aprendí que para mí es más útil cambiar de aires, medirme con nuevas ideas, conocer a las personas y confrontarme con nuevos contenidos, más que encerrarme en el silencio y en el retraimiento. Pero es una cuestión de cada uno.

—*Las cenas de los martes* anima a coger la mochila e irse de viaje con tus mejores amigos. ¿Ha hecho alguna vez un viaje de ese tipo? ¿Qué ha aprendido de la experiencia?

—He recorrido andando un buen trayecto. Sin embargo no con unas amigas, sino con mi marido y nuestros dos hijos. No hacia Lourdes, sino caminando unos 150 kilómetros por una zona desierta de Alemania del Este. Pero con dos asnos que llevaban el equipaje. Fue una experiencia singular: la mitad de la jornada nosotros tirábamos de los asnos, y la otra mitad eran los asnos los que tiraban de nosotros y casi no podíamos mantener el paso detrás de ellos. Para dormir nos alojábamos en casas de campesinos o de particulares con los cuales compartíamos también la cena. Esos encuentros fueron para mí lo más interesante del viaje. A lo largo del día, al andar, me preguntaba en qué lugar acabaríamos por la noche.

—Cada año, miles de viajeros y de peregrinos van a Lourdes y a Santiago de Compostela. ¿Cree que se trata de una experiencia cultural además de espiritual?

—Creo que es una combinación de las dos cosas. Concentrarte en tus propios recursos físicos y mentales es una experiencia única. El hecho de que el Camino de Santiago sea parte de una tradición histórica confiere a la meta que se alcanza una dimensión muy particular y espiritual.

—El amor va y viene, pero la amistad se queda. ¿Es eso verdad?

—La amistad es fundamental. Los viejos amigos son insustituibles. Ellos son quienes saben de dónde venimos y dónde queríamos ir. Y muchas de mis amistades han durado más que mis amores. Si en el amor no se logra llegar a ser también amigos, el amor muere.

—Cuando escribió este libro, ¿esperaba que tuviera tanto éxito?

—Tuve la suerte de tener un editor que desde el principio creyó en mi novela. Y por supuesto, uno espera siempre que la historia guste también a los demás. Pero ascender hasta las listas de los más vendidos con una primera novela, quedarse en los primeros puestos durante meses y meses, y ahora conquistar también el extranjero... eso ya ha superado las expectativas y las esperanzas más optimistas.

—¿Y ahora está escribiendo un nuevo libro?

—He escrito ya una continuación de *Las cenas de los martes*. He vivido durante tanto tiempo con estas mujeres que yo misma sentía curiosidad por saber qué les pasaría después de esa peregrinación que emprendieron juntas. La novela se acaba de publicar en Alemania y, si los lectores quieren, habrá nuevas entregas.